Mart Menekşeleri

SARAH JIO

İngilizceden Çeviren
Nihan Giray

*Sanat ve yazma aşkıyla 1940'ların büyüsünü içime işleyen
büyükannelerim Antoniette Mitchell ve
Cecelia Fairchild'a.*

"Nehir kenarları bahsederler ya hani Mart sularından,

Bütün kırgınlıkların sonu, kalbindeki sevinçtir bu."

— *Antonio Carlos Jobim'in "Mart Suları" adlı şarkısından.*

Birinci Bölüm

"Sanırım o an geldi çattı," dedi Joel, evimizin giriş kapısına yaslanarak. Ardından, beş yıl önce New York'tan beraber aldığımız ve yenilettiğimiz bu iki katlı evdeki mutlu anlarımızı hatırlıyormuşçasına gözleriyle etrafı inceledi. Önce muhteşem kemerli girişe, Connecticut'taki bir antikacıdan aldığımız ve adeta bir hazine gibi evin köşesine yerleştirdiğimiz eski şömineye, son olarak da yemek odasının rengiyle insanın kanını ısıtan duvarlarına baktı. O zaman hangi renge boyayacağımız konusunda çok düşünmüş, sonunda Marakeş kırmızısında karar kılmıştık. Bizim kısa evliliğimiz gibi hem hüznün hem de şaşkınlığın izini taşıyordu bu renk. Joel, bunun fazla turuncu olduğunu söylese de bence çok doğru bir renkti.

Bir an için göz göze geldik. Fakat hemen elimdeki koli bandına baktım ve bu sabah toparlanmak için gelen Joel'in son birkaç eşyasını da aceleyle kutuya koyup bantladım. O anda yeni bantladığım kutuda mavi, deri ciltli kitabımı hayal meyal gördüğümü anımsadım. "Bir saniye, benim *Kaybolan Yıllar* kitabımı mı alıyorsun?"

Eski püskü sayfalarıyla pek de o zamanları hatırlamak istemememe rağmen, bu kitabı altı yıl önce, Tahiti'deki balayımızda okumuştum. Geçmişe dönüp bakınca, 1931'de *Pulitzer Ödülü* almış Margaret Ayer Barnes'ın bu kitabını, bir gün herhangi bir otelin lobisinde bir yığın tozlu kitabın arasında bulacağım, hiç aklıma gelmezdi. Kitabı o toz yığınından nazikçe alıp, tarif edemeyeceğim bir içtenlikle kalbime bastırmıştım. Bu dokunaklı hikâye aşkı, gizli tutkuları ve özel düşüncelerin derinliğini anlatıyordu. Öyle ki benim yazma tarzımı da sonsuza dek değiştirmişti. Hatta yazmayı *bırakma* nedenim de olabilirdi. Joel bu kitabı hiç okumamıştı, bundan memnundum aslında. Birileriyle paylaşmak için oldukça özel bir kitaptı. Sanki benim yazılmamış günlüğümün sayfaları gibiydi.

Kutuyu tekrar açıp içindeki eski kitabı bulabilmek için çırpınırken, Joel de bana bakıyordu. Kitabı bulduğum an rahat bir nefes aldım.

"Affedersin," dedi Joel belli belirsiz. "Bu kadar umursayacağını düşünmemiştim."

Benim hakkımda düşünemediği o kadar çok şey vardı ki... Kitabı elime aldım ve başımı sallayarak kutuyu yeniden bantladım. "Sanırım bu kadar," diyerek ayağa kalktım.

Joel dikkatle bana bakınca bu kez bakışlarına karşılık verdim. Birkaç saat için, en azından boşanma evraklarını imzalayana kadar o hâlâ benim kocamdı. Ancak evlendiğim adamın bir başkası için beni terk ediyor oluşunu bilip de bu koyu kahve gözlerin içine bakmak, gerçekten zordu.

Biz bu duruma nasıl gelmiştik?

İlişkimizin bitiş sahnesi, ayrıldığımızdan beri milyonlarca kez olduğu gibi trajik bir filmi andırırcasına canlanmıştı yine zihnimde. Kasım ayının yağmurlu bir pazartesi günüydü. Her zamanki gibi onun en sevdiği acı soslu omleti yaparken, Joel bana Stephanie'den bahsediyordu. Onu nasıl mutlu ettiğini, onu nasıl anladığını, birbirleri arasında nasıl güzel bir *iletişim* olduğunu... O an birbirini tamamlayan iki lego parçası gözümün önüne gelmişti. Ürpermiştim. Ne gariptir ki o sabaha tekrar geri döndüğümde her defasında aklıma gelen tek şey, yanık acı soslu yumurtaların kokusu oluyordu. Evliliğimin sonunun da o acı soslu omletler gibi kokacağını nereden bilebilirdim ki?

Joel'in yüzüne bir kez daha baktım. Üzgün ve kararsızdı. Ona bir adım atıp kollarına atılsam, af dileyen bir koca edasıyla bana tüm aşkıyla sarılacağını ve evliliğimize kıyamayacağını biliyordum. Ama hayır, dedim kendime. Yara almıştık bir kere. Kaderimiz belliydi artık. "Hoşça kal, Joel." Kalbim bunu yapmamı istemese de mantığımı dinlemeliydim. Gitmesi gerekiyordu.

Joel incinmiş görünüyordu. "Emily, ben..."

Özür mü dileyecekti? Yoksa ikinci bir şans mı isteyecekti? Bilmiyordum. Onu susturmak istercesine elimi kaldırdım ve tüm gücümü toplayarak, "Hoşça kal," dedim.

Joel sadece başını salladı ve arkasını dönüp evden çıktı. Gözlerimi yumdum ve Joel'in, arkasından kapıyı kapatışını dinledim. Kapıyı dışarıdan kilitlemişti. Bu hareketiyle içim sızladı. *Beni hâlâ önemsiyor...* En azından güvenliğimi. Bu düşünceyi zihnimden uzaklaştırarak kapının kilidini değiştirmem gerektiğini tembihledim kendime. Bunu yaparken bile onun gittikçe uzaklaşan ayak seslerini dinliyordum.

Bir süre sonra telefonum çaldı. Cevap vermek için ayağa kalktığımda, Joel gittiğinden beri *Kaybolan Yıllar*'a dalmış bir şekilde yerde öylece oturuyor olduğumu fark ettim. Birkaç dakika mı geçmişti, yoksa saatler mi?

"Geliyor musun?" Arayan, en yakın arkadaşım Annabelle'di. "Bana boşanma evraklarını tek başına imzalamayacağına söz vermiştin."

Şaşkın bir halde saate baktım. "Affedersin Annie," diye yanıt verdim, bir yandan da çantamdaki anahtarlarımı ve içinde boşanma evraklarının bulunduğu zarfı kontrol ediyordum. Bir önceki konuşmamızda onunla tam kırk beş dakika önce restoranda buluşmayı planlamıştık. "Geliyorum."

"Tamam," dedi Annabelle. "O halde senin için de bir içki ısmarlıyorum."

Öğle yemeklerimizin buluşma noktası Clumet, evimin hemen dört blok yanıydı. On dakika sonra mekâna vardığımda Annabelle ayağa kalkıp bana sarıldı.

"Aç mısın?" diye sordu yerlerimize yerleştikten sonra.

"Hayır," diye yanıt verdim.

Annabelle kaşlarını çatarak, "Karbonhidrat," dedi ve önüme ekmek sepetini itti. "Karbonhidrata ihtiyacın var. Evet, evraklar nerede? Haydi, bir göz atalım."

Zarfı çantamdan çıkardım ve sanki içinde dinamit varmışçasına dikkatle bakarak masanın üzerine koydum.

"Bunların hepsinin senin hatan olduğunun farkındasın, değil mi?" dedi Annabelle hafifçe gülümseyerek.

Ona ters ters baktım. "Benim hatam mı? Ne demek istiyorsun?"

"Joel isimli bu adamla *evlenmeyecektin*. Hiç kimse Joel'lerle evlenmez. Onlarla çıkarsın, sana bir şeyler ısmarlamasına ve kıyafetler almasına izin verirsin ama o kadar. Onlarla asla evlenmezsin."

Annabelle, Sosyal Antropoloji Bölümü'nde doktorasını yapıyordu. İki yıl boyunca evlilikleri ve boşanmaları incelemişti. Araştırmalarının sonuçlarına göre de bir evliliğin başarısını, evlendiğin adamın isminin tayin ettiği sonucuna varmıştı.

Annabelle'in söylediğine bakılırsa, Eli isminde biriyle on iki yıl, üç hafta evliliğin tadını çıkarabilirdiniz. Brad isminde biriyle altı yıl, dört hafta sürerdi evliliğiniz. Steve ise yalnızca dört yılda miadını dolduruyordu. Diğer bir iddiası ise, Preston'lı birisiyle *asla* evlenmeyecektiniz.

"Peki, Joel ismi hakkında neler söyleyeceksin?"

"Yedi yıl, iki hafta," dedi Annabelle umursamaz bir ses tonuyla.

Başımı olumlu anlamda salladım. Evliliğimiz tam tamına altı yıl, iki hafta sürmüştü.

"Kendine gelip, Trent adında birini bulmalısın," diye devam etti konuşmasına Annabelle.

Memnuniyetsiz bir ifadeyle, "Trent isminden nefret ederim," dedim.

"Tamam, o halde Edward ya da Bill... bir de Bruce," diye karşılık verdi. "Uzun ömürlü bir evlilik için bu isimler ideal."

"Oldu hemen," dedim dalga geçercesine. "İstersen huzurevinden bir koca bulalım bana, ne dersin?"

Annabelle uzun boylu, zayıf, güzel bir kızdı. Uzun, siyah, kıvırcık saçları, porselen gibi teni ve koyu renkli gözleriyle Julia Roberts'ı andıran bir güzelliği vardı. Otuz üç yaşındaydı ama hiç evlenmemişti. Nedenini sorduğunuzdaysa, Miles

Davis ya da Herbie Hancock gibi bir adam bulamadığından bahsederek size ancak laf kalabalığı yapardı.

O sırada garsonu çağırarak, "İki tane daha alabilir miyiz, lütfen?" dedi. Garson ise boş martini bardağımı aldığında zarfın üzerinde oluşan bardak izi dikkatimi çekti.

"Haydi artık," dedi Annabelle usulca.

Ellerim titreyerek, yarım santim kalınlığındaki zarfa uzandım ve içinden boşanma evraklarını çıkardım. Avukatımın asistanı, imzalamam gereken üç sayfaya fosforlu pembe renkli bir kalemle "burayı imzala" yazılı küçük kâğıtlar yapıştırmıştı.

Çantamdan kalemimi çıkardığım anda boğazımda bir yumru hissettim. İlk sayfada ismimin yazılı olduğu yeri imzaladım, sonra diğer sayfayı, daha sonra diğer sayfayı... Uzunca bir *y* ve vurgulu bir *n* ile sonlanan Emily Wilson. Beşinci sınıftan beri imzamı bu şekilde atıyordum. Son olarak evliliğimizi sonsuzluğa gömdüğümüz tarihi de attım, 28 Şubat 2005.

"Aferin," dedi Annabelle yeni martini bardağını uzatarak. "Joel ile ilgili bir kitap yazacak mısın?" Çünkü ben bir yazardım. Tanıdığım herkes gibi Annabelle de Joel'i içeren bir roman yazmamın, alacağım en iyi intikam olacağına inanıyordu.

"Sadece isimleri değiştirerek yaşadığın her şeyi yazabilirsin," diye devam etti. "Belki, onu bir ahmak gibi gösteren Joe ismini kullanabilirsin." Sözlerine devam etmeden önce yemeğinden bir lokma aldı ama gülmekten neredeyse boğulacaktı. "*Ereksiyon olamayan* bir ahmak."

Joel hakkında bir kitap yazmak isteseydim –ki yazmayacaktım– bu, berbat bir kitap olurdu. Son zamanlarda hiçbir şey yazamıyordum, yazsam bile yaratıcılıktan yoksun oluyordu. Bunu biliyorum çünkü geçen sekiz senedir sabahları uyandığımda, masama oturup bilgisayarımın ekranına boş boş bakıyordum. Kimi zaman birkaç sayfa yazıyordum fakat bir süre sonra tıkanıyordum. Hatta bir keresinde kaskatı kesilmiştim.

Terapistim Bonnie, bunu tıp ağzıyla 'yazar kilitlenmesi' olarak tanımlıyordu. Yani artık ilham gelmiyordu ve Bonnie'nin koymuş olduğu teşhis aslına bakılırsa pek de hoş değildi.

Sekiz sene önce en çok satan kitabımı yazmıştım. O zamanlar dünyanın merkezindeydim. Bugünkünün aksine oldukça zayıftım (şimdi de o kadar şişman değildim, evet tamam, belki biraz basenlerden kilo almıştım) ve *New York Times*'ın çok satanlar listesindeydim. Hatta *New York Times*'ın en mükemmel hayat listesi olsaydı, kesin onda da olurdum.

Ali Larson'ı Çağırırken adlı kitabım yayımlandıktan sonra, ajansım beni yazmaya devam etmem konusunda cesaretlendirmişti. Okuyucuların devamını istediklerini söylemişti ve yayınevim ikinci kitabım için bana iki katı teklif önermişti bile. Fakat o kadar denememe rağmen ne yazacak ne de söyleyecek bir şey bulabilmiştim. En sonunda ajansım beni aramayı bıraktığı gibi yayınevleri de artık yazılarımı merak etmiyorlardı. Okuyucular ise ilgilenmiyorlardı. Yazarlık hayatımın sadece bir hayalden ibaret olmadığını kanıtlayan tek şey, kitabımın ana karakteri Ali'ye âşık olduğuna inanan Lester McCain isimli dengesiz okurumdu.

Kitabımın piyasaya çıkışı şerefine düzenlenen Madison Park Otel'deki partide, Joel'in benimle tanışmak için nasıl can attığını hâlâ hatırlıyorum. Beni girişte gördüğünde, o da davetli olduğu başka bir kokteyl için yan taraftaydı. O gece 1997'nin sükse yapan Betsey Johnson elbisesini giyiyordum; bu straplez elbise için yüklü miktarda para harcamıştım. Ama evet, bu harika elbise için ödediğim *her kuruşa* değmişti. Elbise hâlâ gardırobumdaydı ama şu an eve gidip onu yakmamak için kendimi zor tutuyordum.

"Göz kamaştırıyorsun," demişti Joel büyük bir cesaretle, daha kendini tanıtmamıştı bile. O sözleri duyduğumda nasıl hissettiğimi hatırlıyorum. Bunu kesinlikle gördüğü her kıza söylüyordu. Fakat beni havalara uçurmaya yetmişti. Bu tam da Joel'in tarzıydı.

Bundan birkaç ay önce, *GQ* magazin dergisi Amerika'daki "sıradan biri" mertebesinden en ünlü kişi mertebesine ulaşanlara dair bir liste yayımlamıştı. Hayır, bu, her iki senede bir George Clooney'yi gösterenlerden değildi, elbette. Listede San Diego'lu bir sörfçü, Pensilvanyalı bir dişçi, Detroit'li bir öğretmen ve evet, New York'lu avukat Joel vardı. İlk onda o da yerini almıştı. Nasıl olduysa *ben* de bu adama kapılmıştım.

Şimdi ise onu kaybettim.

Annabelle karşımda ellerini sallayarak, "Dünyadan Emily'ye," dedi.

"Affedersin," dedim biraz irkilerek. "Hayır, Joel ile ilgili bir roman yazmayacağım." Başımı salladım ve önümde duran kâğıtları zarfın içine tıkıştırıp, çantama attım. "Eğer bir gün bir hikâye yazarsam, bu daha önce yazmaya çalıştıklarımdan çok daha farklı olacak."

Annabelle şaşkın şaşkın bana baktı. "Peki diğer kitabın ne olacak? Bitirmeyecek misin?"

"Hayır," dedim, önümdeki peçeteyi katlamaya çalışıyordum.
"Neden?"
"Ona artık daha fazla devam edemem," diyerek iç çektim. "Kitabım her ne kadar tatillerde yüzlerce okuyucunun elinde dolaşacak olsa da, seksen beş bin tane saçma sapan kelime üretmek için kendimi daha fazla zorlamayacağım. Hayır, eğer bir gün yazarsam bu çok farklı olacak."
Annabelle sanki ayağa kalkıp alkışlamak ister gibi bana baktı. "Şuna bak," diyerek gülümsedi. "Bu büyük bir ilerleme."
"Hayır değil," dedim inatla.
"Kesinlikle öyle. Haydi, bunu biraz analiz edelim," dedi Annabelle ve ellerini birbirine kenetledi. "*Farklı* bir şeyler yazmak istediğini söyledin, bu demek oluyor ki artık eski kitabına da devam etmek istemiyorsun."
"Evet, böyle de denilebilir," diyerek omuz silktim.
Annabelle martini bardağındaki zeytini alıp ağzına attı. "Neden gerçekten *ilgilendiğin* bir şey hakkında yazmıyorsun? Etkilendiğin bir yer ya da bir kişi..."
Başımı olumlu anlamda salladım. "Bütün yazarların yaptığı da bu değil mi zaten?"
Annabelle o anda başımıza dikilen garsonu, "Biz böyle iyiyiz, henüz hesabı istemiyoruz," bakışı atarak gönderdikten sonra bana döndü. "Evet, ama sen bunu *denedin* zaten. Yani demek istediğim, yazdığın kitap olağanüstüydü. Gerçekten de öyleydi. Ama bu kitap... seni yansıtıyor muydu, Em?"
Haklıydı. Güzel bir hikâyeydi. En çok satanlar listesindeydi. Peki, neden bununla gururlanmıyordum? Neden ona *bağlıymışım* gibi hissetmiyordum?

"Seni uzun zamandır tanıyorum," diye devam etti Annabelle. "Ve biliyorum ki yazdığın o hikâye ne hayatının hikâyesiydi ne de deneyimlerinin."

Evet, değildi. Peki, ben hayatımdaki neden esinlenebilirdim? Ailemi, büyükannemi ve büyükbabamı düşündükten sonra başımı salladım. "İşte problem bu," dedim Annabelle'e. "Diğer yazarların esinlenecek birçok konusu var; kötü anneler, tacizler, macera dolu bir çocukluk... Benimse hayatım çok sıradan. Ne ölüm ne de geçirdiğim bir şok var. Ölen bir hayvanım bile yok. Sadece annemin yirmi iki yaşındaki kedisi Oscar. Gerçekten hiç de ilgi çekici bir hikâye çıkmaz bunlardan, inan bana. Çok düşündüm."

"Kendine yeteri kadar şans vermediğini düşünüyorum," dedi Annabelle. "Bir şeyler olmalı. Bir kıvılcım belki."

Bu sefer düşüncelerimin zihnimde özgürce dolaşmasına izin verdim. İlk aklıma gelen annemin yengesi, benim de büyük yengem Bee ve onun Washington, Bainbridge Adası'ndaki evi oldu. Yaşadığı adayı ne kadar özlediysem onu da o kadar özlemiştim. Onu son ziyaretimden bu yana ne kadar zaman geçmişti? Seksen beş yaşında olmasına rağmen hayatını yirmi dokuz yaşındaymış gibi sürdüren Bee'nin hiç çocuğu yoktu. O nedenle ben ve kız kardeşim onun manevi çocukları gibiydik. Doğum günümüzde bize içinde gıcır gıcır elli dolarlık banknotlar olan birer kart göndermişti. Yılbaşı hediyesi oldukça harikaydı, sevgililer günü hediyesi ise şekerlemeydi. Yazları Oregon, Portland'daki evimizden onu ziyarete gittiğimizde, yastıklarımızın altına annem daha "Dişlerini henüz yeni fırçaladılar!" diye bağırmadan önce birer çikolata bırakırdı.

Aslında oldukça sıra dışı biri olan Bee, hiçbir şeyin ortasını tutturamazdı. Ya çok fazla **konuşurdu** ya da çok az. Çok misafirperver olmasına rağmen **oldukça** aksi ve bencildi. Sırları vardı. Bu yüzden onu **seviyordum.**

Biri uzun yıllar yalnız yaşadığında bir zaman sonra kendi tuhaflıklarıyla barışık hale gelir, **derdi annem her zaman.** Bu teoriyi dikkate alıp almama **konusunda** emin değildim çünkü ben de zaman zaman geri **kalan hayatımı** yalnız geçireceğim diye endişeleniyordum. O nedenle sürekli doğaüstü işaretleri izlemekle **uğraşıyordum.**

Bee Yenge. Şu an elime bir **kalem verseler,** onun mutfak masasındaki halini çizebilirdim. **Yengem,** onu tanıdığımdan beri her gün, yağlı ballı **kızarmış ekmekten** oluşan kahvaltısını yapardı. Kızarmış kepekli ekmeği kare şeklinde küçük küçük keser ve ikiye **katlanmış** kâğıt havlunun üzerine koyardı. Sonra da her parçanın üzerine bolca tereyağı ve bal sürerdi. Çocukken, onun **bunu yapışını** milyonlarca kez izlemiştim ve şimdi ne **zaman hasta** olsam bu yağlı ballı kızarmış ekmeği ilaç niyetine yiyiyordum.

Bee aslında güzel bir kadın **değildi.** Yüzünün ve omuzlarının genişliği, dişlerinin **büyüklüğü düşünülünce,** bu konuda birçok erkeği alt edebilirdi. **Ancak gençliğindeki siyah-beyaz fotoğrafları,** her **kadının** yirmili yaşlarında sahip olduğu o kıvılcımı ortaya **çıkarıyordu.**

Bee'nin, çocukluğumun geçtiği **koridordaki** duvarın yukarı kısmına asılmış, etrafı **deniz kabuklarıyla** çevrili çerçevedeki yirmili yaşlarını gösteren **fotoğrafına** bayılıyordum. Ancak çerçevenin duvar**daki yeri** hiç de uygun değildi çünkü fotoğrafı net bir şekilde **görebilmeniz için tabureye** çıkmanız gerekiyordu. Eski, kenarları içe doğru kıvrılmış fotoğraf, hiç tanımadığım bir **Bee'yi gösteriyordu.** Sahilde bir grup gençle birlikte bir plaj havlusunun üzerinde oturan Bee, umursamaz görünüyordu ve kışkırtıcı bir edayla gülüyordu. Başka bir kadın ise ona doğru eğilmiş, kulağına bir şeyler fısıldıyordu. *Bir sır.* Bee boynundan sarkan inci kolyeyi tutarken, kameraya Bill Dayı'ya baktığı gibi bakmıyordu. Yıllar önce o kameranın arkasında kimin olduğunu çok merak ediyordum.

Çocukken, bir gün anneme fotoğrafı işaret ederek, "Acaba o kadın ne demiştir?" diye sormuştum.

Annem koridorda boğuştuğu çamaşırlardan başını kaldırmadan, *"Kim* ne demiş?" diye sormuştu.

Bunun üzerine Bee'nin yanındaki kadını göstermiştim. "Bu hoş bayan, Bee'nin kulağına bir şeyler fısıldıyor."

Hemen olduğu yerden kalkıp yanıma gelen annem, hırkasının ucuyla çerçevenin tozunu almaya koyulmuştu. "Hiçbir zaman bilemeyeceğiz," diye yanıt vermişti sonradan. Ancak fotoğrafa bakarken, yüzündeki üzgün ifade rahatlıkla okunuyordu.

Annemin dayısı Bill, yakışıklı bir II. Dünya Savaşı kahramanıydı. Herkes onun Bee ile parası için evlendiğini söylüyordu. Buna pek inanasım gelmiyordu, çünkü çocukken gittiğimiz o yaz tatillerinde Bee'ye sarılıp onu nasıl öptüğünü görmüştüm. Bill'in onu çok sevdiğinden hiç şüphem yoktu.

Fakat annemin bu evliliği onaylamadığını ve Bill'in kendisi için daha iyi bir evlilik yapabileceğine inandığını biliyordum. Annemin kafasında Bee çok laubali, çok düşüncesiz, çok kaba, çok çok çoktu...

Yine de her yaz Bee'yi ziyaret etmiştik. Ben dokuz yaşındayken Bill Dayı öldükten sonra bile bu böyle devam etmişti.

Aslında evleri, gökyüzünde uçuşan martılar, Puget Koyu'nun o deniz kokusu, penceresi denize bakan büyük mutfağı ve kıyıya vuran dalgaların uğultusuyla oldukça ruhani bir havaya sahipti. Annemin Bee ile ilgili düşüncelerine rağmen kız kardeşim ve ben o evi çok severdik. Aynı zamanda oranın sakinleştirici bir havası olduğuna inanırdık.

Annabelle bilmiş bilmiş bana bakıyordu. "Bir hikâyen var, öyle değil mi?"

Bir iç çekerek, "Belki de," dedim belli belirsiz.

"Neden bir seyahate çıkmıyorsun?" diye önerdi Annabelle. "Buradan uzaklaşıp, biraz kafanı toplamaya ihtiyacın var."

Bu fikre burun kıvırarak, "Nereye gidebilirim?" diye sordum.

"Buradan uzak bir yere."

Annabelle yine haklıydı. New York sadece iyi gün dostuydu. Bu şehir, mutluluktan havalara uçtuğunuzda sizi sever, mutsuzken de sizi yerin dibine geçirirdi.

"Sen de benimle gelecek misin?" İkimizi sahilde bir şemsiyenin altında, meyve kokteyllerimizi yudumlarken hayal edebiliyordum.

Annabelle başını salladı. "Hayır."

"Neden?" Bir köpek yavrusu gibi hissediyordum kendimi; ona tasmasını takacak, nereye gitmesi, ne yapması ve nasıl olması gerektiğini gösterecek birini isteyen korkmuş, kayıp bir köpek yavrusu gibi...

"Seninle gelemem çünkü bunu tek başına yapmaya ihtiyacın var." Sözleri canımı sıkmıştı. Sonra söylemek istediklerini anlamamı istercesine gözlerimin içine baktı. "Em, evliliğin bitti ama sen bir damla gözyaşı bile dökmüyorsun."

Evime dönerken Annabelle'in söylediklerini düşünüyordum, sonra düşüncelerim tekrar Bee'ye kaydı. *Nasıl olmuştu da bunca yıl onu ziyaret etmemiştim?*

Başımın üzerinde çın çın öten bir metal sesi duyunca yukarı baktım. Havadan dolayı rengi gri-yeşile dönen, ördek şeklinde bakırdan bir rüzgârgülüydü bu. Yakındaki bir kafenin çatısındaydı ve rüzgârla birlikte hareket ediyordu.

Tanıdık bir manzara görmüş gibi kalbim çarpmaya başladı. Bunu nerede görmüş olabilirdim? Birden aklıma geldi. *Tablo, Bee'nin tablosu.* Çocukken bana vermiş olduğu o resmi unutmuştum. Bee, eskiden resim yapardı ve yaptığı o resmi bana emanet ettiği için nasıl gururlandığımı hâlâ hatırlıyorum. Şaheser diye adlandırmıştım onu ve bu da Bee'nin çok hoşuna gitmişti.

Gözlerimi kapadım ve yağlıboyayla yapılmış deniz manzarasını zihnimde canlandırdım; ördek şeklindeki rüzgârgülü eski bir kulübenin çatısında asılıydı ve sahilde el ele bir çift vardı.

Bir anda kendimi suçlu hissettim. Tablo neredeydi? Joel, evimizin dekoruyla uyumlu olmadığını söylediği için onu bir yere kaldırmıştım. Bu yüzden çocukluğumda çok sevdiğim o adadan mahrum bırakmıştım kendimi. *Peki ama neden? Ne için?*

Eve ağır ağır yürürken, Joel'in eşyalarının arasına karışmış olan *Kaybolan Yıllar* kitabımı düşündüm. *Acaba tablo da yanlışlıkla Joel'in eşyalarının bulunduğu kutuya mı girmişti? Daha da kötüsü, hayır için verdiğim kitap ve kıya-*

fetlerin arasına mı koymuştum? Evin kapısına geldiğimde kilidi açar açmaz merdivenlerden yatak odasına çıktım ve dolabı açtım. Üst rafta iki tane kutu duruyordu. Bir tanesini indirdim ve içini didik didik aramaya başladım; çocukluktan kalma birkaç pelüş hayvan, birkaç kutu fotoğraf ve lisede çıkarttığımız dergide yazdığım birkaç yazı. Tablo hâlâ ortada yoktu.

Raftan ikinci kutuyu da aldım ve içinde yalnızca bir lahana bebek, ortaokul notlarım ve ilkokuldayken çok sevdiğim üzerinde Strawberry Shortcake logosu bulunan günlüğümü buldum. Burada başka bir şey yoktu.

Onu nasıl kaybederdim? Nasıl bu kadar dikkatsiz olabilirdim? Ayağa kalktım ve son bir kez dolabın içine bakındım. Birden arka köşedeki plastik bir çanta gözüme çarptı. Heyecanla çantaya doğru uzandım.

Tablo, çantanın içinde turkuvaz ve pembe bir plaj havlusuna sarılı duruyordu. Tabloyu elime aldığımda içim sızladı. Rüzgârgülü. Sahil. Eski kulübe. Tam hatırladığım gibiydi. Ancak el ele olan çift... Hayır, bu tabloda bir şeyler farklıydı. Bu resmin içindeki çifti hep Bee ve Bill Dayı olarak hayal etmiştim. Uzun bacakları ve mavi renkteki kapri pantolonuyla tablodaki kadın kesinlikle Bee'ydi. Fakat adam, Bill Dayı değildi. Bu ayrıntıyı nasıl kaçırmıştım? Bill'in uzun, kum rengi saçları vardı. Ancak tablodaki adamın saçları kıvırcık ve siyahtı. *Kimdi bu adam? Ve neden Bee kendini bu adamla birlikte çizmişti?*

Dağıttıklarımı yerden toplamadan kalktım ve elimde tabloyla aşağıya, telefon rehberimin olduğu yere indim. Tanıdık numarayı çevirdikten sonra derin derin nefes alarak, telefonun önce ilk çalışını, daha sonra ikinci kez çalışını dinledim..

"Efendim?" Sesi hâlâ aynıydı; derin, güçlü ama yumuşak.

"Bee benim, Emily," dedim sesim titreyerek. "Üzgünüm, çok uzun zaman oldu. Ben-"

"Saçmalama tatlım. Özür dilemene gerek yok. Kartpostalımı aldın mı?"

"Kartpostalını mı?"

"Evet, geçen hafta neler yaşadığını duyduktan sonra göndermiştim."

"Duydun mu?" Joel ile ilgili pek kimseye bir şey söylememiştim. Portland'da yaşayan aileme bile... yani henüz söylememiştim. Los Angeles'ta organik sebze bahçesi bulunan bir evde, harika çocukları ve kendisine çok düşkün olan kocasıyla yaşayan kız kardeşime bile. Terapistime bile. Yine de haberlerin Bainbridge Adası'na ulaşmasına çok şaşırmamıştım.

"Evet. Ziyarete gelip gelemeyeceğini merak ediyorum," dedi Bee tereddütle. "Aslında Bainbridge Adası iyileşmek için mükemmel bir yerdir."

Parmağımı tablonun çerçevesinde dolaştırdım. Bainbridge Adası'nda, Bee'nin o büyük sıcacık mutfağında olmak istiyordum.

"Ne zaman geliyorsun?" Bee asla boşa nefes tüketmezdi.

"Yarın çok mu erken olur?"

"Yarın," dedi, "Mart'ın biri tatlım. Koyun en güzel olduğu ve *canlandığı* ay."

Bunu söylerken ne demek istediğini çok iyi biliyordum. Dalgalı gri su, deniz yosunları ve midyeler. Tuzlu havanın kokusu sanki burnuma gelmişti. Bee, Puget Koyu'nun en büyük şifacı olduğuna inanıyordu. Oraya vardığımda, saat öğlen biri gösterip sıcaklık altı derece olsa dahi (muhtemelen öyle de olacaktı) ayakkabılarımı çıkarıp sahilde yalınayak yürümem için bana ısrar edeceğini biliyordum.

"Emily?"

"Evet?"

"Seninle konuşmak istediğim önemli bir konu var."

"Nedir?"

"Şimdi değil, telefonda olmaz. Buraya geldiğin zaman konuşuruz, tatlım."

Telefonu kapattıktan sonra, posta kutusuna bakmak için aşağıya indim. İçinde kredi kartı faturaları, *Victoria's Secret* kataloğu ve Joel'in adresinden postalanmış büyük kare bir zarf vardı. Üzerindeki adresi nerede gördüğümü hatırlamam bir dakikamı almıştı. Boşanma evraklarının üzerinde... Aslında bir hafta önce bu adresi bilgisayarımda arama motorunda taratmıştım. Joel'in Stephanie ile birlikte yaşadığı, 57 numaralı yeni evinin adresiydi bu.

Joel'in benimle iletişime geçmek istediği gerçeğini düşününce heyecanlandım. Belki de bana bir mektup göndermişti, belki de bir kart... Hayır, belki de ipuçlarından oluşan romantik bir başlangıç; şehirde bir yerde buluşmak için bir teklif. Elbette orada da başka bir ipucu çıkacaktı karşıma, dördüncüden sonra yıllar önce tanıştığımız otelin önünde beni bekliyor olacaktı. Tabii elinde bir gülle... Yok, bir kartla. Üzerinde ÜZGÜNÜM, SENİ SEVİYORUM. BENİ AFFET yazan bir kart. Kesinlikle bunun gibi bir şey olmalıydı. Trajik bir aşk hikâyesine yakışır bir son olacaktı. *Bize mutlu bir son ver, Joel.* Elim zarfın üzerinde gezinirken kendi kendime fısıldıyordum. *Beni hâlâ seviyor. Bana karşı hâlâ bir şeyler hissediyor.*

Ancak zarfın kenarını yırtıp içinden altın rengi kartı çıkardığımda, bütün hayallerim bir anda yerle bir olmuştu. Öylece bakakalmıştım.

Kalın bir karttı bu. Üzerinde gösterişli bir yazı vardı. Bu bir davetiyeydi. *Onun* düğün davetiyesiydi. Akşam saat altıda yemekli, danslı bir aşk kutlaması olacaktı. Biftek ya da tavuklar yenecekti. Bu mutlu günümüzde sizleri de aramızda görmekten mutluluk duyarız ile sonlanıyordu davetiye. Çöp kutusunun yanından öylece geçerek mutfağa doğru yürüdüm. Bu altın renkli davetiyeyi, tezgâhtaki küflü bir tavuk yemeği kutusunun üzerine bıraktım.

Sonra posta kutusundan aldığım diğer zarfları incelerken, bir dergiyi yere düşürdüm. Onu almak için eğildiğimde Bee'nin göndermiş olduğu kartpostalı fark ettim. Derginin sayfaları arasındaydı. Ön yüzünde beyaz-yeşil renkli, Eagle Limanı'na yanaşan bir feribot vardı. Zarfı hemen açtım ve okumaya başladım:

Emily,
Ada, zamanı geldiğinde buraya ait olanları geri çağırır... Evine dön. Seni çok özledim, tatlım.

Sevgilerimle,
Bee

Kartpostalı göğsüme bastırdım ve derin bir iç çektim.

İkinci Bölüm

1 Mart

Bainbridge Adası, akşam çökerken bile ihtişamını asla gizleyemeyen bir yerdi. Feribot, Eagle Limanı'na yaklaşırken, camdan adanın çakıltaşlarıyla kaplı sahilini ve dağ yamacına cesaretle tutunan kiremit evlerini seyrediyordum. Günbatımı, şarap veya sıcak çikolatalarını yudumlamak için ateşin etrafına toplanan insanların size de yer açması kadar davetkârdı.

Adalılar seçmece kişilerden oluşuyordu; Seattle'a feribotla seyahat eden yönetici kocaların lüks arabalara binen eşleri, kafalarını dinlemek için inzivaya çekilen ressamlar, şairler ve bir avuç ünlü. Söylentilere göre, Jennifer Aniston ve Brad Pitt boşanmadan önce sahilin batı kanadından dokuz dönümlük bir arazi satın almışlardı. Ayrıca *Gilligan's Island* adlı komedi programının birkaç eski oyuncusunun Bainbridge'i evi olarak gördüğü biliniyordu. Aslında kaybolmak için güzel bir yerdi. Bu da benim gerçekten istediğim bir şeydi.

Ada, kuzeyden güneye sadece on altı kilometre olmasına rağmen kendi başına bir kıta gibi hissettiriyordu. Adanın körfezleri, koyları ve mağaraları da dikkat çekiyordu. Ayrıca burada bir şarap imalathanesi, bir dut tarlası, bir lama çiftliği, on altı restoran ve şarap yapımında kullanılan organik ahududu ve pazı ürünlerini bulunduran bir market vardı. Bunların haricinde ev yapımı tarçınlı çörekleri olan bir kafesi vardı ki şu ana kadar tattıklarımın içinde en iyisiydi.

Derin bir nefes aldım ve camdaki yansımama baktım. Karşımdaki yorgun ve ciddi görünümlü kadın, yıllar önce adaya ilk ziyaretini yapan o küçük kızdan çok farklıydı. Joel'in birkaç ay önce söylediklerini hatırlayınca birden ürperdim. Bir akşam yemeği için evden çıkmaya hazırlanıyorduk. "Em," demişti yüzünde hoşnutsuz bir ifadeyle, "*makyaj* yapmayı mı unuttun?"

Evet, makyaj yapmıştım ama koridordaki ayna cildimi oldukça soluk ve yorgun gösteriyordu. Ben hariç ailemde kimsenin elmacıkkemikleri bu kadar çıkık değildi. Annemin dediğine göre o tipi bozuk sütçünün çocuğu olabilirmişim. Herkesin söylediğine göre sütçünün de belirgin çıkık elmacıkkemikleri varmış. *Ben* de kusurlu gözüküyordum.

Bee'nin beni 1963 model, yeşil renkli bir Volkswagen Beetle ile beklediğini düşündüğüm limana vardığımızda, feribottan indim. Havada deniz suyu, feribottan çıkan egzoz dumanı, çürümüş midye ve köknar ağacının kokusu hâkimdi. Tıpkı on yaşında buraya geldiğimdeki gibiydi...

"Bu kokuyu bir şişenin içinde saklamalılar, öyle değil mi?" dedi bir adam arkamdan.

Kahverengi birtakım elbise giyen adam, en azından seksen yaşında olmalıydı. Boynunda asılı duran kalın çerçeveli gözlükleriyle bir profesörü andırmasına rağmen yakışıklıydı.

Söylediğini tekrar edene kadar benimle konuştuğundan

emin değildim. "Bu kokuyu," dedi yaşlı adam göz kırparak, "bir şişenin içinde saklamalılar."

"Evet," diyerek söylediklerini başımla onayladım. Yaşlı adamın ne demek istediğini anlamıştım ve dediklerine aynen katılıyordum. "Buraya on senedir gelemedim. Sanırım bu havayı fazlasıyla özlemişim."

"Adadan değil misin?"

"Hayır, bir aylığına buradayım," diye yanıt verdim.

"O halde hoş geldin," dedi yaşlı adam. "Kimi görmeye geldin? Yoksa bir macera olsun diye mi buradasın?"

"Bee Yengemin yanına geldim."

Yaşlı adamın ağzı şaşkınlıktan açık kalmıştı. "Bee Larson mı?"

Hafifçe gülümsedim. Sanki adada başka Bee Larson vardı. "Evet, onu tanıyor musun?"

"Elbette," diye yanıt verdi yaşlı adam, ama ifadesinden bunu söyleyeceğini tahmin etmiştim. "Benim komşum olur."

Gülümsedim. Ancak limana ulaşmış olmama rağmen Bee'nin arabasını hiçbir yerde göremiyordum.

"Seni ilk gördüğümde bana tanıdık gelmiştin. Ben-"

İkimiz de bir Beetle'ın motorundan gelen tuhaf sesleri duyunca sesin geldiği tarafa doğru baktık. Bee yaşına göre oldukça hızlı kullanıyordu arabayı. Bu, seksen beş yaşındaki bir kadından beklediğinizden çok daha hızlısıydı. Bee, ayaklarımıza sadece santimler kala arabayı kaydırarak durdurdu.

Bee arabadan inip kollarını olabildiğince iki yana açarak, "Emily!" diye seslendi. Bol paça, koyu renk bir kot pantolonla açık yeşil bir gömlek giymişti. O, seksen beşinde bile hâlâ yirmisinde gibi giyinen tanıdığım tek kadındı. Şal desenli gömleği, 1960'lardan kalmaydı belki de.

Yengemle kucaklaştığımızda boğazım düğümlendi. Ağlamadım, sadece boğazım düğümlenmişti.

"Ben de şimdi komşunla konuşuyordum-" dedim, adamın ismini sormadığımı fark ederek.

Yaşlı adam gülümseyerek, "Henry," dedi ve elini uzattı.

"Tanıştığıma memnun oldum, Henry. Ben de Emily." Bu yaşlı adamı gözüm bir yerlerden ısırıyordu sanki. "Acaba biz daha önce tanışmış mıydık?"

Henry hayretle başını sallayıp Bee'ye bakarak, "Evet, ama sen o zamanlar daha çocuktun," dedi.

"Artık eve gitmeliyiz, tatlım," dedi Bee, aceleyle Henry'yi geçiştirerek. "New York'a göre şu anda saat gecenin ikisi olmalı."

Yorulmuştum ama bu arabalarda bagajın ön tarafta olduğunu unutacak kadar değildi. Bavulumu bagaja yerleştirdikten sonra Bee motoru çalıştırdı, ben de Henry'ye el sallamak için arkama döndüm ama o çoktan gitmişti. Bee'nin, neden komşusunu da eve bırakmayı teklif etmediğini merak etmiştim.

"Burada olman çok güzel, tatlım," dedi Bee limandan uzaklaşırken. Arabanın emniyet kemeri çalışmıyordu ama umursamamıştım bile. O adada Bee ile birlikte olmak, kendimi güvende hissetmeme yetiyordu.

Yolda ilerlerken, arabanın camından ışıl ışıl parlayan gökyüzüne baktım. Sahil yoluna inen Hidden Cove Caddesi'nin keskin virajları, San Francisco'daki Lombard Caddesi'ni anımsatıyordu. Ancak hiçbir tramvay, Bee'nin sahil evine çıkan arapsaçına benzeyen ağaç kümesini geçemezdi. Sütunlu girişi ve siyah panjurlarıyla sömürge mimarisinin özelliğini taşıyan o eski beyaz evi her gün görseniz dahi yine de nefesiniz kesilirdi. Bill Dayı, panjurları yeşil renge boyamak için Bee'yi ikna etmeye çalışmıştı. Anneme göre ise bu panjurlar mavi renkte olmalıydı. Ancak Bee, siyah panjurları olmayan beyaz bir evin hiçbir anlamı olmayacağı konusunda ısrar etmişti.

Çocukluk hatıralarımdaki gibi leylakların çiçek açıp açmadığını, orman güllerinin yeşerip yeşermediğini veya gelgitin olup olmadığını göremiyordum. Ancak bu karanlıkta bile burası canlı, göz kamaştırıcıydı ve zamana yenik düşmemişti. "İşte geldik," dedi Bee, frene sert basınca emniyet kemerim olmadığından kendimi korumak durumunda kaldım. "Ne yapman gerektiğini biliyorsun, değil mi?"

Bee'nin, sözlerini nasıl devam ettireceğini biliyordum.

Kumsalı göstererek, "Git ve ayaklarını suya sok," dedi. "Sana iyi gelecektir."

"Yarın," diye yanıt verdim gülümseyerek. "Bu gece sadece içeri girip kanepeye gömülmek istiyorum."

Bee bir tutam sarı saçımı kulağımın arkasına sıkıştırırken, "Peki, tatlım," dedi. "Seni özledim."

"Ben de," diye karşılık verirken elini sıktım.

Bavulumu bagajdan aldım ve taş yolda eve doğru ilerleyen yengemin peşine düştüm. Bee, Bill Dayı'yla evlenmeden çok önce burada yaşamaya başlamıştı. Üniversitedeyken bir trafik kazasında ölen ailesi, tek çocukları Bee'ye bu muhteşem yeri satın alabilecek kadar iyi bir miras bırakmıştı. Yani yıllardır kapalı duran sekiz yatak odalı eski, geniş Keystone Malikânesi'ni... Bee 1940'larda şaşırtıcı bir şekilde bu eski evi alıp tamir ettirerek, yeni bir gündem oluşturmuştu.

Evin rüzgârlı gecelerde uğuldayan büyük pencerelerinden deniz görünüyordu. Annem her zaman bu evin, çocuğu olmayan bir kadın için çok büyük olduğunu söylerdi. Ancak annemin yengemi kıskandığını düşünüyordum, çünkü söz konusu yengem üç yatak odalı bir evde yaşıyordu.

Bee ile beraber içeri girdiğimde büyük giriş kapısı gıcırdayarak açıldı. "Gel," dedi yengem. "Ateşi yakacağım, sonra da bize içecek bir şeyler getiririm."

Bunun üzerine ben de kütükleri şömineye dizen Bee'yi izlemeye koyuldum. Ona yardım etmeliydim ama hareket edecek gücüm yoktu. Bacaklarım ağrıyordu. Her yerim ağrıyordu.

"Çok kötüyüm," dedim başımı iki yana sallayarak. "O kadar sene New York'taydım ve seni bir kere bile ziyarete gelmedim. Çok vefasız bir yeğenim ben."

"Kafan meşguldü," dedi. "Ayrıca, zamanı geldiğinde kader bir şekilde seni buraya getirecekti."

Bu cümlesini onun göndermiş olduğu kartpostalından hatırlamıştım. Bee, bir hata olan evliliğimi kader olarak tanımlıyordu, çok iyi niyetliydi.

Oturma odasında etrafıma bakınarak iç çektim. "Joel burayı görseydi çok beğenirdi. Ancak bir seyahate çıkacak kadar uzun süre işinden ayrı kalması için onu bir türlü ikna edemedim."

"İyi olmuş," dedi Bee.

"Neden?"

"Çünkü iyi anlaşacağımızı hiç sanmıyorum da ondan."

Bunun üzerine gülümsedim. "Belki de haklısın." Bee'nin Joel'in bahanelerine katlanacak kadar sabrı yoktu.

Bee ayağa kalktı ve bütün içkilerin bulunduğu, odanın "Hawaii Bahçesi" diye adlandırdığı köşesine gitti. Bölüm, büyük bir tablonun asılı olduğu duvar hariç, pencerelerle çevriliydi. New York'tan ayrılmadan önce bavuluma koyduğum tuvali hatırladım. Bee'ye tablodan bahsetmek istiyordum ama şimdi değil. Hayatındaki birçok konuda olduğu gibi Bee ile yaptığı çalışmalar hakkında da tartışmanın bir sınırı vardı.

On beş yaşındayken kuzenim Rachel'la birlikte gizlice Hawaii Bahçesi'ne girip, bambu kapılı siyah renkli dolaptan içki aşırdığımız gece aklıma geldi. Yetişkinler diğer odada kart oynarken biz de dört kadeh rom içmiştik. Sonra da başım fena halde dönmüştü. O günden beri bir daha da ağzıma rom sürmemiştim.

Bee, içinde salatalık ve limon bulunan iki cin bardağıyla geri geldi. "Evet, seni dinliyorum," dedi, bir bardağı bana uzatarak.

Yengeme anlatabileceğim bir hikâyemin olmasını dileyerek getirdiği karışımdan bir yudum aldım. Bir şeyler söylemek için ağzımı açtığımda, hiçbir şey diyemeden sadece kucağıma baktım.

Bee, sanki çok mantıklı bir şey söylemişim gibi olumlu anlamda başını salladı. "Biliyorum. Biliyorum."

Şöminenin büyüleyici ateşini izleyerek orada sessiz sedasız oturduk. Ta ki gözlerim kapanana kadar.

2 Mart

Ertesi gün beni neyin uyandırdığını bilmiyorum. Sahile vuran dalgaların güçlü sesi ya da mutfakta pişen kahvaltının (artık kimsenin, özellikle yetişkinlerin, hatta New York'taki yetişkinlerin bile yemediği kreplerin) kokusu olabilirdi. Belki de kanepede yastıkların arasında çalan telefonumdu gözlerimi aralamama sebep olan. Gece yorgunluktan ya da duygusal çöküntüden misafir odasına geçememiştim. Ya da her ikisi de bu duruma etkendi.

Bee'nin muhtemelen ben uyuyakaldıktan sonra örtmüş olduğu yorganı kenara ittim. Sonra da telefonumu bulmak için çılgınca etrafı aradım.

Arayan Annabelle'di.

"Efendim," diye yanıt verdim uykulu bir sesle.

"Merhaba," dedi. Neşesi beni şaşırtmıştı. "Sadece iyi olup olmadığını merak ettim. Her şey yolunda mı?"

Dürüst olmam gerekirse, Annabelle'in yerinde olmayı ve her şeyi oluruna bırakmayı çok isterdim. Deli gibi ağlamak istiyordum. Tanrı biliyor ya, gerçekten buna çok ihtiyacım vardı.

Annabelle, üst komşusu trompet çalmaya başladığı için bir aylığına benim evimde kalıyordu. "Hiç aradı mı?" diye sordum, Annabelle'in kimden bahsettiğimi anlayacağını umuyordum. Sesimin acınası geldiğini biliyordum ama uzun zaman önce birbirimizin yanında zavallı olabilme iznini kendimize vermiştik.

"Üzgünüm Em, hiç arayan olmadı."

"Peki," dedim. "Orada her şey yolunda mı?"

"İdare eder," diye cevap verdi. "Bu sabah Evan'ın kafesine gittim."

Evan, Annabelle'in eski erkek arkadaşıydı. Annabelle, cazdan hoşlanmadığı için onunla evlenmemişti, başka şeyler de vardı tabii. Horluyor ve hamburger yiyordu. Bu gerçekten büyük bir problemdi çünkü Annabelle vejetaryendi.

En önemli neden ise ismiydi. Evan isimli biri evlenilecek bir erkek olamazdı.

"Konuştunuz mu?"

"Biraz," diye yanıt verdi Annabelle. Sesi, sanki başka bir şeyle uğraşıyormuş gibi birden derinden gelmeye başlamıştı. "Ama oldukça tuhaftı."

"Sana ne dedi?"

"Beni yeni kız arkadaşı... *Vivien* ile tanıştırdı."

Vivien ismini sanki bir hastalıkmış gibi ifade etmişti; bir tür alerji veya bakteri adı gibi.

"Biraz kıskançlık mı hissediyorum sanki, Annie? Hatırladığım kadarıyla ondan ayrılan *sendin*."

"Biliyorum," dedi Annabelle. "Kararımdan da pişman değilim."

Ancak buna pek inanmadım. "Evan'ı tanıyorum, Annie. Eğer şu saniye onu arayıp neler hissettiğini söylesen, sana geri dönecektir bence. O hâlâ seni seviyor."

Hattın diğer ucunda bir sessizlik oldu. Sanırım, söylediklerimi düşünüyordu.

"Annie? Orada mısın?"

"Evet," diye yanıt verdi Annabelle. "Kusura bakma telefonu bırakmak zorunda kaldım. UPS'ten gelen eleman bir paket getirdi de imza atmam gerekti. Her zaman bu kadar çok mu mektup alırsın?"

"Sen benim söylediklerimi duydun mu?"

"Affedersin," dedi. "Önemli miydi?"

İçimi çekerek, "Hayır," dedim.

Onca araştırmasına, hatta kendisinin umutsuz bir romantik olduğuna inanmasına rağmen Annabelle, konu aşka gelince ilişkiyi sabote etmede en iyisiydi.

"Pekâlâ, konuşmak istediğin zaman beni ara," dedi.

"Arayacağım."

"Seni seviyorum."

"Ben de seni seviyorum ve Laura Mercier nemlendiricimden uzak dur," dedim şakayla karışık ciddi bir ifadeyle.

"Sanırım bunu yapabilirim," dedi, "ama beraber ağlayacağımıza dair bana söz verirsen."

"Anlaştık."

Sonunda mutfağa gittiğimde Bee'yi ocak başında bulmadığıma çok şaşırmıştım. Ancak masanın üzerinde bir tabak krep ile birlikte birkaç dilim jambon ve ev yapımı ahududu reçelinin yanında bir de not vardı:

> *Emily,*
> *Birkaç işi halletmek için şehre inmek zorundaydım. Seni de uyandırmak istemedim. Sana en sevdiğin karabuğdaylı krep ile birkaç dilim de jambon hazırladım (mikrodalgada yüksek ısıda 45 saniye tekrar ısıt.). Öğlene kadar geri döneceğim. Eşyalarını alt koridordaki yatak odasına koydum. Rahatına bak. Bence kahvaltıdan sonra biraz yürüyüşe çıkmalısın. Koy bugün çok güzel.*
>
> *Sevgilerimle,*
> *Bee*

Notu tekrar yerine bırakıp, pencereden dışarıya baktım. Haklıydı. Gri-mavi su, kumlu ve kayalıklı sahil, nefes kesiciydi. Hemen dışarıya çıkıp midye bulmak için kumları karıştırma, taşları kaldırıp altında yengeç arama ya da soyunup yüzme isteğiyle dolmuştu içim. Tıpkı çocukluğumda yaptığım gibi... Bu büyük, muhteşem ve gizemli suya bırakmak istiyordum kendimi. Bir anlığına da olsa bu düşünceyle canlanmıştım yine ama sadece bir an. Sonra bunları bir kenara bırakıp Bee'nin kendi elleriyle yaptığı ahududu reçelini krebe sürerek yedim.

Masa hâlâ hatırladığım gibiydi; üzerinde ananas resimleriyle süslü sarı bir muşamba, deniz kabuklarından bir peçetelik ve her zamanki gibi bir yığın dergi vardı. Bee, *The New Yorker* dergisindeki bütün konuları okur, her ne kadar dergiye üye olduğumu belirtip, bunu yapmamasını söylesem de beğendiği hikâyelerin üzerine kendi yorumlarını içeren notlar yapıştırır ve bana e-posta atardı.

Tabağımı bulaşık makinesine koyduktan sonra alt kattaki koridora indim ve Bee'nin eşyalarımı koyduğu odayı bulana kadar her odaya baktım. Çocukken yengemi ziyaret ettiğimizde *bu* odaya hiç girmemiştim. Aslında bu odanın varlığını bile hatırlamıyordum. Fakat Bee'nin kız kardeşim Danielle yüzünden odaları kilitlemek gibi bir alışkanlığı vardı. Nedenini hiçbir zaman anlamış değilim.

Evet, sonunda bu odayı hatırlamıştım. Duvarlar pembeye boyanmıştı, çok tuhaf çünkü Bee pembeden nefret ederdi. Yatağın yanında bir şifonyer, komodin ve büyük bir dolap vardı. Odanın camından dışarıya baktım ve Bee'nin tavsiyesini hatırladım. Bavulumu daha sonra açmaya ve hemen sahile çıkmaya karar verdim. Bu büyülü manzaraya artık daha fazla karşı koyamayacaktım.

Üçüncü Bölüm

New York'ta çoğunlukla dışarı çıkarken yaptığım hazırlıkları burada yapmadım, elbiselerimi değiştirmedim, saçlarımı taramadım. Onun yerine, üzerime bir hırka aldım, ayağıma da Bee'nin yeşil renkteki lastik çizmelerini geçirdim ve kendimi dışarıya attım.

Kumda yürümenin tuhaf bir şekilde iyileştirici bir etkisi vardı. Ayağınızın altındaki o ezme hissinin beyninize verdiği sinyallerle bir süreliğine de olsa aklınızdaki düşüncelerden sıyrılabiliyordunuz. Bu tam da o sabah yaptığım şeyi tarif ediyordu. Joel ve onunla birlikte yaşadığımız onca anı aklıma hücum etse de kendimi hiç kötü hissetmiyordum. Yürürken çizmemle bir yengeç kabuğunu ezdim ve yüzlerce parçaya böldüm.

Yerden bir taş alıp denize, olabildiğince uzağa atmaya çalıştım. *Kahretsin. Neden hikâyemiz böyle bitmek zorundaydı?* Sonra başka bir taş daha aldım ve bağırarak onu da denize fırlattım. Yorgunluktan bir odun parçası üzerine yığılana kadar bunu yapmaya devam ettim. *Joel bu hale nasıl geldi? Ben nasıl böyle olabildim?* Her şeye rağmen, bir parçam onu tekrar geri istiyordu ve bu yüzden kendimden nefret ediyordum.

"Taşları bu şekilde atarsan suda sektiremezsin."

Sesi duymamla irkilmem bir olmuştu. Konuşan, Henry'ydi ve bana doğru yürüyordu.

"Aa, merhaba," dedim kendimden emin bir şekilde. Biraz önceki bağırış çağırışlarımı duymuş muydu acaba? Ne zamandan beri oradaydı? "Ben sadece..."

"Taşları sektiriyordun," dedi başını iki yana sallayarak. "Ama kullandığın teknik yanlış, tatlım."

Henry yere eğilip pürüzsüz, ince bir taş aldı ve güneşe doğru tutarak her köşesini dikkatle inceledi. "Evet, aradığım bu," diyerek bana doğru döndü sonunda. "Taşı bu şekilde tutacaksın ve yumuşak bir hareketle fırlatacaksın."

Henry taşı fırlattı ve attığı taş, suyun üzerinde en azından altı kez sekti. "Çok kötü. Yeteneğimi kaybediyorum. Altı, kötü bir rakam."

"Öyle mi?"

"Evet," dedi. "Rekorum on dört."

"On dört mü? Ciddi olamazsın."

"Yemin ederim," dedi Henry, izcilerin yaptığı gibi elini kalbinin üzerine koyarak. "Bu adanın taş sektirme şampiyonuyum."

Gülmeye halim yoktu ama bu yaşlı adam beni güldürmeyi başarmıştı. "Burada taş sektirme yarışı mı düzenleniyor?"

"Tabii ki," diye yanıt verdi Henry. "Sen de denemelisin."

Yere doğru eğilip kumda düz bir taş aradım. "Haydi bakalım," dedim ve bulduğum taşı fırlattım. Taş ise suya çarptı ve battı. "Gördün mü? Çok kötüyüm."

"Hayır," diye karşı çıktı. "Sadece biraz alıştırma yapman lazım."

Bunun üzerine gülümsedim. Henry'nin yüzü eski ve yıpranmış bir kitap cildi gibiydi. Ama gözleri... içinde bir yerlerde hâlâ genç bir adamın olduğunu söylüyordu.

"Bir fincan kahveye ne dersin?" diye sordu Henry, sahil kenarındaki beyaz evi göstererek. Gözleri ışıldıyordu.

"Olur, kulağa hoş geliyor," diye yanıt verdim.

Yosun kaplı patikaya giden beton merdivenleri çıkmaya başladık. Altı tane merdivenden sonra iki büyük sedir ağacının gölgelendirdiği evin girişine geldik.

Henry perde kapıyı açtı. Bunun üzerine çatıya tünemiş birkaç martı, kapının gıcırtısından hoşlanmayarak havalandı ve öterek denize doğru uçtu.

"Şu kapıyı tamir etsem iyi olacak," dedi Henry, çizmelerini verandada çıkarırken. Ben de onun peşinden girip çizmelerimi çıkardım.

Buz kesmiş yanaklarım, oturma odasında yanan şöminenin ateşiyle ısınmıştı. "Rahatına bak," dedi Henry. "Ben de gidip kahveleri hazırlayayım."

Sözlerini başımla onaylayıp şöminenin yanına gittim. Maun ağacından yapılmış olan şöminenin üstü deniz kabukları, küçük cilalı taşlar ve siyah-beyaz fotoğraflarla doluydu. Bir fotoğraf dikkatimi çekmişti. 1940'lardaki kadınların saç stiline sahip olan sarışın, kıvırcık saçlı bir kadındı gözüme takılan. Bir mankene ya da aktrise benzeyen kadın, vücut hatlarıyla incecik belini ortaya çıkaran ve rüzgârda uçuşan elbisesiyle kumsalda dururken göz kamaştırıyordu. Hemen arkada da bir ev duruyordu. Bu Henry'nin eviydi, sedir ağaçları şimdikinden çok ufak olsa da yine fark ediliyordu. Fotoğraftaki kadının, karısı olup olmadığını merak etmiştim. Bu poz, bir kız kardeşin verebileceği türden değildi. Fotoğraftaki her kimse, Henry ona hayran olmalıydı. Bundan emindim.

Söz konusu Henry ise o anda elinde iki büyük kahve kupasıyla geri geldi.

Fotoğrafa daha yakından bakmak için çerçeveyi elime alıp bir kanepeye oturdum. "Çok güzel. Eşin mi?"

Henry, sorduğum soru karşısında şaşırmıştı. "Hayır," diye cevapladı kısaca. Elindeki kupayı bana verdi ve ayağa kalktı. Sonra da erkeklerin emin olmadıkları ya da kafalarının karışık olduğu durumlarda yaptıkları gibi çenesini sıvazladı.

"Özür dilerim," dedim hemen çerçeveyi yerine koyarak. "Bu kadar meraklı olmamalıydım."

Henry gülümseyerek, "Hayır, hayır," dedi. "Çok aptalca biliyorum, altmış yıldan fazla oldu. Anlatmamı ister misin?"

"Elbette."

"Fotoğraftaki benim nişanlımdı. Evlenecektik, ama... işler öyle yürümedi." Sanki aklına başka şeyler gelmiş gibi duraksadı. "Ben muhtemelen-"

O anda kapı çalınca ikimiz de kapıya baktık. "Henry?" Bu bir erkek sesiydi. "Evde misin?"

"Aa, bu Jack," dedi Henry, benden yana dönerek. Sanki onu tanıyormuşum gibi söylemişti ismini.

Oturduğum yerden Henry'nin kapıyı açıp benim yaşlarımda siyah saçlı bir adamı içeriye buyur edişini izledim. Gelen oldukça uzun boyluydu, öyle ki içeri girerken başını eğmek zorunda kalmıştı. Üzerinde kot pantolon ve gri renkte yün bir kazak vardı. Kuşluk vakti olmasına rağmen çenesindeki gölge, henüz tıraş olmadığının ya da duş almadığının işaretiydi.

Göz göze geldiğimizde, "Merhaba," dedi belli belirsiz. "Ben Jack."

Henry, "Bu Emily," diye araya girdi. "Bee Larson'ın yeğeni."

Jack şaşkın şaşkın önce bana, sonra da Henry'ye baktı. "Bee'nin *yeğeni* mi?"

"Evet," diye cevap verdi Henry. "Bir aylığına onu ziyarete gelmiş."

"Hoş geldin," dedi Jack, kazağının kollarını çekiştirerek. "Kusura bakmayın, bölmek istemezdim. Yiyecek bir şeyler hazırlıyordum, tarifin ortasına geldiğimde yumurtanın olmadığını fark ettim. İki yumurtan var mı acaba?"

"Olmaz mı?" diye yanıt veren Henry, vakit kaybetmeden mutfağın yolunu tuttu.

Henry mutfağa gittikten sonra birden Jack'le yeniden göz göze geldik, hemen bakışlarımı başka tarafa çevirdim. O alnını kaşırken ben de üzerimdeki hırkanın fermuarıyla oynuyordum. Odadaki sessizlik tıpkı sahildeki kumlar kadar yoğun ve boğucuydu.

Dışarıdan kıyıya vuran dalganın sesi gelince ürktüm ve ayağımı masanın kenarına çarparak, üstünde duran kitap yığınının tepesindeki küçük beyaz vazonun yere düşüp kırılmasına neden oldum.

"Ah, hayır," dedim başımı sallayarak. Henry'nin değerli bir vazosunu kırmakla birlikte Jack'in önünde kendimi gülünç duruma düşürmüştüm.

"Kanıtları ortadan kaldırmak için sana yardım edeyim," dedi Jack gülümseyerek. Bu hareketini sevmiştim.

Ellerimle yüzümü kapadım ve "Dünyanın en sakar kadınıyım," dedim.

Bunun üzerine Jack, kazağının kollarını yukarı sıvadı ve kollarındaki ezikleri gösterdi. "Güzel, ben de dünyanın en sakar erkeğiyim o zaman." Sonra cebinden bir poşet çıkarıp yerdeki kırık vazo parçalarını dikkatle poşete koydu. "Daha sonra bir yapıştırıcıyla yapıştırırız."

Bu söz karşısında yalnızca gülümsedim.

O sırada Henry elinde yumurta kutusuyla geri döndü ve elindekileri Jack'e verdi. "Biraz geciktim ama garajdaki buzdolabındakileri getirmem gerekti."

"Teşekkür ederim, Henry," diye cevap verdi Jack. "Borcum olsun."

"Kalmayacak mısın?"

"Maalesef. Gerçekten geri dönmem gerek, ama teşekkür ederim," diyen Jack, suç ortağı edasıyla benden yana döndü. "Tanıştığıma memnun oldum, Emily."

"Ben de memnun oldum," diyerek karşılık verdim, aslında bu kadar çabuk gitmesini istemiyordum.

Birlikte pencereden Jack'in sahile doğru gidişini izlerken, "Garip birisi bu Jack," dedi yaşlı adam. "Evimde çok tatlı bir bayan var ve o bir kahve içmek için bile kalmadı."

Yüzümün kızardığından emindim. "Çok naziksin," diye cevap verdim Henry'ye. "Ama bana baksana, yataktan kalktığım gibi dışarıya fırladım."

Henry, "Demek istediğim şey de bu," diyerek göz kırptı.

"Çok tatlısın," diye karşılık verdim.

İkinci kupamıza geçmiş sohbet ederken, saatime baktım ve neredeyse iki saattir evde olmadığımı fark ettim. "Artık geri dönsem iyi olacak Henry. Bee meraklanmaya başlayacak."

"Tabii ki," diye cevap verdi Henry.

"Sahilde görüşürüz," dedim.

"Yolun bu taraflara düştüğünde lütfen bana da uğra."

Gelgit artık durmuş, yerini canlı bir sahile bırakmıştı. Yürürken, bir yandan da yıllar önce yaptığım gibi deniz kabuklarıyla zümrüt yeşili rengindeki yosunları toplayarak, üzerlerindeki hava kabarcıklarını patlatıp duruyordum. Bu sırada gün ışığıyla parıldayan bir kaya dikkatimi çekince onu yakından incelemek için eğildim. Ancak bu sırada arkamdan ayak seslerinin geldiğini duydum. Bu sesler bir hayvana aitti, sonra da bunu bir bağırış takip etti.

"Russ, buraya gel oğlum!"

Arkamı dönmemle Golden Retriever cinsi koca bir köpeğin üzerime atlaması da bir oldu. "Aaa!" diye çığlık attım, köpeğin yaladığı yüzümü silerek.

"Kusura bakma," dedi Jack. "Arka kapıdan çıkmış. Seni korkutmamıştır umarım. Yaklaşık elli kilo olması haricinde zararsızdır."

"İyiyim," dedim gülümseyerek. Pantolonumdaki kumları temizledikten sonra köpeği sevmek için öne eğildim. "Sen de Russ olmalısın! Tanıştığıma memnun oldum, dostum. Ben de Emily." Sonra da bakışlarımı Jack'e çevirdim. "Ben de eve dönüyordum."

Jack, Russ'ı tasmasından yakalayarak, "Bir daha böyle davranmak yok," diye uyardı. "Biz de o tarafa gidiyoruz, beraber gidelim."

Kısa süre sessiz kaldık. Çakıltaşlı sahilde ilerlerken çizmelerimizin taşların üzerinde çıkardığı seslere vermiştim kendimi.

"Washington'da mı yaşıyorsun?" diye sordu Jack.

"Hayır," diye yanıt verdim. "New York'ta yaşıyorum."

Jack olumlu anlamda başını sallayarak, "Hiç gitmedim," dedi.

"Ciddi olamazsın. Hiç New York'a gitmedin mi?"

Jack omuzlarını silkerek, "Gitmem için hiçbir nedenim yoktu," dedi. "Hep burada yaşadım ve gerçekten buradan ayrılmayı hiç düşünmedim."

Uçsuz bucaksız sahile bakarak başımı salladım. "Adada olmak güzel..." Bir an duraksayarak etrafıma bakındım. "Neden buradan ayrıldım, merak ediyorum. Şu anda New York'u hiç özlemiyorum."

"Peki, seni bu ayda buraya getiren sebep nedir?"

Acaba ona yengemi ziyaret etmeye geldiğimi söylememiş miydim? Bu açıklama yeterli değil miydi? Geçmişimden kaçıp geleceğimi bulmaya çalıştığımdan veya yeni boşandığımdan bahsetmeyecektim ona. Onun yerine derin bir nefes aldım ve "Kitabım için araştırma yapıyorum," dedim.

"Aa! Yazar mısın?"

"Evet," dedim yutkunarak. Bu kendinden emin ses tonumdan nefret ediyordum. *Gerçekten araştırmamı ciddiye alacak mıydı?* Her zamanki gibi ne zaman kariyerimden bahsedecek olsam kendimi zayıf hissetmeye başlıyordum.

"Vay be, peki ne yazıyorsun?" diye sordu Jack.

Ali Larson'ı Çağırırken adlı kitabımdan ona bahsedince aniden duraksadı. "Şaka yapıyorsun," dedi Jack. "Filmi de çekilmişti hani?"

Başımla sözlerini onayladıktan sonra konuyu değiştirmeye çalışarak, "Sen neler yaparsın?" diye sordum.

"Ben bir sanatçıyım," diye cevapladı. "Bir ressam."

Gözlerim fal taşı gibi açılmıştı. "Gerçekten mi? Bir gün eserlerini görmek isterim." Fakat bunları söylediğim an yanaklarımın utançtan kızardığını hissettim. *Acaba çok mu komik duruma düşmüştüm? Yoksa bir erkekle nasıl konuşulacağını unutmuş muydum?*

Sözlerimi onaylamak yerine hafiften gülümsedi, sonra da sahildeki kırık bir odun parçasını tekmeleyerek kumları etrafa savurdu. "Plajın bu sabahki haline bak?" dedi sahil boyunca etrafa saçılmış çöpleri göstererek. "Dün gece fırtına çıkmış olmalı."

Fırtınadan sonraki sahilin halini sevmiştim. On üç yaşındayken, içi suyla dolmuş bir tabancanın ve 319 doların bulunduğu bir bankacının çantası yine bu sahile vurmuştu. Çantanın içindeki paranın miktarını biliyorum çünkü her kuruşunu saymıştım. Bee hemen on yedi yıl önce meydana gelen bir banka soygununun izlerini takip eden polisi aramıştı. Dile kolay tam *on yedi yıl...* Puget Koyu, bir şeyleri saklayan ve zamanı gelince yine onları sahile vuran bir zaman makinesi gibiydi.

"Bütün hayatın boyunca bu adada yaşadığını söylüyorsun, öyleyse benim yengemi de biliyorsundur."

Jack başını olumlu anlamda sallayarak, "Tanımak anlamında mı soruyorsun?" dedi. "Öyle de denebilir."

Bee'nin evine varmıştık. "Gelmek ister misin?" diye sordum. "Bee'ye bir merhaba dersin."

Jack birini ya da bir şeyleri hatırlıyormuşçasına duraksadı. "Hayır," derken gözlerini kısarak pencereye dikkatle bakıyordu. "Gelmesem daha iyi olur."

Dudağımın kenarını ısırarak, "Peki," dedim. "Öyleyse daha sonra görüşürüz."

Buraya kadarmış, dedim kendi kendime kapıya doğru ilerlerken. *Neden bu kadar rahatsız görünüyordu?*

Birkaç dakika sonra, "Emily, bekle," diye seslendi Jack sahilden.

Arkama döndüm.

"Affedersin," dedi. "Böyle şeylerden biraz uzakta kaldım." Gözlerinin önüne düşen koyu renkli bir saç tutamını arkaya doğru attıysa da esen rüzgâr saçlarını yine eski haline getirmişti. "Cumartesi akşamı saat yedide akşam yemeğine bana gelmeye ne dersin?"

Olduğum yerde, ağzım açık ona bakakalmıştım. Birkaç saniye o halde durduktan sonra kendimi toplayarak, "Sevinirim," diye yanıt verdim.

Jack yüzünde koca bir gülümsemeyle, "O halde görüşürüz," diye karşılık verdi.

O sırada Bee'nin bizi pencereden izlediğini fark etmiş olsam da eve girdiğimde onu koltukta otururken buldum.

"Bakıyorum da Jack'le tanışmışsınız," dedi Bee, gözleri önündeki bulmacaya dikiliydi.

"Evet, bugün Henry'nin evinde karşılaştık."

"Henry'nin mi?" diye sordu Bee, gözlerini bulmacadan kaldırarak. "Ne yapıyordun orada?"

"Bu sabah yürüyüşe çıkmıştım ve sahilde onunla karşılaştık," diyerek omzumu silktim. "Beni kahve içmeye davet etti."

Bee endişeli görünüyordu.

"Ne oldu?" diye sordum.

Elindeki kalemi bırakıp yüzüme baktı. "Dikkat et," dedi manalı manalı, "özellikle Jack'e."

"Dikkat mi edeyim? Neden?"

"İnsanlar göründükleri gibi değillerdir," dedi ve okuma gözlüğünü çıkarıp yan masadaki mavi kadife kutuya koydu.

"Ne demek istiyorsun?"

Bee kendine has tavrıyla sorduğum soruyu duymazdan gelmişti. "Saat on iki buçuk olmuş," diyerek iç çekti. "Şekerleme yapma vaktim gelmiş."

Sonra da ufak kahve fincanına biraz şarap koydu. "İlacım," dedi göz kırparak. "Öğleden sonra görüşürüz."

Bee ve Jack'in arasında bir şeylerin geçtiği açıktı. Bunu Jack'in yüz ifadesinde gördüğüm gibi Bee'nin ses tonunda da hissetmiştim.

Bee odasına çekildikten sonra ben de kanepeye uzandım ve uzanır uzanmaz da esnemeye başladım. Biraz şekerleme yapma düşüncesiyle misafir odasına gidip, kenarları fırfırlı, pembe yorganla kaplı büyük, pembe yatağa kıvrıldım. Sonra da havaalanından almış olduğum romanı okumaya başladım ama iki bölüm okumak için mücadele ettikten sonra, kitabı yere fırlattım.

Üzerimde takı varken uyuyamadığım için saatimi çıkardım ve komodinin çekmecesini açtım. Fakat saati içine koyduğum sırada bir şey dikkatimi çekti.

Bu, bir tür günlüktü. Elime aldım ve biraz inceledim. Günlük eskiydi ve dikkat çekici kırmızı, kadife kapağı yıpranmıştı. Kapağına dokunur dokunmaz bir suçluluk duygusu hissetmiştim. Bu, Bee'nin günlüğü müydü, acaba? Tüylerim ürpererek günlüğü dikkatle çekmeceye koydum. Aradan birkaç dakika geçmişti ki kendime hâkim olamayarak çekmeceyi açıp günlüğü yeniden elime aldım. Buna gerçekten karşı koyamıyordum. *Sadece ilk sayfasına bakacağım, o kadar.*

Sararmış ince sayfaları, yalnızca zamanla aktarılabilecek bir el değmemişlik hissine sahipti. Ne olduğu hakkında bir fikir sahibi olmak için ilk sayfasına göz gezdirdiğim sırada, sağ alt köşede siyah mürekkeple *'Müsvedde'* kelimesinin yazılmış olduğunu gördüm. Uzun zaman önce okuduğum bir kitaptaki yirminci yüzyılda yaşayan bir karakterin, roman yazmak için aynı bu şekilde bir not defteri tuttuğu aklıma geldi. *Acaba bu da bir roman taslağı mıydı, yoksa gerçekten bir günlük müydü?* İlk sayfayı adeta büyülenmişçesine çevirirken, suçluluk duygusunu da bastırmaya çalışıyordum. *Sadece bir sayfa daha, sonra yerine koyacağım.*

Bir sonraki sayfadaki yazılar, şimdiye kadar gördüğüm en güzel elyazısıydı. Bu beni daha da heyecanlandırmıştı. "1943 Yılında Küçük Bir Adada Yaşananların Hikâyesi."

Bee hiç yazmazdı, en azından ben hiç fark etmemiştim. Peki, Bill Dayı? Hayır, bu yazı kesinlikle bir kadına aitti. Peki, neden bu *pembe* odadaydı? Kim ismini vermeden bir kitap yazmaya kalkardı ki ve neden?

Derin bir nefes aldım ve sayfayı çevirdim. *Birkaç satır daha okumanın kime ne zararı olabilir ki?* Paragrafı okumaya başladığımda kendime daha fazla engel olamamıştım artık.

❧

Elliot'ı öpmeyi asla düşünmemiştim. Evli bir kadın kesinlikle böyle davranmazdı, en azından benim gibi evli kadınlar... Bu, hiç uygun değildi. Fakat gelgit çok yoğundu ve rüzgâr da şiddetliydi. Elliot ise adeta sıcak bir şal gibi bedenimi sarıyor, hiç olmaması gereken bu yerde beni okşuyordu. Bu haldeyken ondan başka bir şey düşünemiyordum. Tıpkı eski günlerdeki gibiydik. Şu anda evli olmama ve şartların değişmesine rağmen, kalbim Elliot ile olduğum zamanda kalmıştı ve onca zaman bu anı beklemişti sanki. Ben de yine bu yere geri dönmüştüm. Bobby bana hiç böyle sarılmamıştı. Ya da sarılmıştı belki de, yine de onun dokunuşları ruhumu bu denli okşamamıştı.

Evet, bu soğuk Mart gecesinde ne Elliot'ı öpmek ne de arkasından gelecek olan olaylar zincirini yaşamak vardı aklımda. Fakat 1943 yılının Mart ayında başlayan bu olaylar zinciri, hayatımı ve çevremdeki insanların yaşantısını sonsuza dek değiştirecekti. Benim adım Esther... ve bu benim hikâyem.

◆❀◆

Başımı günlükten kaldırdım. *Esther? Esther da kim? Belki de bir takma ad? Ya da kitaptaki bir karakter mi?* O anda kapının tıklandığını duyar duymaz günlüğü saklamak için yorganı çeneme kadar çektim.

"Evet," diye seslendim.

Bee kapıyı açtı. "Uyuyamadım," dedi gözlerini ovuşturarak. "Uyumak yerine alışverişe gitmeye ne dersin?"

"Çok iyi olur," dedim ama kalıp günlüğü okumaya devam etmek istiyordum.

"Kapının önünde seni bekliyorum, haydi hazırlan," diyen Bee, birkaç saniye gözlerimin içine baktı. Bu adada yaşayan insanların sırları olduğunu düşünmeye başlamıştım ve kimsenin de bu sırları benimle paylaşmaya niyeti yoktu.

Dördüncü Bölüm

Market, Bee'nin evinden yaklaşık bir kilometre uzaklıktaydı. Küçükken koca bir demet elde edip o keskin bal kokusunu alana kadar, yol boyunca mor yonca toplaya toplaya tek başıma markete giderdim. Bazen de kız kardeşimle ya da kuzenlerimle yürüyerek oraya giderdik. Yola çıkmadan önce yirmi beş sent versinler diye büyüklere yalvarır, cebimizi çikletlerle doldurup öyle eve dönerdik. Eğer yaz mevsiminin bir tadı olsaydı, bu kesinlikle pembe çiklet tadında olurdu.

Bee ile şehir merkezine giderken yol boyunca sessizlik hâkimdi. Bu eski arabanın en güzel yönü, eğer konuşmak istemiyorsan buna zorunlu olmamandı. Motorun mırıldanan rahatlatıcı sesi, içerideki huzursuzluğu yok ediyordu.

Bee alışveriş listesini bana uzatarak, "Fırına uğrayıp Leanne ile konuşmam gerek," dedi. "Sen alışverişe başlar mısın tatlım?"

"Tabii ki," diyerek gülümsedim. Oraya en son on yedi yaşında gitmiş olsam da yolumu bulacağımı biliyordum.

Abur cuburlar büyük ihtimalle yine üçüncü reyonda duruyordu ve sebze-meyve reyonundaki, pazılarını göstermek için tişörtünün kollarını yukarıya kadar kıvıran hoş çocuk da orada olmalıydı.

Bee'nin alışveriş listesine şöyle bir göz gezdirdiğimde akşamki yemek için ağız sulandıran malzemelerin olduğunu gördüm; somon, arborio pirinci, pırasa, tere, arpacık soğanı, beyaz şarap, ravent, şekerli krema. Reyon yakın olduğundan beyaz şarapla alışverişime başlamaya karar verdim.

Marketin şarap reyonu, sınırlı seçim şansı bulunan bir bakkal dükkânından çok lüks bir restoranın kilerini andırıyordu. Bu kilere inen merdivenler loştu. İçerideki tozlu şişeler ise tehlikeli bir şekilde duvarlara tutunmuş gibi görünüyordu.

"Yardım edebilir miyim?"

Biraz ürkerek yukarıya baktım ve benim yaşlarımda bir adamın bana doğru yaklaştığını gördüm. Bu nedenle gerileyince neredeyse bir beyaz şarap rafını deviriyordum. "Aman Tanrım, özür dilerim," dedim, bir yandan da bovlingdeki labutlar gibi sallanıp duran bir şişeyi durdurmaya çalışıyordum.

"Mühim değil," diye karşılık verdi adam. "Kaliforniya beyazı mı ya da daha yerel bir beyaz şarap mı arıyorsunuz?"

Kilerde çok az ışık olduğu için ilk başta onun kim olduğunu çıkaramadım. "Aslında, ben sadece..." Ve o anda yukarıdaki raftan bir şişe almak için bana yaklaştığında yüzünü net bir şekilde gördüm. Şaşkınlıktan ağzım bir karış açık kalmıştı. "Aman Tanrım, *Greg* bu sen misin?"

O da gözlerine inanamıyormuşçasına başını iki yana sallayarak bana bakıyordu. "Emily?"

Bu durum hem biraz ürkütücü hem heyecan verici aynı

zamanda da rahatsız ediciydi. Burada, üzerinde market önlüğüyle karşımda duran kişi, benim gençlik aşkımdı. Onu en son yirmi sene önce görmüş olmama rağmen, yüzü hâlâ muhteşem bikinimin üstünü kaldırmasına izin verdiğim ve ellerini göğüslerimde gezdiren adamın tanıdık yüzüydü. Beni çok sevdiğinden o kadar emindim ki bir gün evleneceğimizi düşünürdüm. Bundan hiç şüphem olmadığından marketteki kadınlar tuvaletindeki tuvalet kâğıtlarının arkasına hep "Emily + Greg = Aşk" yazardım. Ancak yaz bitmiş ve evime geri dönmüştüm. Beş ay boyunca posta kutumu kontrol etmiştim ama ondan hiç haber almamıştım. Beni aramamıştı da. Sonra bir sonraki yaz Bee'ye geldiğimde sahil boyunca yürüyüp onun evine gitmiş, kapısını çalmıştım. Hiç hoşlanmadığım kız kardeşi kapıyı açtığında, Greg'in üniversite için şehirden ayrıldığını ve yeni bir kız arkadaşı olduğunu söylemişti. Adı da Lisa idi.

Greg hâlâ inanılmaz derecede yakışıklıydı ama şimdi biraz yaşlanmış ve yıpranmıştı. Benim de *yıpranmış* gözüküp gözükmediğimi merak ediyordum. Evli olup olmadığını anlayabilmek için sol elinde alyans var mı diye bakmadan edemedim. Yoktu.

"Burada ne arıyorsun?" diye sordum. Buranın onun çalıştığı yer olduğu hâlâ aklıma gelmemişti. Greg'i hep ya bir pilot ya da bir orman bekçisi olarak hayal etmiştim, cesur biri olarak, büyük biri olarak. Ama şimdi bir market görevlisiydi. Hiç yakışmıyordu ona.

"Burada çalışıyorum," dedi Greg, gururla gülümseyerek. Göğsünün üzerinde duran isminin yazılı olduğu kimlik kartını işaret etti ve daha sonra ağarmış sarı saçlarını eliyle ovuşturdu. "Vay be, seni görmek güzel," diye devam etti. "On beş sene oldu mu?"

"Evet," dedim. "Bir saniye, belki de daha *fazla*. Bu çok ilginç."

"Harika görünüyorsun," dedi. Bu söylediği sözle kendime olan güvenim yerine gelmişti.

"Teşekkür ederim," diye yanıt verdim. Ayaklarıma baktım. Ah Tanrım, ayaklarımda lastik çizmeler vardı. Herkes eski aşkıyla karşılaştığında şık bir kokteyl elbisesiyle görünmeyi hayal ederken, benim üzerimde Bee'nin gardırobundan aldığım saçma sapan yün bir kazak vardı. Olamaz!

Yine de Greg, fırtınalı bir günü anımsatan gri-mavi gözleriyle bana bakarken kendimi iyi hissettiriyordu.

Greg dirseğini duvara dayayıp gülümseyerek, "Seni buraya hangi rüzgâr attı?" dedi. "Yanlış hatırlamıyorsam sen New York'ta ünlü bir yazardın."

Gülümsedim. "Bir aylığına Bee'yi ziyarete geldim."

"Aa, gerçekten mi? Bir süredir onu her alışveriş yaptığında görüyorum. Ona hep senin nasıl olduğunu sormak istedim." Duraksadı. "Ama her seferinde korktum."

"Korktun mu?"

Greg alnını ovuşturarak, "Bilmiyorum," dedi. "Sanırım on altı yaşındaydık, değil mi? Ve beni terk etmiştin."

Gülümsedim. "Hayır, üniversite için sen gitmiştin." Greg'in sevdiğim sıcak bir enerjisi vardı.

"O zaman neden buradasın, onca yıldan sonra neden şimdi?"

İçimi çekerek, "*Hımm*, aslında biraz karışık," diye yanıt verdim.

"Karmaşık şeyleri severim."

Bir zamanlar alyans takılı olan parmağımı ovuşturdum. "Buradayım çünkü..." Duraksadım ve anlatmam için beni teşvik etmesi veya etmemesi için yüzüne baktım. Ancak milyonlarca yıl önceki erkek arkadaşımın benim medeni durumumun ne olduğunu umursamasını düşünmek, ne kadar da aptalcaydı. Sonunda her şeyi olduğu gibi söyledim. "Buradayım çünkü yeni boşandım ve kahrolası şeyi unutmak için bir süreliğine New York'tan ayrıldım."

Greg ellerini omuzlarıma yerleştirerek, "Üzüldüm," dedi. Bu hareketiyle büyümüş olan Greg'i genç olan Greg'den daha çok sevdiğime karar vermiştim.

"Ben iyiyim," dedim ve içimden iyi bir zihin okuyucu olmasın diye dua ettim.

Ancak Greg söylediklerime inanmıyormuşçasına başını salladı. "Hiç değişmemişsin."

Ne söylemek istediğini tam olarak anlayamamıştım, bu yüzden, "Teşekkür ederim," dedim. Herkes gibi Greg de bir zamanlar özel şeyler yaşadığı biriyle konuşacağı tarzda konuşuyordu. Ama bende özsaygı hissini uyandırmıştı. Gergin bir tavırla saçımı düzeltirken saçlarımı kestirmem gerektiğini hatırladım. En azından üç ay önce bunu yapmayı düşünmüştüm.

"Ben de senin için aynı şeyleri söyleyebilirim," diye karşılık verdim. "Muhteşem görünüyorsun." Duraksadım. "Hayat nasıl gidiyor? Evlendin mi?"

Neden bilmiyorum ama onun evli ve Bainbridge Adası'nda güzel bir hayatı olduğunu düşünüyordum. Muhteşem bir ev... Muhteşem bir eş... Geniş bir arabanın içine doluşmuş yarım düzine çocuk...

"Evlenmek mi?" diyerek omuz silkti Greg. "Hiç evlenmedim. Böyle mutluyum. Sağlıklıyım. Sence de yeterli değil mi?"

Başımla onu onaylayarak, "Elbette öyle," diye yanıt verdim. Hayatı planladığı gibi gitmeyen tek kişi ben olmadığım için sevindiğimi itiraf etmeliyim.

"Gerçekten iyi olduğuna emin misin? Eğer biriyle konuşma ihtiyacı hissedersen, ben..." Greg önlüğünün geniş cebinde asılı duran havluyu kaptı ve alt raftaki birkaç kırmızı şarap şişesinin tozunu almaya başladı.

Belki ortamın loşluğundan, belki de etrafta o kadar şarabın oluşundan bilemiyorum ama kendimi Greg'in yanında rahat hissediyordum. "Peki, içinde bulunduğum durumun zor olmadığını söylersem yalan olur. Ama zamanla bunun da üstesinden geleceğim. Bugün nasıl hissettiğimi sorarsan, daha iyiyim aslında," dedim ve yutkundum. "Dünü soracak olursan, daha kötüydüm."

Sözlerimi başıyla onaylayan, sonra yine gülümseyen Greg, adeta eski günleri hatırlıyormuşçasına bana sevgiyle bakıyordu. "Seni Seattle'a konsere götürdüğüm günü hatırlıyor musun?"

Başımı olumlu anlamda salladım. O gecenin üzerinden bir asır geçmişti sanki. Annem gitmeme izin vermemişti ama mucizelerin kadını Bee, Greg'in beni 'senfoni'ye götüreceğini söyleyerek annemi ikna etmişti.

"Neredeyse o gece eve gitmeyecektik," dedi Greg, gözlerinde o eski hatıraları anımsayan bir bakışla.

"Hatırladığım kadarıyla erkek kardeşinin üniversitede kaldığı yurtta senle kalmamı istemiştin," dedim, o zamanki davranışlarıma göz devirerek. "Annem beni öldürecekti!"

Greg omzunu silkerek, "Bunun için beni suçlayacak değilsin ya?" dedi. En başından beri beni kendine çeken o sıcaklığa hâlâ sahipti.

Greg, şarapları göstererek ortamdaki tuhaf sessizliği bozmuştu. "Bir şişe şarap istiyordun değil mi?"

"Aa, evet," diye yanıt verdim. "Bee beni beyaz şarap almam için göndermişti buraya. Hangisini önerirsin?" İş şarap seçmeye gelince tam bir aptal gibi oluyordum.

Greg gülümseyerek parmağını kaldırıp karşıdaki orta rafı işaret etti ve bir hekimin hassasiyetiyle şişeyi aldı. "Bunu dene," dedi. "Benim en sevdiklerimden bir tanesidir. Burada yetiştirilen yerel üzümlerden yapılmıştır. Bir yudum aldığında âşık olacaksın."

O anda Greg'in arkasında başka bir müşteri belirdi. Fakat Greg ona yardımcı olmadan önce hızla benden yana dönerek, "Benimle yemeğe çıkar mısın?" diye sordu. "Sadece bir kere. Sen geri dönmeden sadece bir kere?"

"Elbette," deyiverdim hemen. Teklifi düşünme fırsatım olmamıştı çünkü düşünseydim cevabım muhtemelen –aslında kesinlikle– hayır olacaktı.

"Harika," dedi Greg. Gülümsemesiyle bembeyaz dişlerinin ortaya çıkması, ister istemez dilimi kendi dişlerimde gezdirmeme neden oldu. "Seni yengenden arayacağım."

"Tamam," dedim şaşkın bir ifadeyle. Bu gerçek miydi? Tere almak için sebze-meyve reyonuna gittiğimde Bee'yi gördüm.

"Ah, işte buradasın," diyerek bana karşıdan el sallıyordu. "Buraya gel tatlım, seni biriyle tanıştırmak istiyorum."

Bee'nin yanında, koyu renk gözlerine uyumlu koyu renk boyalı saçlarıyla onun yaşlarında bir kadın duruyordu. Hayatımda hiç bu kadar kara gözlü birini görmemiştim. Neredeyse gözlerinin rengi siyahtı ve soluk, krem rengi teniyle oldukça zıttı. Seksen yaşlarında olduğunu düşünmezsek, kadında yaşlılıkla ilgili hiçbir belirti yoktu.

"Bu Evelyn," dedi Bee övünerek. "En sevdiğim arkadaşım."

"Tanıştığıma memnun oldum," dedim.

"Evelyn ve ben çok eski arkadaşız," diye açıklamaya başladı Bee. "İlkokuldan beri arkadaşız. Aslında onunla küçükken tanışmıştın ama hatırlamıyor olabilirsin."

"Üzgünüm, hatırlamıyorum," diye yanıt verdim. "Korkarım o zamanlar aklım sadece tek bir şeye çalışıyordu. Yüzme ve erkekler..."

Evelyn beni çoktan tanıdığını gösterircesine gülümseyerek, "Seni tekrar görmek çok hoş," dedi. Onda kesinlikle tanıdık bir şeyler vardı, ama neydi?

Kot pantolon ve kazak giyen Bee'nin aksine eski bir manken gibi görünüyordu. Yüksek belli pantolon veya lastik tabanlı ayakkabılar giymiyordu. Üzerinde şık bir elbise ve ayağında babet ayakkabı olmasına rağmen baştan aşağıya kendine özgün gözüküyordu, aynı Bee gibi. Ona hemen ısınmıştım.

"Bir saniye, seni hatırlıyorum!" dedim birden. Gözlerindeki parıltı ve yüzündeki gülümseme, beni hemen Danielle'yle birlikte Bee'de kaldığımız 1985 yılına götürmüştü. Bize annemle babamın bir seyahate çıktıkları söylenmişti ama sonradan o yaz ayrıldıklarını öğrenmiştim. Babam, temmuz ayında annemi terk etmişti ve eylüle kadar aralarındaki anlaşmazlığı gidermeye çalışmışlardı. Annem on beş kilo zayıflamıştı ve babamınsa sakalı uzamıştı. Birbirlerine karşı oldukça yabancıydılar. O zaman Danielle bana babamın bir kız **arkadaşı** olduğunu söylemişti ama buna inanmamıştım. **Annemin** onca yıl eziyetlerine, bağırışlarına tahammül **ettikten** sonra, babamı böyle bir şeyle suçlayamazdım. **Babam oldukça sabırlı bir adamdı.**

Aslında aklıma gelen **onların ayrılması** değildi; Evelyn'in bahçesiydi. Çocukken **Bee** bizi oraya götürmüştü. Bir anda her şey gözümün önüne **geldi;** ortancaların, güllerin, yıldız çiçeklerinin büyülü **dünyası** ve Evelyn'in bahçesinde yediğimiz limonlu **kurabiyeler.** Bee, bahçedeki yemyeşil ağaçları ve çiçekleri **resmettiği** tuvali üzerinde çalışırken, kız kardeşim ve benim **çardaktaki bankta** oturuşumuz daha dün gibiydi. "**Bahçen,**" dedim. "**Bahçeni** hatırlıyorum."

"Evet," dedi Evelyn **gülümseyerek.**

Başımı olumlu **anlamda salladım.** Aslında bilinçaltımdan bir anda fırlayıveren **anıların,** zihnimde bu kadar derinlere gömülmesine **biraz şaşırmıştım.** Sebze-meyve reyonunun orada dururken, **sarı zambakları** ve cennet gibi tatları olan kurabiyeleri hatırladım. Sonra o belirsiz sis perdesi de tamamen kalktı **zihnimden.** Çardaktaki eski gri bankta oturuyordum, ayağımda *Keds* marka bez spor ayakkabılarım vardı. Daha doğrusu gerçek *Keds* değillerdi. Gerçek bir *Keds* almaya kalksaydım bu bana tam tamına on bir dolar daha pahalıya mal olacaktı ama o spor ayakkabıyı çok istemiştim. Bir ay boyunca **her** cumartesi banyoyu temizleyeceğime dair anneme **söz vermiştim.** Evi temizleyip tozunu alacaktım, babamın **gömleklerini ütüleyecektim.** Fakat annem olmaz demişti ve **akşamına** bir ucuzluk noktasından ayakkabıların taklidini **alıp gelmişti.** Tanıdığım bütün kızların, arkasında mavi **etiketi olan** gerçek *Keds*'leri vardı. Ve o gün Evelyn'in **bahçesinde** otururken, sağ ayağımdaki ayakkabının mavi etiketi kopmak üzere olduğu için somurtup duruyordum.

Bee, bu duruma kayıtsız kalan Danielle ile birlikte bahçeyi turlarken, Evelyn benim yanıma oturmuştu. "Neyin var tatlım?"

"Bir şeyim yok," diyerek omuz silkmiştim.

Evelyn elimi sıkarak, "Peki," demişti sadece. "İstersen bana anlatabilirsin."

İç çekerek, "Biraz garip olacak," diye konuşmaya başlamıştım, "ama bana yapıştırıcı verebilir misin?"

"Yapıştırıcı mı?"

Sonra da ayakkabımı işaret etmiştim. "Annem bana gerçek *Keds* almıyor ve arkasındaki etiketi düştü. Ben de..." O anda ağlamaya başlamıştım.

"Tamam, tamam şimdi getiriyorum," diyen Emily, cebinden bir mendil çıkarıp bana vermişti. "Ben senin yaşındayken, okuldan bir kız, muhteşem kırmızı bir ayakkabı giyerdi. O ayakkabılar ayağında yakut gibi ışıldardı. Babası oldukça zengindi ve herkese babasının ayakkabıları ona Paris'ten getirdiğini söylerdi. Ben de o kırmızı ayakkabıları her şeyden çok isterdim."

"Almış mıydın?" diye sormuştum.

Evelyn başını iki yana sallayarak, "Hayır ama biliyor musun? O kırmızı ayakkabıları hâlâ istiyorum," demişti. "Tatlım, sense bir yapıştırıcı istemek yerine yeni bir çift ayakkabı istemez misin? Adı ne demiştin?"

"Keds," diye yanıt vermiştim usulca.

"Ah, evet Keds."

Sorusu üzerine başımı olumlu anlamda sallamıştım.

"Peki, yarın ne yapacaksın?" diye sormuştu Evelyn.

O anda gözlerim neredeyse yuvalarından fırlayacaktı. "Hiçbir şey."

"O zaman anlaştık. Yarın sana yeni bir çift Keds almak için Seattle'a gidiyoruz."

"Ge-gerçekten mi?" diye kekeleyerek sormuştum.

"Gerçekten."

O zaman ne diyeceğimi bilemediğimden sadece gülümsemiş ve ayakkabımdaki geri kalan mavi etiketi de çekip koparmıştım. Onun artık bir önemi kalmamıştı. Ertesi gün yeni ve gerçek bir çift *Keds*'im olacaktı.

"Evelyn," diye seslendi Bee alışveriş sepetine bakarak. "Bu akşam yemek yapacağım, sen de gelmek ister misin?"

"Aa, hayır," diye yanıt verdi Evelyn. "Gelemem. Zaten siz de Emily'le uzun zamandır görüşmüyordunuz."

Gülümsedim. "Gelirsen çok mutlu olurum."

"Peki, tamam o zaman."

"Harika," dedi Bee. "O zaman saat altı gibi gelirsin."

Evelyn, "Peki, görüşürüz," diye karşılık verdikten sonra patatesleri incelemeye koyuldu.

"Bee," diye fısıldadım. "Kiminle karşılaştığımı söylesem inanamazsın."

"Kiminle?"

"Greg'le," dedim usulca. "Greg Attwood."

"Hani şu eski erkek arkadaşın mı?"

Başımı olumlu anlamda salladım. "Ve beni yemeğe davet etti."

Bee sanki bu durum planın bir parçasıymış gibi gülümsedi. Eline kırmızı bir soğan alıp inceledikten sonra başını iki yana sallayarak onu yerine attı. En iyisini bulana kadar bunu birkaç kez tekrarladı. Sonra kendi kendine bir şeyler mırıldandı, ona ne söylediğini sorduğumda ise karşı tarafa geçmiş bir poşeti pırasalarla dolduruyordu. Şarap reyonunun merdivenlerine bir bakış attım ve kendi kendime gülümsedim.

❦

Bee saat altıdan önce masaya üç tane şarap bardağı koydu ve Greg'in bizim için seçtiği şarap şişesinin tıpasını açtı.

"Tatlım, mumları yakar mısın lütfen?"

Kibritlere uzanırken, çocukluğumda Bee'nin evinde yediğimiz akşam yemeklerini hatırladım. Bee, asla mum ışığı olmadan bir yemek masası hazırlamazdı. "Güzel bir akşam yemeği, mum ışığı olmadan olmaz," demişti bana ve kız kardeşime yıllar önce. Bunun oldukça zarif ve eğlenceli olduğunu düşünürdüm. Anneme, bizim de aynı şeyi yapıp yapamayacağımızı sorduğumda, hayır demiş ve eklemişti. "Mumlar sadece doğum günleri içindir. Ve bu da yılda sadece bir kere olur."

Bee, Greg'in tavsiye ettiği şarabı yakından incelerken, "Güzel," dedi ve etikete göz attı. *"Pinot grigio.*"*

Masaya oturdum ve büyük bir bıçakla pırasaları doğramaya koyulan Bee'ye, "Geçen gün Jack hakkında söylediklerini düşündüm de," dedim. "İkinizin arasında ne geçti?"

Bee biraz şaşkın bir tavırla başını kaldırdı, sonra bıçağı birden bırakarak eline sarıldı. "Aah," diye sızlandı. "Elimi kestim."

"Olamaz," diyerek ona doğru koştum. "Özür dilerim."

---

* İtalya'nın dünyadaki en popüler beyaz üzümlerindendir. Şarabı, açık altın sarısı, yüksek asitli ve yüksek alkollüdür. (Ed. N.)

"Hayır, senin suçun değil. Bu eller eskisi gibi iyi işlemiyor artık."

Bee'yi masaya doğru yönlendirerek, "Ben doğrarım," dedim.

Bee parmağımı sargıyla sardığı sırada ben de pırasaları doğramayı bitirip risottoyu karıştırdım. Tavayı her karıştırışımda buhar yüzüme vuruyordu.

"Bee, bu pek mantıklı değil ama-"

Evelyn'in ön kapıdan gelen ayak sesleriyle lafım yarıda kalmıştı. "Merhaba kızlar!" diye seslendi mutfağa doğru yürüyerek. Elinde bir şişe şarap ve kahverengi bir ambalaj kâğıdına sarılı bir buket mor leylak vardı.

"Çok güzeller," diyerek gülümsedi Bee. "Bu mevsimde bunları nereden buldun?"

Evelyn, sanki Bee ona gökyüzünün rengini sormuşçasına sakin bir sesle, "Bahçemden," diye yanıt verdi. "Benim leylak ağaçlarım seninkilerden önce açıyor." Bunu altmış yıllık arkadaşlığa yakışır bir rekabet havasında söylemişti.

Bee, Evelyn'e bir viski ikram ettikten sonra kendisi masadaki son hazırlıkları rahat rahat bitirebilsin diye bizi oturma odasına gönderdi.

"Yengen biraz şey değil mi?" dedi Evelyn, Bee'nin bizi duymayacağından emin olduğunda.

"O bir efsane," dedim gülümseyerek.

"Kesinlikle," diye karşılık verdi Evelyn. Bardağındaki buz tıkırdıyordu ama ona bunu bilerek mi yaptığını yoksa ellerinin mi titrediğini soramadım.

"Bu gece ona bir şey söyleyecektim," dedi bana dönerek. Sanki yeni bir araba ya da yeni bir ev almış veya seyahate gidecekmiş gibi gelişigüzel söylüyordu sözlerini. Fakat daha sonra gözlerindeki yaşı fark ettim. "Aslında buraya gelirken ona bu gece söyleyeceğim diye karar vermiştim. Ama şimdi ona baktığımda, ne kadar iyi olduğunu gördüğümde bir an düşündüm. Neden bu güzel geceyi berbat edeyim?"

Aklım karışmıştı. "Ona ne söyleyeceksin?"

Evelyn başını sallayarak, "Kanserim. Son evrede," dedi. Söylenebilecek en açık şekilde söylemişti. "Bir ay ya da ondan daha az bir zamanım var. Yılbaşından beri biliyorum. Ancak Bee'ye nasıl söyleyeceğimi bilmiyorum. Aslında ben öldüğümde öğrense daha kolay olur diye düşünüyorum."

"Evelyn, çok üzüldüm," diyerek ellerini tuttum. "Ama Bee'nin bu durumu bilmemesini nasıl istersin? O seni seviyor."

Evelyn içini çekti. "Elbette bilmeli ama az bir zamanımız kaldı, geri kalan zamanı da hastalık ya da ölümden bahsederek geçirmek istemiyorum. Her zamanki gibi viski içerek, oyun oynayarak ya da ona takılarak zamanımı geçirmeyi tercih ederim."

Sözlerini başımla onayladım. Evelyn'le aynı fikirde olmasam da onu anlayabiliyordum.

"Affedersin," dedi Evelyn. "Bugün adadaki ilk günün. Kendi problemlerimle seni sıkmamalıydım. Kendimden utanmalıyım."

"Önemli değil. Dürüst olmam gerekirse *benim* sorunlarımdan bahsetmemek güzel."

İçkisinden büyük bir yudum aldıktan sonra derin bir iç çekti. "Benim yerimde olsan ne yapardın? En yakın arkadaşına bundan bahsedip belki de birlikte geçireceğiniz son geceyi berbat eder miydin, yoksa sonuna kadar her zaman olduğu gibi mutlu mu olmaya çalışırdın?"

"Peki, açıkça söylemem gerekirse, arkadaşımın desteğine ihtiyaç duyardım. Ama sen, sen çok güçlüsün." Kendimi boğuluyormuş gibi hissediyordum. "Senin gücüne hayranım."

Evelyn yanıma yanaştı. "Güç mü? Saçmalık. Dört yaşındaki bir çocuk ne kadar ağrılara dayanabilirse ben de o kadar dayanabiliyorum," diyerek bir kahkaha attı ve fısıldadı. "Haydi şimdi biraz dedikodu yapalım. Sana yengen hakkında bilmediğin ne söylememi istersin?"

Kafamda milyonlarca cevapsız soru vardı, sonra aklıma bugün komodinin çekmecesinde bulduğum esrarengiz defter geldi. "Peki," dedim ve Bee'nin mutfakta olduğundan emin olana kadar sustum. Ocaktaki tavanın sesi, onun hâlâ mutfakta olduğunu gösteriyordu. "Aslında sormak istediğim bir şey var."

"Nedir tatlım?" diye sordu Evelyn.

"Şey, aslında," diye fısıldayarak konuşmaya başladım, "bugün kaldığım odadaki komodinde kırmızı kadife kapaklı günlük gibi bir defter buldum. 1943 tarihli çok eski bir defter. Defterin ilk sayfasını okumaktan kendimi alamadım. Çok etkileyiciydi."

Bir an için Evelyn'in gözlerinde bir titreme, hatırladığına dair bir parıltı gördüğümü sandım. Fakat gözlerindeki o ışık birden sönmüştü.

"İçindekileri Bee'nin yazıp yazmadığını merak ediyorum," diye fısıldadım. "Onun yazar olup olmadığı hakkında hiçbir fikrim yok. Kariyerim göz önüne alındığında bunu benimle paylaşır mı sence?"

Evelyn elindeki içkiyi bıraktı. "Bu günlük hakkında bana başka neler söyleyebilirsin? Şimdiye kadar ne okudun?"

"Aslında sadece ilk sayfasını okudum ama hatırladığım kadarıyla karakterlerden biri Esther," dedim bir an duraksayarak, "diğeri de Elliot ve-"

Evelyn eliyle hemen ağzımı kapatarak, "Bu hikâyeden Bee'ye bahsetmemelisin," dedi. "Henüz değil."

Evelyn'in bu davranışı bana daha şekillenmemiş bir romandan hemen bahsetmemem gerektiği fikrini vermişti. Tanrı biliyor ya, kitabım yayımlanmadan önce bunun gibi bir sürü roman taslağım olmuştu. Ama neden şu günlükte yazar adı yoktu? Buna hiç anlam veremiyordum. "Evelyn, bunu kim yazdı?" Gözlerinin altındaki morluklar şimdi daha da belirginleşmeye başlamıştı. Evelyn derin bir iç çekerek ayağa kalktı ve Bee'nin şöminesinin üzerinden bir denizyıldızı aldı. "Denizyıldızları oldukça gizemli yaratıklar, öyle değil mi? Vücutlarında tek bir kemik yok. Her yerleri kıkırdak ve kırılgan ama buna rağmen oldukça cesaretli ve azimliler. Parlak renkliler. Her yere kolaylıkla uyum sağlıyorlar ve kuvvetli ciğerlere sahipler. Denizyıldızının bir kolu yaralandığı zaman başka bir kolunun çıktığını biliyor muydun?"

Evelyn denizyıldızını yerine koydu ve "Büyükannen denizyıldızlarına bayılırdı," dedi. "Tıpkı denize bayıldığı gibi." Duraksadı ve kendi kendine gülümsedi. "Kıyıda çok fazla vakit geçirirdi. Sahilden taşlar toplar ve kayalıkların altındaki yengeçlerin yaşamları hakkında hayaller kurardı."

"Bu gerçekten çok şaşırtıcı," dedim. "Büyükannemin koydan hiç hoşlanmadığını düşünürdüm. Acaba büyükannem ve büyükbabamın Richland'a taşınma nedeni bununla mı ilgiliydi?"

"Evet ama... Üzgünüm, anılara daldım," dedi Evelyn, yerine oturdu ve bana baktı. "Şimdi, bu günlük senin ellerinde yerini bulmuş. Okumaya devam etmelisin Emily. Bu önemli bir hikâye, neden önemli olduğunu göreceksin."

Derin bir iç çektim. "Keşke daha fazla şey anlayabilseydim."

"Zaten sana çok fazla bilgi verdim, tatlım," dedi. "Aslında bu konu hakkında konuşmak bana düşmez. Ama bu hikâyeyi öğrenmeyi hak ediyorsun. Okumaya devam et. İstediğin cevapları bulacaksın."

Evelyn bir an için boş boş bakındı etrafa. Sanki Esther ve Elliot'ın hikâyesinin başladığı ana geri dönmüştü.

"Peki ya Bee? Bunu ondan nasıl saklayacağım?"

"Bazı şeyleri sevdiklerimizden saklayabiliriz, tatlım," diye yanıt verdi Evelyn.

Aklım karışmış bir halde başımı salladım. "Bu kitabı okumam onu neden incitecek anlamıyorum."

Evelyn gözlerini kapattı ve bir süre sonra tekrar açtı. "Çok uzun zamandır bunu düşünüyordum ve inan bana, bir kere de anlamaya çalışman senin için çok ağır olur... ağır ve unutulmaz. Ancak zaman bütün yaraları iyileştirir, tüm bu sayfalar artık önemini yitirmiştir. Yine de bunların, bir gün su yüzüne çıkacaklarını umut ettim her zaman." Birkaç saniye duraksadı. "Hangi odada kalıyordun tatlım?"

Koridorun aşağı kısmını göstererek, "Pembe oda," dedim.

Evelyn başını olumlu anlamda sallayarak, "Evet, okumaya devam et, tatlım," dedi. "Bee ile de ne zaman konuşman gerektiğine sen karar vereceksin, ama bunu yaparken ona karşı nazik ol."

O anda Bee elinde buharı tüten tabakla içeri geldi. "Yemek hazır, kızlar," diye seslendi. "Elimde Bainbridge Adası'nın en iyi şarabı var. Haydi bardakları dolduralım."

Yattığımda neredeyse gece yarısı olmuştu. Bee ve Evelyn anlattıkları çapkınlık hikâyeleriyle beni büyülemişlerdi. Fransızca sınıfındaki futbol takımındaki çocuklarla bir şişe cini nasıl içtiklerini, çok yakışıklı olan matematik hocalarının havuzda yüzerken pantolonunu nasıl çaldıklarını... Aralarındaki arkadaşlık o kadar güzel ve dürüsttü ki bana Annabelle'i hatırlatmıştı. Onu çok özlemiştim.

Yastığımı karyola başına dayayıp yatağa oturdum. Ancak kısa bir süre sonra New York'tan buraya kadar getirmiş olduğum küçük tabloyu bulmak için bavulumu karıştırmaya başladım. Bir kazağımın altında kalan tabloyu, elime alıp yeniden inceledim. Resimdeki çift, aynı diğer çiftler gibi çok doğal gözüküyorlardı. Resmin kompozisyonuna da oldukça uyumluydular; el ele tutuşmuşlardı, dalgalar peşi sıra sahile vuruyordu ve havadaki esinti rüzgârgülünü döndürüyordu. *Bee bu tabloyu yeniden gördüğünde ne diyecekti acaba?* Tabloyu tekrar kazağıma sardım ve bavuluma yerleştirdim.

Çekmecedeki günlük beni çağırıyordu sanki. Ben de çağrısına itaat ederek onu çekmeceden çıkardım. Evelyn'in bana söylediklerini düşünürken, aklımı en çok kurcalayan, Bee ve uzun zaman öncesine dayanan bu gizemli hikâyeydi. İçimden bir ses, bu hikâyenin Bee ile bir bağlantısı olduğunu söylüyordu.

Bobby iyi bir adamdı. Dürüst ve çalışkandı. Seattle'dan feribotla geri döndüğümüz o ılık ocak ayında cebinden bir yüzük çıkarıp, bana evlenme teklif etmişti. Ben de gözlerinin içine bakmış ve yalnızca evet demiştim. Verilecek başka bir cevabım yoktu. Onun bu teklifini geri çevirmem için aptal bir kadın olmam lazımdı.

Savaş devam ediyordu. Ancak Bobby sağlık sorunlarından dolayı askerlikten muaf olmuştu çünkü yasal olarak neredeyse kördü. Yaklaşık beş kilo ağırlığında sanabileceğiniz kalın mercekli gözlük kullanmasına ve o kadar istemesine rağmen, ordu asker olmasına izin vermemişti. Bunları düşünürken bile kendimden nefret ediyorum ama eğer savaşa gitseydi belki de hiçbirimiz bunları yaşamayacaktık.

Ancak Bobby evde kalıp, kariyerine odaklanmıştı. Adada neredeyse herkes boş boş dolanırken, o bir iş sahibiydi. Hem de Seattle'da iyi bir işi vardı. Bana göz kulak olabilirdi ve inanıyorum ki o zamanlar bütün genç kadınların istediği tek şey de buydu.

Teklifini kabul ettiğim zaman bana bakışını hatırlıyorum da elleri kahverengi pantolonunun ceplerindeydi, yüzünde ise koca bir gülümseme vardı. Rüzgâr ince, kahverengi saçlarını bir yana savuruyor ve elimi tutmak için uzandığında bu haliyle neredeyse yakışıklı görünüyordu. Yani yeterince yakışıklı...

Kader miydi yoksa kötü bir şans mıydı bilmiyorum ama o gün Elliot da feribottaydı... hem de başka bir kadınla. Elliot'ın çevresinde her zaman kadınlar olurdu. Tıpkı sinekler gibi onun başına üşüşürlerdi. Yanındaki o kadını hatırlıyorum çünkü boynunda beyaz ipekten bir şal ve üzerinde de bedenine oturan kırmızı bir elbise vardı.

Feribot rıhtıma yanaşmadan önce Bobby ile birlikte oturdukları yerden geçmiştik ama o kadın kendi koltuğunda oturmuyordu çünkü Elliot'a asılmakla meşguldü.

"Merhaba Bobby ve Esther," dedi Elliot, bize el sallayarak. "Bu Lila."

Bobby kibarca konuşurken ben sadece başımı sallamakla yetinmiştim.

Daha sonra Bobby benden yana dönerek, "Onlara söyleyelim mi?" dedi.

Ne demek istediğini çok iyi anlamıştım ama yine de yüzük olan parmağımı onlardan saklamıştım. Altın halkasının üzerinde yarım ayarlık bir taşı olan güzel bir yüzüktü aslında. Hayır, buna engel olan Elliot ile olan geçmişimdi.

Ben daha fikrimi söyleyemeden, "Biz nişanlandık!" diye bağırdı Bobby. O kadar sesli bağırmıştı ki diğerleri de dönüp bize bakmışlardı.

Elliot'la göz göze geldiğimizde, gözlerindeki fırtınayı görebiliyordum. İhanet ya da belki de hüzün dalgaları, bu tanıdık koyu kahve gözlerde çalkalanıyordu adeta. Sonra Elliot bakışlarını benden kaçırarak ayağa kalktı ve Bobby'nin sırtını sıvazladı. "Ya, nasıl oldu?" diye sordu. "Bobby adadaki en tatlı kızı kaptın. Tebrik ederim dostum!"

Bobby sadece gülümserken Elliot benden yana döndü ve bana öfkeyle bakmakla yetindi. O iki dudağının arasından kelimeler dökülmemişti.

Lila boğazını temizledi ve kaşlarını çatarak, "Affedersin?" dedi. "Adadaki en tatlı kız mı?"

"Benim Lila'mdan sonra elbette," diye cevap verdi Elliot, kolunu öyle manalı bir şekilde kızın beline dolamıştı ki gözlerimi başka tarafa çevirmek zorunda kalmıştım.

Onu sevmiyordu. Bunu ikimiz de biliyorduk. Tıpkı Elliot'ın bana, benim de ona ait olduğumuzu bildiğimiz gibi...

Kalbinin o anda nasıl kırıldığını ve nasıl acı çektiğini hissedebiliyordum çünkü ben de aynı şeyleri hissediyordum. Fakat Bobby'ye evet demiştim. Bu benim kendi kararımdı. Hâlâ Elliot Hartley'yi sevmeme rağmen, iki ay içinde Bayan Bobby Littleton olmuştum.

Saat neredeyse gecenin ikisini gösteriyordu, üç bölüm sonra günlüğü bırakmıştım. Esther gerçekten Bobby ile evlenmişti ve bir kızları olmuştu. Elliot'a gelince, kilisede onları birbirlerine yemin ederken gördükten on üç gün sonra, orduya katılması için Güney Pasifik'e çağrılmıştı. Bobby yüzüğü Esther'ın parmağına taktığında o hâlâ Elliot'ı düşünüyordu. Yemin ettiğinde gözleri kilisede Elliot'ı aramıştı ve bir an için göz göze gelmişlerdi.

Elliot orduya katıldığından beri hiç kimse ondan haber alamamıştı. Esther ise her gün önündeki bebek arabasını itekleyerek belediye binasına gitmiş ve güncelleştirilmiş zayiat listesini kontrol etmişti.

Gözlerimi kapatırken Bee'yi düşünüyordum. Bunları yazdığına göre aşkı ve kalp acısını çok iyi biliyor olmalıydı.

Beşinci Bölüm

3 Mart

"Emily," diye seslendi Bee koridordan. Sesinin gittikçe yaklaştığını duyabiliyordum. Sonra kapı aralandı, gözlerimi açtığımda Bee karşımda duruyordu.

"Oo, özür dilerim tatlım, uyuduğunu fark etmemişim. Saat neredeyse on oldu. *Greg* seni arıyor." Yüzündeki gülümseme hem cesaretlendirici hem de alaylı bir ifade içeriyordu.

"Tamam," dedim uykulu bir sesle. "Hemen geliyorum."

Ayağa kalkıp gerindim, sonra da yeşil renkteki sabahlığımı giyip Bee'nin elinde telefonla beklemekte olduğu oturma odasına doğru yürümeye başladım.

"Al," diye fısıldadı Bee. "Seninle konuşacağı için çok heyecanlı gibi."

"Şşşt," diye uyardım onu. Greg'in, dört gözle onun aramasını bekliyormuşum gibi bir fikre kapılmasını istemiyordum çünkü durum gerçekten de öyle değildi. Dahası, henüz kahvemi bile içmemiştim, dolayısıyla üzerimdeki negatifliği atmamıştım.

"Efendim?"

"Merhaba Emily."

"Merhaba," dedim, sesini duyar duymaz içim ısınmıştı. Sesi güçlü bir espresso etkisine sahipti sanki.

"Biliyor musun, hâlâ adaya geri dönmüş olman gerçeğine alışamıyorum," dedi Greg. "Bay Adler'in sahilinde eski bir halat salıncak bulduğumuz günü hatırlıyor musun?"

"Evet," dedim gülümseyerek. Aklıma birden mavi çizgili yeşil mayosu gelmişti.

"Sen denemeye korkmuştun," dedi Greg. "Ama seni suda yakalacağıma söz vermiştim."

"Evet, ama anlaştığımız gibi beni yakalayamadığın için karnımın üzerine düşmüştüm."

İkimiz de kahkahalara boğulurken hiçbir şeyin değişmediğini fakat aynı zamanda birçok şeyin değiştiğini fark ettim.

"Baksana, bu akşam ne yapıyorsun?" diye sordu Greg, 1988 yılının yazında tanıdığım çocuktan daha çekingen geliyordu sesi. Greg ya biraz güvenini kaybetmişti ya da biraz mütevazı birine dönüşmüştü. Hangisi baskındı, emin değildim.

"Hmm, hiçbir şey," diye yanıt verdim.

"Düşündüm de eğer sen de istersen Robin'in Yuvası'nda akşam yemeği yiyebiliriz. Geçen sene bir arkadaşım açtı. New York'takilerle kıyaslanamaz tabii ama biz gayet hoş bir restoran olduğunu düşünüyoruz. Müthiş bir şarap listesi var."

"Kulağa çok hoş geliyor," dedim sırıtarak. O sırada Bee'nin beni izlediğini hissedebiliyordum.

"Harika," dedi Greg. "Akşam yedi uygun mu seni almam için?"

"Uygun," diye cevap verdim.

"Harika."

"Görüşürüz, Greg."

Telefonu kapattım ve mutfak masasında beni dinleyen Bee'ye döndüm.

"Eee?"

"Ne 'Eee?'" diye cevap verdim.

Bee bana bir bakış attı.

"Bu akşam dışarı çıkıyoruz."

"Güzel."

"Bilmiyorum," dedim yüzümü buruşturarak. "Kendimi *tuhaf* hissediyorum."

Bee elindeki gazeteyi ikiye katladığı sırada, "Aptallaşma," dedi. "Bu akşam başka ne yapacaktın ki?"

"Mesaj alındı," diye cevap verdim ve küçük denizkabuğu koleksiyonunun olduğu kahve masasındaki reçel kavanozuna elimi daldırdım. "Önce Greg, sonra Jack. Kendimi paslanmış gibi hissediyorum."

Jack adı ağzımdan çıkar çıkmaz Bee, sanki çok sıkıcı bir şeyden bahsediyormuşum gibi pencereden dışarı bakmaya başladı. Geneldе bunu, herhangi biri ölmüş kocası Bill'den bahsettiğinde ya da yaptığı resimler hakkında soru sorduğunda yapardı.

"Peki," dedim ortamdaki sessizliği bozarak. "Eğer bu konu hakkında konuşmak istemiyorsan, öyle olsun. Ama Jack'i onaylamıyorsan bana nedenini söyle."

Bee başını iki yana salladı ve elini gümüş rengi saçlarının arasından geçirdi. Onun küt kesim saçlarını ve yetmişini geçkin kadınların genelde yaptığı gibi onları kısacık kestirmeye yenik düşmemesini seviyordum. Yengem hakkındaki her şey çok dikkat çekiciydi, adı bile. Küçükken bir keresinde ona neden adının Bee olduğunu sormuştum. O da bana bal arısı gibi olduğunu söylemişti. Tatlı ama korkunç bir iğnesi olan arı...

Bee iç çekerek, "Üzgünüm tatlım," dedi soğuk bir sesle. "Onaylamıyor değilim. Sadece kalbine dikkat etmeni istiyorum. Bir keresinde çok kırılmıştım, derinden. Daha yeni bir ilişkiden çıkmışken daha fazla acı çektiğini görmek istemem."

Bee'nin ikazları kulağımda çınlıyordu. New York'ta çok daha yoğun ve yeni gibi görünen bu aşk acısından kaçmak için Bainbridge Adası'na gelmiştim, beni savunmasız bırakabilecek bu tarz riskleri almak istediğimden değil. Annabelle'in dediği gibi, burada hayatı oluruna bırakacaktım. Her sabah bilgisayarın başına oturup vasat bir cümleyle yaptığım gibi kendimi sorgulamayacak ya da düzeltmeyecektim. Bu Mart ayında benim hayatım özgürce yazılacaktı.

"Sadece bana söz ver, kendine dikkat edeceksin," dedi Bee usulca.

"Söz," dedim, verdiğim sözü sonuna kadar tutmayı umut ediyordum.

※

Greg, beni yirmi beş dakika geç almıştı. Gelmesini beklerken, geleceğim deyip de halat salıncağa, sinemaya veya sahile gelmediği zamanları, o geçmiş yazları düşündüm. Bir an için yine *gelmemesini* istedim. Eski bir erkek arkadaşla yemeğe çıkma fikri, aslında çok ama çok tuhaftı. *Bunu kim yapar ki?* Bir panik dalgası tüm bedenimi sarmıştı adeta.

Ben ne yapıyorum? Sonra **yolun aşağı** kısmından belli olan farların ışıklarını gördüm. **Greg arabayı** o kadar hızlı kullanıyordu ki sanki her geçen **dakikayı telafi** etmek istiyordu.

Dışarı çıkmak için kapının **kolunu tuttum** ve derin derin nefes aldım.

"İyi eğlenceler," dedi **Bee, elini sallayarak.**

Verandaya doğru yürüdüm ve Greg'in, arabasıyla ara yola girişini izledim. Bu, **lise zamanlarında** kullandığı açık mavi renkte, 1980 model, **dört kapılı** bir Mercedes'ti. Yıllar Greg'e olduğu gibi ona da **pek nazik davranmamıştı.**

"Geç kaldığım için çok **ama çok** özür dilerim," diyerek arabadan indi Greg. Ellerini **gergin bir şekilde** cebine soktu ve tekrar dışarı çıkardı. "**Şarap bölümünde** gerçekten işler çok karışıktı bugün. Bir **müşteriye** *Châteauneuf-du-Pape* bulması için yardım etmek **zorunda** kaldım da. Seksen iki yıllık şarabı mı, yoksa **seksen altı yıllık** şarabı mı alacağına bir türlü karar veremedi."

"Hangisini aldı?"

"Seksen altıyı," diye **yanıt verdi** Greg.

"Çok iyi," dedim dalga **geçercesine.** Bir keresinde şarap konusunda çok usta bir **adamla çıkmıştım.** Bardağı çevirir, şöyle bir koklar, sonra da **bir yudum** alıp "birinci sınıf bir klasik," derdi. Bu yüzden **onun telefonlarına** cevap vermemiştim.

"Güzel bir *seçimdi*," dedi **Greg, yüzünde** çocukça bir gülümseme hâkimdi. "Bizim **tanıştığımız yıl.**"

Bunu hatırladığına **inanamamıştım.** *Ben* çok zor anımsamıştım. Ancak bunu yaptığımda da *her şey bir anda zihnimde canlanmıştı.* On dört yaşında **düz göğüslü,** sarı saçlı bir kızdım. Greg ise vücudunda deli **kanının** *pompalandığı* hormonlarının etkisinde bir çocuktu. Bee'nin birkaç ev aşağısında oturuyordu. İlk görüşte aşk değildi bizimkisi, en azından Greg için öyle değildi. Ancak yaz sonunda makyaj yapıp sutyen taktığımda, bana iltifat eden kuzenim Rachel sayesinde Greg beni fark etmişti.

Bir gün Rachel'la plajda frizbi oynarken, Greg de bizi izliyordu. "Kolların güzelmiş," diye seslenmişti.

O kadar şaşırmıştım ki ne cevap vereceğimi bilememiştim. Bir *erkek* benimle konuşmuştu. Hem de *tatlı* bir çocuk. Rachel hemen frizbiyi bırakıp benim yanıma koşmuş ve dirseğiyle beni dürtüklemişti.

"Teşekkür ederim," diye cevap vermiştim ben de.

"Ben Greg," diye ismini söyleyip elini uzatmıştı. O zaman Rachel'la hiç konuşmamasını anlamamıştım. Aslında erkekler genelde önce Rachel'ı fark ederlerdi ama Greg önce beni fark etmişti. *Sadece* beni.

"Ben de Emily," diye karşılık vermiştim, biraz çekingen bir tavırla.

Greg bana yanaşarak, "Bu gece benim evime gelmek ister misin?" diye sormuştu. Teni muzlu güneş kremi kokuyordu. Kalbim o kadar hızlı çarpıyordu ki neredeyse söylediklerini duyamayacaktım. "Birkaç arkadaşım gelecek, şenlik ateşi yakacağız."

Şenlik ateşi nedir bilmiyordum. Bana biraz yasak bir şeymiş gibi gelmişti, aklıma gelen ilk şey ise esrar içmeleriydi. Yine de ona evet cevabını vermiştim. Her ne olursa olsun onun bulunduğu yerde olmak istiyordum.

"Süper, senin için de bir yer ayıracağım," diyip göz kırpmıştı. "Benim yanımda."

Ondan daha çok hoşlanmama neden olan, ukala ve kendinden emin olmasıydı. Greg sahilden evine doğru yürümeye başladığında, Rachel'la birlikte onun her adımında esneyen sırt kaslarını ağzımız açık bir şekilde izlemiştik.

"Evet, kesinlikle gerçek bir ahmak gibi görünüyor," demişti Rachel, sesinden incindiği belli oluyordu.

Ben ise konuşamayacak kadar şaşkın bir halde öylece durmuş, Greg'i izliyordum. *Yakışıklı bir çocuk bana çıkma teklif etmişti.* Eğer ağzımı açmaya takatım olsaydı, şunları söylerdim: "Kesinlikle muhteşem görünüyor."

Greg arabanın diğer tarafına doğru koşup bana kapıyı açtı. "Umarım açsındır," dedi gülümseyerek. "Gideceğimiz restoranı çok seveceksin."

Başımı sallayarak, eskisi kadar işe yaramayan arabaya bindim ve koltuktaki bir kızarmış patates kalıntısını yere attıktan sonra yerime oturdum. Arabanın içi eskiden olduğu gibi yine Greg kokuyordu; kirli saçın o ağır kokusu, benzin kokusu ve biraz da kolonya.

Greg sürücü koltuğuna geçip vites değiştireceği zaman eli elime çarptı. "Ah, affedersin."

Hiçbir şey söylemedim, yalnızca tüylerimin diken diken olduğunu görmemesi için dua ettim.

Bir kilometreden az bir mesafede bulunan restoran, otoparktaki sıkışıklığa bakılırsa adanın en meşhur restoranı olmalıydı. Ada manzaralı bir tepeye kurulmuş muhteşem bir ağaç eve benzeyen yere girebilmek için dik bir merdiven çıkmak gerekiyordu. Çantama uzandım ve içinden iki tane aspirin alıp dikkatle ağzıma attım.

Bayan garson masamızı kontrol etmek için gittiğinde, "Çok güzel, öyle değil mi?" diye sordu Greg, etrafa bakınarak.

"Evet," diye yanıt verdim, bir yandan da Greg'le baş başa yemeğe çıkmak iyi bir fikir miydi diye düşünüyordum.

Greg, bizi batı tarafındaki bir masaya götürüp iki mönü bırakan bayan garsona bir şeyler söyledi.

Sonra da benden yana dönerek, "Sanırım günbatımını yakaladık," dedi ve gülümsedi.

Günbatımını en son ne zaman seyretmiştim hatırlamıyordum. Bu bana New York'luların unuttuğu ama Bainbridge Adası'ndaki insanların yaptığı bir şeymiş gibi geliyordu. Greg'e gülümseyip camdan dışarı baktım, bulutların arasından gün ışığı süzülüyordu.

Bayan garson, Greg'in seçmiş olduğu bir şişe şarabı masaya getirdi ve bardaklarımıza doldurdu. Havada sessizlik hâkimdi. Annabelle'in tabiriyle sıkıntılı bir havaydı. Şarabın bardaklara doldurulurken çıkardığı ses, gerekenden daha yüksekti.

"Başka bir arzunuz?" diye sordu bayan garson.

Ben, "Hayır," diye cevap verirken, Greg "Evet," dedi.

Bunun üzerine kahkaha atarken Greg özür dilemişti. Durum, oldukça tuhaftı.

"Yani 'Evet, böyle iyiyiz,' demek istemiştim," dedi Greg utangaç bir tavırla.

Her ikimiz de kadehlerimize uzandığımızda, "Tekrar burada olmak güzel mi Emmy?" diye sordu.

Biraz daha rahatlamıştım sanki çünkü bana en son 1988'de Emmy diye hitap etmişti. Ondan bunu tekrar duymak beni mutlu etmişti.

Küçük yuvarlak bir ekmeğe bolca tereyağı sürerken, "Evet," diye yanıt verdim.

"Bu gerçekten çok güzel, seni bir daha buralarda görebileceğimi hiç sanmıyordum."

"Biliyorum," dedim yüzüne uzun uzun bakarak. Şarabın damarlarımda dolaştığını hissediyordum artık.

Şaraptan büyük bir yudum aldıktan sonra, "Peki Lisa'yla nasıl gidiyor?" diye sordum.

"Lisa?"

"Evet, üniversitede flört ettiğin kız. Bir sonraki yaz seni görmeye sahile geldiğimde kız kardeşin bahsetmişti."

"Aa *Lisa*. Çok uzun zaman önceydi..."

"Yani," dedim hafifçe gülümseyerek, "en azından beni aramalıydın."

"Aramadım mı?"

"Hayır."

"Aradığıma eminim."

Yalandan öfkelenip başımı iki yana sallayarak, "Aramadın," dedim.

Greg gülümsemeye çalıştı. "Düşünsene, eğer seni arasaydım, burada karı koca olarak otururduk. Bainbridge Adası'nda evli bir çift olurduk."

Greg bunu şaka olsun diye söylemişti ama ikimiz de gülmemiştik.

Bir süre sonra Greg kadehlerimizi tazeleyerek, "Özür dilerim," dedi. "Onca şeyi yaşamana rağmen... evlilik falan, bunları söylediğime inanamıyorum."

Başımı iki yana salladım. "Özür dilemene gerek yok. Gerçekten."

"Peki," diye karşılık verdi Greg, rahatlamış görünüyordu. "Fakat şunu söylemem gerekir ki seninle şu anda burada otururken, geçmişe geri dönebilsem ve her şeyi doğru yapabilme şansım olsa diye düşünmeden edemiyorum. Seninle sonsuza kadar birlikte olabilsem keşke."

Gülümsememe engel olamamıştım. "Şarabın etkisiyle böyle konuşuyorsun."

Garson hesabı getirdikten sonra saatine bakarak, "Bu gece sana göstermek istediğim bir şey var," dedi Greg. "Kısa bir tur atmak için saat çok geç değildir, umarım?"

"Hayır, elbette değil."

Greg benim itiraz etmeme kalmadan kredi kartını çıkartıp garsona vermişti bile. Kendimi suçlu hissediyordum. Yıllardır bir kitap yazmamış olmama rağmen ondan daha fazla kazandığımı biliyordum. Fakat bu, Bainbridge Adası'nda önemli değildi. Ben burada sadece Bee'nin yeğeni Emmy'dim ve bu kadını, boşanmış yazara tercih ederdim. Cüzdanımı tekrar çantama koyduğum sırada Greg gururla fişi imzalıyordu.

Restorandan çıktıktan sonra bir kilometre uzaklıkta parka benzer bir yere gelmiştik. Greg arabayı durdurdu ve benden yana döndü. "Yanında ceketin var mı?"

Başımı iki yana salladım. "Sadece bu hırka var."

Greg, "Al," dedi ve bana lacivert renkte polar bir ceket uzattı. "Buna ihtiyacın olacak."

Kendimi topuklu ayakkabılar ve polar ceketle biraz tuhaf hissetmiştim ama onun yanındayken bu bile beni rahatsız etmemişti. Taşlı bir patikadan aşağıya inen Greg'i takip ediyordum, fakat yol çok dik olduğu için beni tutsun diye elimi uzattım. Greg elimi tuttu ve diğer kolunu da belime doladı.

Yol oldukça karanlıktı, ancak sahile yaklaştığımızda ayın sudaki yansımasını görebiliyor, dalgaların yumuşak seslerini duyabiliyordum. Sanki adadaki sessizliği bozmak istemiyorlardı.

Sahile ulaştığımızda ayakkabılarımın topukları kuma bata çıka yürüyordum.

"Neden ayakkabılarını çıkartmıyorsun?" diye sordu Greg.

Ben de ayakkabıları çıkarttım ve üzerindeki kumları temizledikten sonra Greg onları alıp dikkatlc ceketinin ceplerine sıkıştırdı.

"Şuraya gideceğiz," diyerek karanlıkta uzaktaki bir yeri işaret etti.

Biraz daha yürüdük, her adımımda ayaklarım kuma batıyordu. Sıcaklık sekiz derece olsa bile ayağımın altındaki kumların vermiş olduğu hissi sevmiştim.

"İşte geldik," dedi Greg.

Geldiğimiz yer, sahilin ortasında duran küçük bir ev büyüklüğündeki bir kayanın önüydü. Fakat en çarpıcı özelliği boyutu değil, şekliydi. O kocaman kaya mükemmel bir kalbi andırıyordu.

"Bütün kız arkadaşlarını buraya mı getirirsin?" diye dalga geçtim onunla.

Greg başını iki yana salladı ve ciddi bir ifadeyle, "Hayır," diye yanıt verdi. Bana bir adım daha yaklaştığında ben de geriye doğru bir adım attım. "Buraya en son on yedi yaşındayken gelmiştim," diye ekledikten sonra bir yeri işaret etti. "Bunu yazmıştım." Sonra kayanın yan tarafına çömeldi ve küçük bir el fenerini yakarak yazıyı aydınlattı.

Emmy'yi sonsuza dek seveceğim, Greg.

Bir süre sessiz kalmıştık; şu anki biz, o zamanki bize kulak misafiri oluyordu sanki.

"Ah, bunu sen mi yazdın?" diyebildim sonunda.

Greg başıyla sözlerimi onayladı. "Bunu şimdi görmen biraz tuhaf, değil mi?"

"El fenerini alabilir miyim?"

Greg feneri bana verince, ışığı yeniden yakıp yazıya baktım. "Nasıl yaptın bunu?"

"Bir şişe açacağı ile. Birkaç bira içtikten sonra."

Feneri kayanın diğer tarafına tutunca yüzlerce yazı gördüm. Hepsi de aşk yazılarıydı. Bu yazıları yazan adalı âşıkların fışıldaşmalarını duymak istercesine bir süre sustum.

O anda Greg yüzünü benden yana çevirince beni öpmesine karşı koyamamıştım. Kollarımı boynuna doladım ve içimden durmam gerektiğini söyleyen sesi duymazlıktan gelerek kendimi onun kollarına bıraktım. Öpüştükten sonra birkaç dakika orada öylece sarılı kaldık.

"Çok özür dilerim, ben..." diye kekeledi Greg, bir adım geriledi. "Bu kadar aceleci davranmak istememiştim."

Başımı iki yana salladım. "Hayır, lütfen özür dileme." Parmaklarımla onun yumuşak dolgun dudaklarına dokununca, Greg parmaklarımı hafifçe öptü ve elimi tuttu.

"Üşüyor olmalısın. Haydi geri dönelim."

Kazağımdan içeri işleyen rüzgâr tüm bedenimi sarıyor, ayaklarıma kadar ulaşıyordu. O anda üşüdüğümü değil, uyuştuğumu hissediyordum. Patikanın başına doğru yürümeye başladığımız sırada ayakkabılarımı yeniden giydim, parmak aralarımın kumla dolu olmasını umursamıyordum. Topuklu ayakkabılarla bile yokuş yukarı tırmanmak düşündüğüm kadar kötü değildi. Üç dakika sonra otoparka, arabanın yanına varmıştık.

Bee'nin evinin önüne geldiğimizde, "Bu gece için teşekkür ederim," dedi Greg. Sonra başını omzuma koydu ve baştan ayağa içimi titreten bir edayla boynumu öptü.

Bee'nin evinin önünde, bu küf kokan eski Mercedes'te oturuyor olmaktan gerçekten mutluydum. Rüzgâr arabanın aralık camlarından içeriye esiyor, belli belirsiz ıslık çalıyordu. Ancak bir şey eksikti. Kalbimin tam orta yerinde onu hissetmeme rağmen bununla yüzleşmek istemiyordum. En azından şimdilik...

"Teşekkür ederim," diyerek elini sıktım. "Bugün için teşekkür ederim, çok güzeldi." Evet, gerçekten de öyleydi.

⁂

Saat çok geç olmuştu. Bee çoktan uyumuştu tabii. Üzerimdeki hırkayı astım ve bomboş olan ellerime baktım. *Çantam. Çantam nerede?* Neler yaptığımı bir bir geçirdim aklımdan. Greg'in arabası, kaya ve restoran. Evet, restoranda masanın altında bırakmış olmalıydım.

Camdan dışarıya baktım. Greg çoktan gitmişti, bu nedenle mutfaktaki askılıktan Bee'nin arabasının anahtarını aldım. Cep telefonum olmadan yapamazdım. Bee, arabasını aldığım için bana kızmazdı herhalde. Eğer arabayı son sürat sürersem, restoran kapanmadan çantamı alabilirdim.

Liseye gittiğim yıllardaki gibi araba yine iyi iş çıkarmıştı. Dişlilerinden boğuk boğuk sesler gelmesine rağmen bir sorun çıkmadan restorana ulaşabilmiştim. Kapıyı açıp içeriye girdiğimde, yaşlı bir çift de restorandan çıkıyordu. *Ne kadar tatlılar*, diye geçirdim içimden. Yaşlı adam sağ kolunu kadının incecik beline dolamış, merdivenden inmesine yardımcı oluyordu. İkisinin de gözleri aşkla parıldıyordu. Kalbim bunun nasıl bir his olduğunu biliyordu çünkü benim de özlemini çektiğim şeydi bu.

Yanlarından geçerken, yaşlı adam şapkasını çıkarıp selam verdi, kadın da gülümsedi. "İyi geceler," diyerek karşılık verdim ben de.

Bayan garson beni hemen tanımıştı. "Çantanız," diyerek beyaz *Coach* çantamı bana doğru uzattı. "Bıraktığınız yerde duruyordu."

"Teşekkür ederim," diye yanıt verdim. Ancak çantama yeniden kavuşmaktan ziyade böyle sevecen bir aşka şahit olmak beni daha çok mutlu etmişti.

Bir süre sonra eve geri döndüğümde hemen üstümü çıkarıp yorganın altına kıvrıldım. Kırmızı kadife kaplı günlükteki aşk hikâyesini okumaya can atıyordum.

❦

Birçok kişi ABD Silahlı Kuvvetleri'nden mektup aldı. Amy Wilson üç haftada bir nişanlısından mektup alıyordu. Betty ise Fransa'da bulunan Allan isimli bir askerden aldığı çiçekli mektuplarla övünüyordu. Ben ise bir tane bile almamıştım... gerçi almayı da beklemiyordum. Yine de her gün postacının geldiği saatte, yani öğlen ikiyi çeyrek geçe evde olmaya özen gösteriyordum. Belki, diye geçiyordu aklımdan. Belki bu sefer yazmıştır.

Fakat kimse Elliot'tan bir haber alamamıştı. Ne annesi ne de Lila. Hatta benden sonra flört etmiş olduğu kadınlar da bir haber alamamışlardı. Bu yüzden o gün mektup geldiğinde donakalmıştım. Mart'ın başıydı, havanın her zamankinden daha kapalı ve soğuk olduğu bir öğleden sonraydı. Yine de çiğdemler ve laleler bu ilkbahar mevsiminde buz gibi toprağı delerek açmaya çalışıyorlardı. Lakin Kış Baba'nın elini eteğini çekmeye niyeti yoktu.

Postacı kapıya geldi ve üzerinde benim adımın yazılı olduğu mektubu teslim etti. Üzerimde Bobby'nin en sevdiği menekşe desenli açık mavi elbisemle verandada duruyordum. Mektubu elime aldığımda güçlükle yutkundum. Zarf, kırışmış ve yıpranmıştı, sanki bana gelene kadar hüzünlü, uzun bir yol kat etmişti. Zarfın üzerinde "Üsteğmen Elliot Hartley" yazısını görünce, mektubu aldığıma dair imza atarken postacı titreyen ellerimi fark etmesin diye dua ettim.

"İyi misiniz, Bayan Littleton?" diye sordu postacı.

"İyiyim. Bugün biraz gerginim de. Çok fazla kahve içmişim. Dün gece bebek yüzünden hiç uyuyamadım." Onu başımdan savmak için bir şeyler uydurmuştum.

Postacı sanki uydurduğum hikâyeyi anlamış gibi sırıttı. Adadaki herkes —postacı da dahil— beni ve Elliot'ı bilirdi. "İyi günler," dedi ve gitti.

Postacının arkasından kapıyı kapatıp masaya koştum. Bebeğim beşiğinde yaygarayı koparmasına rağmen onun yanına gitmedim. Şu an yalnızca tek bir şeyle ilgilenmek istiyordum, bu yüzden hemen mektubu yırtarak açtım.

Sevgili Esther,

Burada, Güney Pasifik'te akşam olmak üzere. Güneş batıyor, ben de bir palmiyenin altında oturuyor, sana her şeyi itiraf etmek için yazıyorum. Seni düşünmekten kendimi alamıyorum.

Sana yazıp yazmamayı çok düşündüm ama hayat, birine seni seviyorum demenin kararsızlığını yaşamak için çok kısa. Bu yüzden sana bu mektubu askerken yazıyorum, içimde hiçbir korku olmadan, kafamda hiçbir soru işareti olmadan, bunun benim son mektubum olduğunu bilmeden...

Neredeyse bir sene oldu, değil mi? Seattle'dan feribotla geri döndüğümüz günü hatırlıyor musun? Bobby nişanlandığınızı söylediğinde gözlerindeki endişeyi gördüğüme eminim. Bana bunun doğru olduğunu söyle çünkü neden biz hayatımızı birleştirmedik diye aylardır içim içimi yiyor. Neden sen ve ben değil de senle Bobby? Esther, on yedi yaşındayken Kalp Kaya'ya ismimizi kazıdığımız günden beri sonsuza kadar birbirimize ait olacağımızı biliyorum.

Yatağımda oturdum ve sayfayı çevirdim. Kalp Kaya mı? Bu Greg'in beni bu gece götürdüğü aynı kaya değil miydi? Sayfaları ürkerek okumaya devam ettim.

Bunu sana uzun zaman önce söylemeliydim. Her şey olmadan önce. Benden şüphelenmeden önce. Bobby'den önce. Seattle'daki o korkunç günden önce. Sonsuza kadar bu düşünceler beni bırakmayacak.

Seni tekrar görebilir miyim, emin değilim. Bu, savaşın bir gerçeği, sanırım aşkın da. Gelecek ne getirir bilmiyorum ama benim ebedi aşkım olduğunu bilmeni istiyorum. Kalbim sonsuza kadar senin.

Elliot

Kaç saattir masada oturup mektuba bakıyordum bilmiyordum. Mektubu defalarca okudum, içinden bazı ipuçları çıkarmaya çalıştım. Sonra posta damgasını fark ettim: 4 Eylül 1942. Neredeyse altı ay önce göndermişti. Askeriyenin posta sistemi aynı bir salyangoz hızındaydı, ya da yüce

Tanrım belki de Elliot... Zorla yutkundum ve aklıma daha fazla kötü şey getirmemeye çalıştım.
Bebeğim ne zamandır ağlıyordu, onu da bilmiyordum. Dakikalardır ya da saatlerdir... Telefon çaldığında ayağa kalkıp elbisemi düzelttim ve telefona cevap verdim.
"*Efendim?*" dedim gözyaşlarımı silerek.
"*Tatlım?*" Bu Bobby idi.. "*İyi misin? Sesin kötü geliyor.*"
"*İyiyim,*" diye yalan söyledim.
"*Bu gece işyerinden geç çıkacağımı haber vermek istedim. Sekiz feribotuna bineceğim.*"
"*Tamam,*" dedim sadece.
"*Tatlı meleğimizi benim için öp.*"
Telefonu kapattım ve radyoyu açtım. Müzik belki içinde bulunduğum durumu atlatmama yardımcı olur, acımı azaltırdı. Masaya oturdum, radyoda "Body and Soul"* *çalıyordu. Düğünümüzde Bobby'yle dans ettiğimiz şarkıydı bu. Her adımımda Elliot'ı düşünmüştüm çünkü bu bizim şarkımızdı. Fakat şu anda salonda oturuyor, tek başıma şarkıyı dinliyor ve müziğin beni yatıştırmasına izin veriyordum.*

Kalbim üzgün ve yalnız,
Sadece seni özlüyorum sevgilim, sadece seni...
Şarkının ikinci dizesi dayanılmazdı, oldukça acımasızdı. Bu yüzden radyoyu kapatmış, mektubu elbisemin cebine koyup bebeğimin yanına gitmiştim. Bebeğimi, yeniden uyuyana kadar sallamaya devam ettim, bunu yaparken de yanlış bir adamla evlenerek ne kadar korkunç bir hata yaptığımı düşünmekten kendimi alamıyordum.

---

* *İng.* Beden ve Ruh. 1930'larda yazılmış en iyi aşk şarkılarından biridir. (Ed. N.)

Günlüğü biraz daha okumak istiyordum. Elliot ile Esther arasında neler olduğunu bilmek istiyordum. Elliot'ın hâlâ hayatta olup olmadığını merak ediyordum. Bobby'yi ve bebeklerini merak ediyordum. Elliot savaştan döndükten sonra Esther kocasını ve bebeğini *terk etmiş* miydi? Ancak bugün uzun bir gündü ve gözlerim yorgunluktan kapanıyordu.

Altıncı Bölüm

4 Mart

Bee kahvaltı masasında *Seattle Times*'ı okurken, "Dün gece annen aradı," dedi. Annem hakkında konuşurken her zamanki gibi yüzü yine ifadesizdi.

"Annem mi aradı... *burayı?*" diye sordum, bu arada kızarmış ekmeğimin üzerine bolca tereyağı sürüyordum. "Bu çok tuhaf. Benim burada olduğumu nereden biliyor ki?"

Annem ve ben öyle çok yakın değildik. Elbette telefonda konuşurduk. Portland'a gider, onunla babamı sık sık ziyaret ederdim, ama onda bizi birbirimizden uzaklaştıran bir şeyler vardı. İlişkimizde dile getirilmemiş bir hoşnutsuzluk söz konusuydu ve ben bunun nedenini hiç çözemedim. Üniversitedeyken Yaratıcı Yazarlık Bölümü'nü seçtiğimde çok üzülmüştü. "Yazmak üzücü bir yoldur," demişti. "Kendine bunu gerçekten yapmak istiyor musun?" O zaman onu pek umursamamıştım. Annem edebiyat hakkında ne bilebilirdi ki? Ancak söylediği sözler yıllar boyu beni takip etmişti ve onun haklı olup olmadığını düşünmeye başlamıştım.

Ben annemin eleştirileriyle boğuşurken, onun benden iki yaş küçük olan kardeşim Danielle'yle aralarındaki anne-kız ilişkisi göz ardı edilemezdi. Ben Joel'le nişanlandığımda, anneme düğünümde büyükannem Jane'in duvağını takabilir miyim diye sormuştum. Annem beni desteklemek yerine başını iki yana sallayıp, "Hayır, o duvağın senin yüzüne gideceğini hiç sanmıyorum," demişti. "Hem zaten yırtık." Bu sözleri kalbimi kırmıştı ama üç sene sonra, güzelce ütülenmiş ve onarılmış o duvağı evlendiği gün Danielle takmıştı. "Evini aramış, Annabelle de burada olduğunu söylemiş," dedi Bee. Sesinden annemin hayatımın bu kadar dışında kalmasından memnun olduğunu anlayabiliyordum.

"Önemli bir şey söyledi mi?"

"Hayır," dedi gazetenin sayfasını çevirerek. "Sadece onu geri aramanı istedi."

"Tamam," diyerek önümdeki kahveden bir yudum aldım. Sonra durup ona baktım. "Bee, annemle aranızda ne var?"

Bu sözler üzerine Bee'nin gözleri iri iri açıldı. Onu hazırlıksız yakaladığımı biliyordum. Ne de olsa, daha önce ona ailevi bir mesele hakkında hiç soru sormamıştım. Bu her ikimiz için de bir ilkti. Ancak kendimi daha cesur hissetmemi sağlayan bir şey vardı.

Bee gazeteyi masaya bıraktı. "Ne demek istiyorsun?"

"Ee, yıllardır aranızda bir gerginlik olduğunu hissediyorum," diye cevap verdim. "Birbirinizden neden hoşlanmadığınızı her zaman merak etmişimdir."

"Anneni seviyorum tatlım, her zaman da seveceğim."

Yüzümü buruşturdum. "Bana hiç öyle gelmiyor ama. Gerek duymadıkça birbirinizle konuşmamanızın nedeni ne peki?"

İçini çekti. "Çok uzun bir hikâye."

"O zaman kısaca anlat." Ona biraz daha yanaşıp ellerimi dizlerime doladım.

Bee başıyla onayladıktan sonra, "Annen genç bir kızken bana kalmaya gelirdi," diye anlatmaya başladı. "Onun yanımda olması hoşuma gidiyordu. Bill Dayı'nın da öyle. Ancak bir yılda her şey değişti."

"Ne demek istiyorsun?"

Bee kelimelerini seçerek konuşmaya özen gösteriyordu. "Annen ailemiz hakkında sorular sormaya başlamıştı."

"Aileniz hakkında mı?"

"Annesi hakkında daha fazla şey öğrenmek istiyordu."

"Büyükanne Jane hakkında mı?"

Bee camdan dışarıya baktı. Büyükannem Jane on yıl önce ölmüştü. Büyükbabam ve annem de –her ne kadar annesiyle arasında karmaşık bir ilişkisi olsa da– onun ölümüyle yıkılmışlardı. Büyükannem Jane'in ölümünde kendimi biraz tuhaf hissetmiştim. Bana karşı şefkatsiz oluşundan kaynaklanmıyordu bu. Her sene doğum günümde, hatta üniversiteden mezun olduktan sonra bile bana kart gönderir, çok güzel bir elyazısıyla (o kadar güzeldi ki ne yazdığını okumak için babamdan yardım alırdım!) bana iyi dileklerde bulunurdu. Sonra şöminesinin üstünde benim ve kız kardeşimin bir fotoğrafı dururdu. Yine de büyükannemde ters giden bir şey vardı. Parmağımla gösterip "İşte bu!" diyemediğim bir şey...

Büyükannem ve büyükbabam daha annem küçükken adayı terk edip, haşlanmış brokoli kadar kulağa ilginç gelen Doğu Washington'ın Richland şehrine taşınmışlardı. Bir keresinde Bee'yi, Bill Dayı'ya onca yıl orada nasıl "saklandıklarını" ve büyükannem Jane'in büyükbabamın adaya gelmesine izin vermediğini anlatırken duymuştum.

Her yılbaşında Richland'a giderdik ama ben hiç gitmek istemezdim. Büyükbabamı severdim, fakat büyükannemde bir çocuğun bile anlayabileceği bir şeyler vardı; yemek masasında bana yan yan bakması ya da ben konuşurken gözünü dikmesi gibi. Bir keresinde, on bir yaşındayken annem ve babam bir seyahate gitmişlerdi ve kız kardeşimle beni Richland'a bırakmışlardı. Büyükannem 1940'lı yıllardan kalma eski elbiselerinin bulunduğu bir kutuyu bize vermişti, doğal olarak Danielle ve ben de elbise değiştirme oyununu oynamaya koyulmuştuk. Ancak etrafı dantellerle süslü, kırmızı korsajlı bir elbise giydiğimde, büyükannem dehşet içinde bana bakmıştı. Oturma odasının girişinde başını iki yana sallayarak duruşu, hâlâ gözlerimin önünde. "Kırmızı senin rengin değil tatlım," demişti. Utanmıştım ve kendimi biraz tuhaf hissetmiştim. Gözyaşlarıma hâkim olmaya çalışarak, ellerimdeki beyaz eldivenleri ve boynumdaki mücevheri çıkarmıştım.

O sırada büyükannem yanıma gelip omuzlarımı tutmuştu. "Neye ihtiyacın var biliyor musun?"

"Neye?" diyerek burnumu çekmiştim.

"Yeni bir saç modeline."

Danielle, "Perma! Perma!" diye araya girmişti.

Büyükannem gülümsemişti. "Hayır, perma değil. Emily'nin ihtiyacı olan yeni bir saç rengi." Çenemden tutarak onaylarcasına başını sallamıştı. "Evet, seni esmer olarak düşünebiliyorum."

Banyoya giden büyükannemi uyuşuk bir şekilde takip etmiştim. Büyükannem orada bir kutu saç boyası bulup beni de küvetin yanındaki üstü ipek kaplı pufa oturtmuştu.

"Kımıldama," diye uyarmıştı, bir yandan da saçlarımı ayırıyor, amonyak kokan siyah bir boya sürüyordu. İki saat sonra sarı buklelerim simsiyah olmuştu, aynada kendimi gördüğümde ağlamıştım.

Eskileri hatırlayınca ürperdim. "Sen büyükannemle birlikte büyüdün, değil mi Bee?"

"Evet," diye yanıt verdi Bee. "Ve de büyükbabanla. Burada, bu adada."

"Büyükannemin annemi uzaklaştırdığıyla ilgili söylediklerin neydi peki?"

Bee düşünceli görünüyordu. "Annen gençken çok iddialı bir araştırmaya girişmişti. Sonunda bunun altından kalkamayınca, artık bu ailenin bir parçası olmak istemediğine karar vermişti, en azından eskisi gibi değil. Adaya artık gelmiyordu. Onu tekrar gördüğümde aradan sekiz yıl geçmişti. Sen doğmuştun. Seni görmek için Portland'daki hastaneye gitmiştim, annen çok değişmişti."

Bee yine anılara dalıp gitmişti ama ben anlatacaklarını dinlemek için acele ediyordum. "*Değişti* demekle neyi kastediyorsun?"

Bee omzunu silkerek, "Bilmiyorum sana nasıl tarif edebilirim ama sanki hayat onu çok fazla yormuştu," dedi. "Gözlerinde onu görebiliyordum. Değişmişti."

Aklım karışmıştı. Keşke büyükbabamla da konuşabilseydim, diye geçirdim aklımdan. Büyükbabam yıllardır Spokane'deki bir huzurevinde kalıyordu. İki yıldır onu ziyaret etmediğimi fark edince pişmanlıkla içim sızladı. Annemin söylediğine göre onu en son ziyaret ettiğinde öz kızını bile tanımamıştı. Annemi sürekli başka bir isimle çağırmış, bu da onu ağlatmaya yetmişti. Yine de hemen onu görmeliydim.

"Bee," dedim dikkatle, "annemin araştırdığı şey neydi?"

Başını iki yana salladı. "Annenle yaşanılan gerginlikten sonra Bill, bu konuyla ilgili konuşmayacağıma dair bana söz verdirtti. Annenin ve hepimizin iyiliği için..."

Kaşlarımı çatarak, "O zaman bana bunun ne olduğunu anlatmayacaksın, öyle mi?" diye sordum.

Bee kararlılıkla ellerini kenetledi. "Üzgünüm tatlım, köprünün altından çok sular aktı."

"Sadece anlamaya çalışıyorum," dedim, hayal kırıklığına uğramıştım. "Onca yıl, onca yaz seni ziyarete geldik... Annemle pek konuşmamanızın nedeni yalnızca bu mu?"

"Gerçekten artık bilmiyorum," dedi. "Kimse aynı kalmıyor. Ama ne olursa olsun sizi hep buraya getirirdi. Bu nedenle onun hakkını yiyemem. Yazları adada ne kadar eğlendiğinizi biliyordu. Bana ne kadar kızgın olursa olsun, Danielle ve senin hatırın için bunu önemsemiyordu."

İçimi çekerek pencereden dışarıya baktım. Körfez öfkeliydi sanki. Deniz çalkalanıyor, dalgalar köpürüyor ve sonra denizin suyu vahşice pencerelere kadar sıçrıyordu. Bee'nin böyle bir sırrı benimle paylaşmaması adil gelmiyordu. Ne kadar dokunaklı olursa olsun, bahsettiği bu aile hikâyesini öğrenmeye hakkım yok muydu?

"Özür dilerim, tatlım," dedi kolumu okşayarak. Bee her zaman inatçı bir kadındı, bu nedenle bazı konularda ona ısrar etmemeyi uzun zaman önce öğrenmiştim.

Bee sanki bir şeyi —onu rahatsız eden bir şeyi— hatırlamışçasına başını iki yana salladı. Bir ipucu yakalama umuduyla yüzünü inceledim. Pencereden gelen ışık alnındaki derin kırışıklıkları daha da belirginleştiriyordu. O anda genelde unuttuğum bir şeyi hatırladım. Bee gittikçe yaşlanıyordu. Çok yaşlanıyordu. İlk kez yengemin omuzlarında çok ağır bir yük taşıdığını fark etmiştim. Korkarım ki bu kesinlikle rahatsız edici, karanlık bir sırdı...

Bee'ye biraz kafamı dinlemek için sahile gideceğimi söylemiştim. Söylemediğim tek şey, yanıma günlüğü de aldığımdı. Sahilde biraz yürüdükten sonra sırtımı yaslayabileceğim bir ağaç kütüğü buldum. Bir kanepe gibi rahat olmasa da yastık görevi görebilecek kadar otlar bürümüştü etrafını. Serin bir esinti tenimi yalayınca hırkamın önünü ilikledim ve günlüğü okumaya kaldığım yerden devam etmek için sayfayı çevirdim. O sırada telefonum çaldı. Ekrana baktım, arayan Annabelle'di.

"Emily," dedi. "Sen yaşıyor musun?"

"Yaşıyorum ve gayet iyiyim," diye yanıt verdim. "Arayamadığım için üzgünüm, sanırım burada bazı işlere kaptırdım kendimi."

"Bazı 'işler' derken erkek türünden mi bahsediyorsun?"

"Evet, öyle de diyebiliriz," diyerek kıkırdadım.

"Ay inanmıyorum Emily, bana hemen her şeyi anlatıyorsun!"

Bu azardan sonra ona Greg ve Jack'ten bahsettim.

"Bir kez olsun Joel'den bahsetmediğine sevindim," dedi Annabelle.

Ne zaman onun adını duysam kalbim sızlıyordu.

"Neden bunu söyledin ki şimdi?"

"Neyi söyledim?"

"Neden lafı *ona* getirdin?"

"Özür dilerim Em," dedi Annabelle, "tamam konuyu değiştirelim. Orada günlerin nasıl geçiyor?"

İçimi çekerek, "Harika," dedim. "Bu yer büyülü sanki." Martılar tepemde öterek uçuşurlarken, Annabelle'in de onları duyup duymadığını merak ediyordum.

"Sana Cancún'dan daha iyi geleceğini biliyordum," dedi.

"Haklısın, burası gerçekten ihtiyacım olan yer."

Ona dün gece Greg'in sahilde beni öptüğünü anlatınca tiz bir sesle çığlık attı. "Neden bu haberi vermek için gece beni aramadın?"

"Çünkü seni uyandırdığım için başımın etini yiyecektin."

"Evet yapardım," dedi, "yine de bilmek isterdim."

"Peki, olur da bir kez daha öpüşürsem sana hemen haber vereceğim, tamam mı?"

"Tamam," diye yanıt verdi Annabelle. "Detayları da isterim."

"Tamam, detayları da anlatacağım."

"Üç hafta daha ordasın, öyle değil mi?"

Birden üç hafta gözüme çok kısa gelmişti. Kendimi o anda temmuz ayında televizyonda okul reklamlarını görüp de panikleyen bir çocuk gibi hissetmiştim. *Okulun iki ay sonra başlayacağını bilmiyorlar mı,* diye aklından geçiren bir çocuk gibi... "Eve dönmeden önce yapacak çok şeyim var," diye yanıt verdim.

"Sen halledersin, Em. Bunu yapabilirsin, biliyorum," dedi Annabelle.

"Bilmiyorum, sanki burada bir şeyler varmış gibi hissediyorum. Yengem ve ailemle ilgili... Bir aile sırrı olabilir. Bu arada kaldığım odada bir günlük buldum."

"Günlük mü?" diye sordu Annabelle merakla.

"1943'ten kalma eski bir günlük ya da bir romanın başlangıcı, emin değilim. Dürüst olmak gerekirse okurken kendimi biraz tuhaf hissediyorum. Fakat okumaktan da kendimi alamıyorum, sanki bunun için bir sebep varmış gibi hissediyorum. Sence bu tuhaf mı?"

"Hayır," diye cevap verdi hemen Annabelle. "Hiç tuhaf değil. Bir keresinde ben de annemin lisede tuttuğu günlüğü bulmuş ve bütün sayfalarını okumuştum. Yorganın altında, el fenerinin ışığıyla okuduğum onca sayfa sayesinde annemi otuz üç yıldır tanıdığımdan daha fazla tanıma imkânım olmuştu." Bir an durakladı. "Günlüğü kim yazmış peki? Bee mi?"

"İşte sorun da bu. Bilmiyorum, böyle bir şeye daha önce hiç rastlamamıştım."

"Belki de okuman *gerektiği* için karşına çıkmıştır," dedi Annabelle. "Bir saniye, yarın akşam yemeğe kiminle gideceğini söylemedin, öyle değil mi?"

"Evet... Şey, yarın Jack'in evinde akşam yemeği yiyeceğiz," diye cevap verdim. "Sanırım sen de buna flört diyeceksin."

"Emily, eğer bir adam bir kadın için yemek pişiriyorsa, bu kesinlikle flört demektir, tatlım."

"Tamam, sen öyle diyorsan. Ee, sende ne var ne yok? Evan'la ilgili bir gelişme var mı?"

"Hiçbir şey," dedi. "Sanırım her şey bitti. Sabırla Edward'ımı bekliyorum."

Annabelle'in araştırmalarına göre, Edward adlı kişilerin en güvenilir ve en uzun ömürlü eş adayı olduklarını her ikimiz de biliyorduk.

"Aa, aklıma gelmişken sorayım," dedim. "Annabelle, araştırmaların Elliot adına ne diyor peki?"

"Neden? Bu da üç numaralı gizemli adam mı?"

Güldüm. "Hayır, hayır, sadece burada bu isimde birini tanıyorum da merak ettim."

Masasında bir şeyler karıştırdığını duyabiliyordum. "Ah, işte burada," dedi Annabelle. "Evet, Elliot... Vaay, bu *çok* güzel bir isim. Elliot isimli biriyle evlilik kırk iki yıl sürüyormuş. Her ne kadar kırk dört yıllık evlilik süresi olan Edward'ı geçemese de Elliot gerçekten seçebileceklerinin en iyisi."

"Teşekkür ederim," dedim gülümseyerek. Telefonu kapattığımda Jack ve Greg isimlerini sormadığımı fark ettim. Ama bilmem nedendir, Elliot ismi kadar dikkatimi çekmemişlerdi. Esther adına da bunu öğrenmek istemiştim. Eminim Esther da Elliot hakkında söylenenleri duysaydı çok mutlu olurdu.

※

Bobby söylediği gibi eve dokuza on kala geldi. Her zaman böyle dakikti. Mavi ceketini çıkarttı ve portmantoya astı. Sonra da mutfağa gelip beni öptü.

"Seni özledim," dedi.

Bu her zaman söylediği şeydi.

Sonra ben de onun akşam yemeğini hazırladım ve onunla masaya oturdum. Bobby bir yandan yemeğini kaşıklayıp bir yandan günün detaylarını anlatırken, onu dinliyordum.

Her zamanki alışılageldik akşamlarımızdan biriydi.

Daha sonra yattık, çünkü günlerden çarşambaydı. Bobby benden yana döndü ve geceliğimi çekiştirmeye başladı. Bobby her çarşamba sevişmek isterdi. Ben de bu gece o kadar gergin değildim. Bu sefer altmışa kadar saymamış ve hemen bitmesi için dua etmemiştim. Bunun yerine gözlerimi kapattım ve Elliot'la olduğumu düşündüm.

※

Bobby'yle evlenmeden üç yıl önce Elliot'la nişanlıydım, bir süreliğine de olsa dünyanın en iyi şeyini yapmıştım. O soğuk havadaki kumsal partisini hâlâ hatırlıyorum. O partinin sonun başlangıcı olacağını nereden bilebilirdim ki?

En yakın arkadaşlarımdan biri olan Frances, eldiven takmamı önermişken, diğer bir yakın arkadaşım Rose, buna karşı çıkmıştı. *"Yüzüğü saklayacak mısın? Saçmalama. Böyle saklayamazsın. Bu çok saygısızca bir hareket."*

Onun bu sözleri üzerine sadece gülüşmüştük. Sonra da burunlarımızı pudralamaya, süslenmeye koyulmuştuk. Bir saat sonra mevsimin en önemli olayı için kol kola Eagle Limanı'na gitmiştik. Bebekli kadınlardan kızlara, erkeklerden çocuklara herkes sahildeydi. Piknik masaları ve kamp ateşleri her yerdeydi. Balık çorbası tencerelerinin yanında kızaran midye ve yengeçlerin kokusu cezp ediciydi.

Sahil, küçük beyaz küre lambalarla bezeliydi. Müzik ve dans ise geleneksel kumsal partisinin olmazsa olmazıydı. Glenn Miller'ın en sevdiğimiz şarkısı *"Moonlight Serenade*"* gümbür gümbür çalmaya başladığında üçümüz de alkışlamıştık. Daha sonra müzik eşliğinde olduğum yerde sallanırken Elliot'ın güçlü kollarını belimde hissetmiştim. Beni boynumdan öperek, *"Merhaba aşkım,"* diye fısıldamış

---

* İng. Ay Işığı Serenadı. (Ed. N.)

ve beni dans pistine çekmişti. Vücudumuz ay ışığının altında uyumla hareket ediyordu.

Şarkı bittiğinde Frances'in yalnız oturduğu banka yürümüştük. "Rose nerede?" diye sormuştum.

Frances omzunu silkerek, "Muhtemelen Will'i arıyordur," diye cevap vermişti.

Yüzündeki hüzünlü ifadeyi fark ettiğim an Elliot'ın elini bırakıp onun elini tutmuştum.

"Haydi kızlar, biraz eğlenelim," demişti Elliot, kollarını bize uzatarak. Frances hemen canlanmıştı.

Will ve Rose da bize katılmışlardı. Hep birlikte Elliot'ın sahile sermiş olduğu bir plaj havlusunun üzerine oturmuş, bir yandan biralarımızı yudumlarken kâselerde yengeç yemiştik. Yıldızlarla bezeli o gecede kendi kendimize eğleniyorduk.

Elliot koyu yeşil sırt çantasına uzanıp fotoğraf makinesini çıkarmış ve ona bakmamı söylemeden önce birkaç kez flaşını kurcalamıştı. "Bu akşamki bakışını hiç unutmak istemiyorum," diyerek fotoğraf makinesinin düğmesine üç kez basmıştı. Elliot fotoğraf makinesini hiç yanından ayırmayan biriydi. Daha sonrasında baktığınızda içinizi acıtacak siyah-beyaz bir kareye sizi tutsak edebilirdi her an.

Geriye dönüp baktığımda, keşke o akşam Elliot'ın gitmesini önleyebilseydim. Keşke zamanı durdurabilseydim. Ancak o akşam saat hemen on olmuştu. Elliot benden yana dönerek, "Bu gece Seattle'a dönmem gerek," demişti. "Halletmem gereken bazı işlerim var. Seni yarın gece görebilir miyim?"

Gitmesini hiç istememiş olmama rağmen başımı olumlu anlamda sallamış ve onu öpmüştüm. "Seni seviyorum," diyerek birkaç dakika daha o anı uzatmıştım. Sonrasında Elliot ayağa kalkıp üzerindeki kumları silkelemiş ve her zaman yaptığı gibi ıslık çalarak rıhtıma doğru yürümeye başlamıştı.

Ertesi sabah Frances, Rose ve ben ilk feribotla Seattle'a alışverişe gitmiştik. Rose, "Vogue" dergisinin son sayısında gördüğü elbiseye bakmak için Frederick & Nelson'a gitmek istiyordu. Frances'in yeni ayakkabılara ihtiyacı vardı. Bense adadan ayrıldığım için mutluydum. Şehirde olmak hoşuma gidiyordu. Şehir merkezine yakın, körfez manzarası olan büyük bir ev hayal ettiğimi milyon kere Elliot'a anlatmış olmalıydım. Tıpkı magazin dergilerindeki gibi duvarları leylak rengine boyayacaktım ve küçük kuşaklı krem rengi perdeler pencerelerimi süsleyecekti.

Marion Caddesi'nde yürürken, Landon Park Otel'in önünde Elliot'ın durduğunu görmüştük. Yanında başka bir kadın vardı. Trafik olduğundan dolayı ilk başta o kadını görmemiştim. Sarışın ve neredeyse Elliot kadar uzun boyluydu. Onu öylece yanındaki kıza sarılırken görmek sanki bir ömür sürmüştü. Ne konuştuklarını duyabilecek kadar yakındım onlara. Konuşmalarının hepsini anlayamasam da duyduklarım bana yetmişti.

"Evin anahtarı burada," diyerek bir anahtar uzatmıştı kadın. Elliot da onu alıp hemen cebine koymuştu.

Sonra da ona göz kırpmıştı. Bunu gördüğüm an vücudum buz kesmişti, bu göz kırpışı biliyordum. "Seni bu gece görebilir miyim?" diye sormuştu Elliot.

O sırada geçen bir kamyon yüzünden kadının dediklerini tam anlayamamıştım. Daha sonra Elliot kadını bir taksiye bindirmiş ve taksi uzaklaşırken arkasından el sallamıştı.

"Seni bu gece görebilir miyim?" Birden geçen sene okuduğum bir kitap gelmişti aklıma. Daha önce hiçbir karakter Kaybolan Yıllar kitabındaki Jane kadar beni etkilememişti.

Gözlerim açıldı birden. *Kaybolan Yıllar!* Hayretle başımı sallayarak, sayfayı çevirip okumaya devam ettim.

Aslında Jane, başka bir adama gönlünü kaptırdığında Stephen'la evliydi ama kendini aşkın tutkusuna bırakmıştı. Annem kadının ihanetinden dolayı bu kitabı "saçmalık" olarak adlandırmıştı. Ona bu kitabın Pulitzer Ödülü kazandığını ve okumamı okuldaki İngiliz edebiyatı hocasının önerdiğini söylemiştim, fakat bunların hiçbir faydası olmamıştı. Bu tarz romanların, gerçek dışı olduğunu ve genç bir kadın için tehlikeli fikirler verdiğini söylemişti. Bu yüzden kitabımı her zaman yatağımın altında saklıyordum.

O gün o kaldırımda öylece dururken bütün hikâye aklıma gelmişti yine. Jane'in hikâyesi benimki kadar acıydı. Elliot bu kadınla konuşurken sesinde bir hassasiyet vardı. O an bizi birbirimize bağlayan şeyleri, ettiğimiz yeminleri ve daha sonra ayrılışımızı düşünmüştüm. Eğer Jane, Stephen'a elini uzatıp başka birine âşık olabiliyorsa, Elliot da bana söz verip başka biri için yanıp tutuşabilirdi pekâlâ. Jane'in Andre ve Jimmy'nin aşkı arasında kaldığını anlatan bu hikâye bana çok dokunaklı gelmişti o zaman, ama şimdi gözlerimin önünde oynanan bu aşk oyunu, hiç de doğru gelmiyordu. Sonsuza kadar bir kişi sevilemez miydi? Kimse verdiği sözü sonsuza dek tutamaz mıydı? Elliot'ın o ana kadar istediği tek kadının ben olduğunu sanmıştım. Böylesine yanılmış olamazdım.

Mektup. Aklıma Jane'in, birbirlerine aşklarını ilan ettikten yıllar sonra Andre'den aldığı şaşırtıcı mektup gelmişti. Tüm hikâye, bütün trajedisiyle anlatılıyordu. Andre, Jane için Chicago'ya dönmek yerine İtalya'ya gitme kararı alarak onun kalbini kırmıştı. İşte bu yüzden Jane, hayatlarının yörüngelerini sonsuza kadar değiştirerek Stephen'la evlenmişti. Her ne kadar bu aşkı yıllar boyu yüreğinde taşıyacak olsa da savaştan önce ona aşklarının bittiğini gösteren buz gibi bir mektup yazmasının sebebi de buydu. "Her şeyi öldürdün," demişti Jane, Andre'nin kararına karşılık, "her şeyi bir çırpıda öldürdün." O anda benim de söylemek istediklerim tam da bunlardı.

Rose ve Frances, sakin olmam ya da yola atlamama engel olmak için beni kollarımdan tutmuş, sessizce yanımda duruyorlardı. Fakat kolayca onların elinden kurtulmuş ve bir arabanın bana çarpma ihtimalini düşünmeden Elliot'ın bir gazete otomatının önünde durduğu yere koşmuştum.

Elliot'ın geçen ay bana vermiş olduğu, iki kırmızı yakut arasına yerleştirilmiş armut biçimli koca pırlanta yüzüğü sol parmağımdan çıkarmıştım. Yüzük çok abartılıydı. Ona da söylemiştim ama hayatının geri kalanını borç içinde geçirecek dahi olsa, benim en iyilerine layık olduğum cevabını vermişti. Onu orada başka bir kadınla görüp o konuşmalarını duyduktan sonra, bunların hiçbir önemi yoktu.

Marion Caddesi'nin karşı tarafına geçtiğimde soğuk bir sesle, "Merhaba, Elliot," demiştim.

Elliot, bir şeyleri saklama ya da saklamama arasında gidip geldiğini belli eden ürkek ve rahat bir ifadeyle bana bakıyordu. Yüzümün yandığını hissedebiliyordum. "Nasıl yapabildin?"

Yüzünden şaşkın olduğu anlaşılan Elliot, başını iki yana sallamıştı. "Hayır, hayır yanlış anladın," diye itiraz etmişti. "O sadece bir arkadaşım."

"Bir arkadaş mı? Peki, neden bir iş için Seattle'a gelmek zorunda olduğun yalanını söyledin? Çok açık ki ortada iş falan yok."

Elliot aşağıya bakarak, "Esther, o eski bir arkadaşım," demişti. "Yemin ederim."

Boynumdaki ucunda altından küçük bir denizyıldızı sarkan kolyemi sıkıca tuttum. Bu kolyeyi birkaç yıl önce bir panayırda kazanmıştım ve benim uğurum olmuştu. O anda şansa ihtiyacım vardı, çünkü Elliot'ın bana yalan söylediğini biliyordum. O kadına nasıl baktığını, onunla nasıl flört ettiğini görmüştüm. Elleri kadının belindeydi. Bu arkadaşlıktan daha öte bir şeydi. Bir aptal bile bunu anlayabilirdi.

Daha gerçekleştirmeden yapmak üzere olduğum şeyden pişman olmuştum ama içimdeki öfkeye engel olamıyordum. Yüzüğü avucumda sıktıktan sonra hızla attım. İkimiz de yüzüğün kaldırım boyunca yuvarlanışını ve rögardan içeri düşüşünü izlemiştik.

"Bitti," demiştim. "Bir daha benimle konuşma. Buna katlanabileceğimi sanmıyorum."

Rose ve Frances'in caddenin karşı tarafından korku dolu gözlerle bize baktıklarını görebiliyordum. Arkamı dönüp Elliot'tan uzaklaşırken kendimi adeta Herkül gibi güçlü hissediyordum. Çünkü birbirimizin hayatından sonsuza dek uzaklaştığımızı biliyordum.

Trafiğe rağmen Elliot'ın, "Bekle, Esther!" diye bağırışını duyabilmiştim. "Lütfen bekle, açıklamama izin ver! Böyle gitme!"

Fakat içimden yürümeye devam etmem gerektiğini söylüyordum kendime. Yapmak zorundaydım. Bunu yapmak zorundaydım.

Yedinci Bölüm

Ne feribotların düdükleri ne de dalga sesleriyle köpeklerin havlamaları, günlüğü bir saat daha okumama engel olabildi. Esther kendine verdiği sözü tutarak Elliot'ı affetmemişti. Elliot ona aylarca yazmıştı ama Esther mektupların bir tanesini bile okumadan hepsini çöpe atmıştı. Rose, Will'le evlenip Seattle'a taşınmıştı. Frances ise adada kalıp Esther'ı dehşete düşürerek Elliot'la dost olmuştu.

Saatime baktığımda, tahmin ettiğimden daha uzun bir süre geçmişti. Günlüğü çantamın içine tıkıştırdım ve hızla Bee'nin yanına döndüm.

Holün kapısını açtığımda, Bee'nin yaklaşan ayak seslerini duydum. Kuma bulanmış çizmelerimi çıkarırken, "Ah tatlım, döndün demek," diyerek kapı girişine baktı. "Bu geceyi nasıl unutmayı becerebildim, bilmiyorum," diye konuşmaya devam etti. "Geçen yıl takvime yazmıştım."

"Neyi, Bee?"

"Kumsal partisini," dedi başka hiçbir açıklama yapmadan. Duraksadı ve birden düşünceli bir şekilde bana baktı. "Sen hiç adadaki kumsal partisine katılmadın, değil mi?"

Ara sıra yapılan gezilerin yanında adaya yalınızca yazın gelmiştim. Aklıma gelen, benim yaşadıklarımdan çok Esther'ın o büyülü gecesiydi.

"Hayır, ama hakkında çok şey duydum."

Bee bana baktı. "O zaman bugün görme zamanı," dedi ellerini kalçasına dayayarak. "Seni sıcak tutacak bir monta ihtiyacın var. Örtülerimizi ve şarabımızı yanımıza alacağız, şarap olmazsa olmaz. Evelyn'le saat altıda orada buluşacağız."

Kumsalın atmosferi aynı Esther'ın tarif ettiği gibiydi. Kamp ateşleri, yanıp sönen ışıklar, sahile serilmiş örtüler, dans pisti ve gökyüzündeki yıldızlar... Anlattığı her şey, bu görüntüye uyuyordu.

Evelyn sahilden bize el salladı. Üzerine giydiği kazağı, hassas bedenini soğuk rüzgâra karşı koruyamayacak kadar ince görünüyordu, bu yüzden yanına vardığımızda Bee'nin sepetinden bir battaniye alıp omuzlarına yerleştirdim. "Teşekkürler," diye karşılık verdi, biraz şaşkın görünüyordu. "Geçmişi düşünüyordum."

Bee bana bir bakış atarak, "Eşi yıllar önce bir ada partisinde ona evlenme teklif etmişti," dedi.

Sepeti yere bıraktım. "Siz ikiniz oturun ve rahatınıza bakın, yemeklerinizi ben servis edeceğim," dedim her ikisine de.

"Bol tereyağlı midye ve mısır ekmeği istiyorum," dedi Bee.

"Tatlım, ben de kuşkonmaz ve midyelerime de biraz limon alayım," diye ekledi Evelyn.

Onları orada hatıralarıyla bıraktım ve birkaç genç kızın bir köşeye toplanıp karşı taraftaki delikanlılara utangaç bir tavırla baktıkları dans pistini geçerek yemek sırasına doğru ilerledim. Bakışmaların sonunda eşler belirlendi. Sonra sahile vuran dalgaların dinmesiyle hoparlörlerden, Nat King Cole'un "When I Fall in Love"* şarkısı duyulmaya başladı. Müziğin melodisine kaptırıp hayaller kurduğum sırada arkamdan bir sesin geldiğini duydum.

"Merhaba."

Arkamı döndüğümde karşımda Jack duruyordu. "Merhaba."

"Kumsal partisine ilk kez mi katılıyorsun?"

"Evet," diye karşılık verdim. "Ben..."

"Bakın burada kimler varmış," diye kabininden bağıran DJ konuşmamızı yarıda kesmişti. Daha sonra asistanı ışığı üzerimize doğru çevirdi. Ani ışığa karşı elimi gözlerime siper ettim. "Bu gecenin dansını başlatmak için genç bir çift!"

O an Jack'le bakıştık. Sonra herkes bizi alkışlamaya başladı.

"Sanırım tek bir şansımız var," dedi elimi tutarak.

Jack beni kendine doğru çekerken, "Galiba," diyerek gergin bir şekilde gülümsedim. "Buna inanabiliyor musun?"

Jack, adeta bir profesyonel dansçı gibi beni pistte döndürerek, "Hayır," dedi. "Fakat onlara bir gösteri sunabiliriz."

Başımı olumlu anlamda salladım. Beni tutuşunda bir doğallık vardı. Beni pistte döndürdükçe etrafımızdaki insanların yüzleri film şeridi gibi hızla geçiyordu gözlerimin önünden. Yaşlı bir çift... Çocuklar... Gençler... Ve Henry... Henry de oradaydı, kenardan bize gülümsüyordu. Jack yine beni döndürdüğü sırada yaşlı adama selam vermek için tam elimi kaldırmıştım ki onun çoktan oradan gitmiş olduğunu fark ettim.

---

* İng. Ben Âşık Olduğumda. (Ed. N.)

Müzik bittiğinde tekrar bir alkış koptu. Keşke dans etmeye devam edebilseydik. Fakat Jack sahili işaret ettiğinde aklının başka yerde olduğunu anladım.

"Birkaç arkadaşım beni bekliyor," dedi. "İstersen bize katılabilirsin."

Şu an aşırı duygusal olduğum için kendimi bir aptal gibi hissediyordum. "Ah, hayır," diye yanıt verdim. "Olmaz. Buraya Bee Yengem ve onun arkadaşı Evelyn'le geldim. Onlara yemek alacağıma dair söz verdim, aslında şimdi gitsem iyi olacak. Yarın zaten sana yemeğe gelecektim, değil mi?"

Jack'in yüzü bir an beni davet ettiğini unutmuşçasına gölgelendi. "Doğru, akşam yemeği için geleceksin," diyerek karşılık verdi. "O zaman yarın görüşürüz." Daha sonra gitti.

On dakika sonra elimde yiyecek dolu tepsiyle dengemi sağlamaya çalışarak, battaniyelerine sarılmış olan Bee ve Evelyn'in yanına döndüm. Kollarımız ve bacaklarımız soğuktan uyuşana kadar şarap içip, tepside ne varsa silip süpürdük. Eve dönerken bu gece Jack'le beraber geçirdiğimiz dakikalar aklımdaydı. Bunu düşünürken de kendimi iyi hissettiğimi fark ettim.

Ben uykuya dalmadan önce, "Eee?" dedi Bee.

"Kumsal partisini sevdim, güzeldi," diye karşılık verdim.

"Muhteşem bir danstı," dedi Bee.

Sahilden dans pistini görebileceği hiç aklıma gelmemişti. "Gerçekten, güzel miydi?"

Yüzümü okşayarak, "İyi geceler tatlım," dedi.

"İyi geceler, Bee."

5 Mart

Jack'le bir akşam yemeği... Ertesi gün düşündüğüm tek şey buydu. Kahvaltıdan sonra bulaşıkları yıkarken, sabunlu suya ellerimi batırdım ve Jack'in de dün geceki dansımızı düşünüp düşünmediğini geçirdim aklımdan. *Acaba o da benim gibi içinde bir kıvılcım hissetmiş midir?* Bir tabağı durulayıp bulaşıklığa koyarken, koca bir köpük patladı. *Bu durumu çok mu abartıyorum?* Bir bulaşık beziyle çatal-bıçak takımını temizlerken, Joel'e daha geçenlerde elveda dediğim aklıma geldi. Belki de bu durumumdan dolayı Jack'i yanlış anlıyordum.

Akşama doğru uygun bir şey giyinmek için bavulumu kurcalamaya koyuldum. Greg'le buluşmak, herhangi bir yerde eski bir dostla buluşmak kadar sıradandı benim için. Ancak sahilde Jack'le birlikteyken mutluydum. Bu adamın beni heyecanlandıran gizemli bir yanı vardı. Dahası beni bir restorana değil, evine davet etmişti. Bu yüzden 'Ne giysem?' diye düşündüğüm anlarda yaptığım gibi kurtarıcı kıyafetlerimi seçtim; belden bağlamalı uzun bir kazak, bir çift avize küpe ve en sevdiğim kotum. Kaşkorsemi biraz aşağıya indirsem de sonra vazgeçip yeniden yukarıya çektim.

Ancak kuaförle adam olabilecek saçlarımı tarayıp rimelimi sürdüm ve yanaklarıma biraz da allık dokundurdum. Lambayı kapamadan önce beğeni dolu bakışlarla aynada kendime baktım.

"Çok güzel görünüyorsun," dedi Bee, odamdan içeriye bakıyordu. Orada olduğunu fark etmemiştim. Umarım günlüğü kaldırmayı unutmamışımdır, diye geçirdim aklımdan. Fakat yatağın üzerine bakıp da onu görmeyince rahatladım.

"Teşekkür ederim," dedim ve çantamı kapıp sahil boyunca Jack'in evine kadar yürümeme elverişli bir çift topuklu ayakkabı giydim.

Bee bana bir sır vermek istiyormuş gibi baksa da uyarı konuşmasına başlamıştı. "Tatlım, çok geç kalmazsan iyi olur. Bu gece gelgit olacak. Eve gelirken zorlanabilirsin. Dikkatli ol."

Fakat ikimiz de bu sözlerin altında başka bir anlam yattığını biliyorduk.

※

Sahilde uzun süre yürüdükten sonra yanıma bir ceket ya da bir mont alsaydım, diye geçirdim aklımdan. Esen Mart rüzgârı, neredeyse kutup rüzgârı kadar dondurucuydu. Bu nedenle Jack'in evinin çok uzakta olmamasını umuyordum. Sahilde yürümeye devam ederken çantamdaki cep telefonum çaldı. Telefonu elime aldığımda ekranda bilmediğim bir numara yazıyordu. New York'tan aranıyordum.

"Efendim," dedim. Arkadan araba ve korna seslerini duyabiliyordum. Telefonu eden kişi, kalabalık bir caddede yürüyor olmalıydı.

Yutkundum. "Efendim," dedim tekrar. Cevap yoktu, daha sonra telefonu kapatıp tekrar cebime koydum, umursamadım.

Yeniay gökyüzünde parlıyordu. Arkamda kalan sahil şeridine baktım. *Geri dönebilirim. Eve gidebilirim.* Fakat o anda çıkan rüzgâr, bende soğuk duş etkisi yaratmıştı. Yürümeye devam etmek zorundaydım. Kulağıma fısıldayan rüzgâra cevap mı veriyordum? Bu bir his miydi? Emin degildim, ama bir adım, bir adım daha derken Jack'in evinin kapısına geldim. Gri çatılı ve koca verandalı evi, tam da tarif ettiği gibiydi.

Sahildeki tüm evler gibi onunki de eskiydi ve muhtemelen tarihiydi. Bugüne kadar bu verandadan güneşin batışını izlemiş olan çiftleri düşününce, kalbim biraz da olsa hızla atmaya başladı. Fakat çatıdaki rüzgârda dönen ördek şeklindeki rüzgârgülünü gördüğümde kalbim gerçekten göğsümden fırlayacak gibi olmuştu. *Burası, Bee'nin tablosundaki ev olabilir miydi?*

Penceresinden sızan o sıcacık ışık, beni eve doğru çağırıyordu. İlk basamakta çamurlu çizmelerin yanında bir olta kamışının olduğunu görebiliyordum. Açık olan giriş kapısına yaklaştım.

Temkinli bir şekilde, "Merhaba," diyerek içeri girdim. Caz melodilerini ve ocakta bir şeylerin kaynadığını duyabiliyordum.

"Selam, lütfen içeriye gir," diye seslendi Jack başka bir odadan, muhtemelen mutfaktaydı. "Neredeyse işim bitmek üzere."

Sarmısak, yağ ve şarap kokusunu alabiliyordum. Dünyanın en mükemmel lezzet karışımıydı bu. Tıpkı şarabın birkaç yudumundan sonra hissettirdiği gibi kendimi sıcak hissediyordum. Gelirken, Bee'nin dolabından bir şişe kırmızı şarap getirmiştim. Şişeyi girişteki masanın üstüne, bir anahtarlık ve büyük beyaz bir istiridye kabuğunun yanına koydum.

Girişte dururken etrafıma bakındım. Gözüme, şarap renginde duvarları ve büyük meşeden masası olan yemek odası takıldı. Acaba Jack'in bu masa gibi başka güzel şeyleri de var mıydı? Birkaç adım attıktan sonra sol tarafta koltuk kılıflı iki kanepe ve gri renkte eski bir odun parçasından yapılmış bir kahve masasının olduğu oturma odası çıktı karşıma. Mobilyalar sağlam ve erkeksiydi fakat sehpadaki dergiler bilerek çaprazlamasına yerleştirilmiş olsa da her şey aynı *Pottery Pan* kataloğunun sayfasındakiler gibi görkemliydi. Şömineye doğru ilerledim ve üzerindeki fotoğraflara baktım. Gözünde güneş gözlüğü ve üzerinde kırmızı bikini olan, ince beli bir havluyla sarılı bir kadının fotoğrafı gözüme takılmıştı. Sahilde fotoğrafı çeken kişiye hayranlıkla bakıyordu. Jack olabilir mi, diye geçirdim aklımdan. Birden çok utandım çünkü fotoğraftaki bu kadın, onun kız kardeşi de olabilirdi.

O sırada Jack, "Merhaba," diyerek oturma odasından içeri girdi. "Beklettiğim için özür dilerim, fakat söz konusu beşamel sos olunca biliyorsun ki zaman bile durur."

İki şarap kadehini tutan Jack, tekini bana uzatarak, "Umarım beyaz şarap seviyorsundur," dedi.

"Bayılırım."

"Harika." Jack eski bir feribot gibi sakin görünüyordu ki bu beni daha çok geriyordu. Bunu fark etmemesini umuyordum. "Otursana," dedi şöminenin karşısındaki kanepeyi işaret ederek.

"Bu akşam gelebildiğine sevindim," diye devam etti Jack. Hatırladığımdan daha da yakışıklıydı. Bu akşam siyah, kıvırcık saçları ve baş döndürücü bakışlarıyla tehlikeli şekilde çekiciydi.

"Dün gece eğlendin mi?" diye sordu.

"Evet, çok güzel bir geceydi," diye cevap verdim. Sonucu bilmeme rağmen yüzüm kızarmasın diye de dua ediyordum.

"Erken ayrılmak zorunda kaldığım için kusura bakma," dedi, endişeli görünüyordu.

Etrafa bakınarak, "Sorun değil," diye yanıt verdim, konuyu değiştirmek için can atıyordum. Duvarda asılı olan çerçevelerin içindeki siyah-beyaz fotoğraflar dikkatimi çekmişti. Aslında içlerinden bir tanesi önceden gözüme takılmıştı bile. "Evin çok şirin." *Böyle sıradan bir şeyi nasıl söyleyebildim?*

"Peki, buraya geliş hikâyen nedir?"

"Hikâyem mi?" Birden Esther'ın hikâyesi geldi aklıma ve Jack'in bunu bilip bilmediğini merak ettim.

"Kitabın için mi?" dedi Jack. "Araştırma için falan?"

"Aa, evet. Kitabım yakında çıkacak. Yavaş ama sağlam ilerliyor."

"Bainbridge, bir yazar ya da herhangi bir sanatçı için mükemmel bir yerdir," dedi Jack. "Yapman gereken sadece kalemini ya da fırçanı, hikâyelerini, resimlerini almak. Sonra her şey kendiliğinden geliyor."

Başımı olumlu anlamda salladım.

Jack kadehinden bir yudum şarap aldı ve "Aç mısın?" diye sordu.

"Çok," diye karşılık verdim.

Beraber yemek odasına doğru ilerledik. Jack masaya roka, rezene ve parmesan peynirli salata, bir pisibalığı tabağı, beşamel soslu kuşkonmaz ve fırından yeni çıkmış ekmekleri getirirken ben de masaya oturdum.

Jack, "Başlayabilirsin," diyerek şarap bardağımı yeniden doldurdu.

"Bir erkeğin böyle yemek yapabileceği hiç aklıma gelmezdi," dedim peçeteme uzanarak. "Gerçekten çok etkilendim."

Jack muzip bir tavırla sırıttı. "Çok naziksin."

Masada yanan mumların eşliğinde hiç durmadan konuştuk. Bana yaz kampında bir gece uykusunda gezdiğini ve uyandığında, idarecilerinin yatağına yatmaya çalıştığını fark edip de nasıl utandığını anlattı. Ben de ortaokulda bir dolmakalemin ucunu çiğnediğimi ve yüzüme bulaştığını fark etmediğim için iki gün boyunca dudağımda mürekkep lekesiyle dolaşmak zorunda kaldığımı anlattım.

Sonra ona Joel'den bahsettim, kendimi ona acındırmadan yapabilmiştim bunu.

Başarısız evliliğimden bahsettikten sonra, "Anlayamıyorum," dedi Jack. Eğer içkili olmasaydım detayları anlatmazdım çünkü ne zaman beyaz şarap içsem çenemi tutamaz, gevşek ağızlının biri olurdum. "Neden senin gibi birini bırakmak istediğini anlayamıyorum."

Yanaklarımın kızardığını hissediyordum. "Sende ne var ne yok? Hiç evlendin mi?"

Bu soru üzerine Jack bir an gerilmişti sanki. "Hayır, sadece ben ve Russ varız."

Golden cinsi köpeği sahilden hatırlıyordum.

Jack'in merdivenlerden yukarıya doğru, "Russ!" diye bağırmasıyla, aşağı indiğini gösteren pati seslerinin gelmesi de bir olmuştu. Köpek hemen yanıma gelip önce bacaklarımı daha sonra ellerimi kokladı, sonra da poposunu ayağımın üzerine yerleştirerek oturdu.

"Senden hoşlandı," dedi Jack.

"Öyle mi? Nasıl anladın?"

"Baksana ayağının üzerinde oturuyor."

"Hmm, evet." Bu normal bir şey mi yoksa Russ'a ait bir özellik mi bilemiyordum.

"Bunu sadece hoşlandığı insanlara yapar."
"Ya, benden hoşlanmasına sevindim," diyerek sırıttım.
O sırada köpek, başını dizlerime koyarak tüylerini üzerime bulaştırdı. Ancak bu umurumda bile değildi.
Jack, yardım önerimi geri çevirerek masayı tek başına topladıktan sonra bana arka kapıyı gösterdi. "Sana göstermek istediğim bir şey var."
Küçük kare bir yeşilliğin oluşturduğu arka bahçedeki birkaç taşın üzerinden geçip, müştemilatı andıran ufacık bir yere gelmiştik.
"Burası benim resim atölyem," dedi Jack. "Geçen gün sahilde resimlerimin bazılarını görmek istediğini belirtmiştin."
Hevesle başımı salladım. O anda kendimi çok özel hissettim. Jack bana gizli dünyasının kapılarını açıyordu. Bu, hazırladığım taslakları okuması için ona izin vermem gibi bir şeydi. Ancak ben taslaklarımın tek cümlesini bile kimseye okutmazdım.
İçerisi şövalelerle desteklenen ve duvarlara dayandırılan tablolarla doluydu. Genelde hepsi muhteşem deniz manzarasını tasvir ediyordu, fakat içlerinden yalnızca bir tanesi dikkatimi çekmişti. Tablo, omuzlarına kadar sarı saçları olan çarpıcı güzellikte bir kadının koyu bakışını resmediyordu. Yüzünde hüzne benzer bir ifade vardı. Atölyedeki diğer resimlerden farklıydı bu. Baştan çıkartıcı ama bir o kadar da ıssız olan kadının gözlerine yakından bakınca, onun Henry'nin şöminesinin üzerinde duran fotoğraftaki kişiye hayal meyal benzediğini fark ettim. Kadında eskiye dair bir şeyler de yoktu. *Peki o kimdi?* Hikâyeyi ve Jack'in onun resmini nasıl çizdiğini öğrenmek istiyordum, fakat bunu irdelemek doğru görünmüyordu. Bu resmin konusu dokunulmazdı sanki.

Bu yüzden Jack'in yaptığı diğer resimlere odaklandım ve gördüklerim karşısında şaşkınlığımı gizleyemedim. "Bu fırça darbeleri, ışık... hepsi nefes kesici," dedim sonunda, bir yandan da şövaledeki gizemli kadına bakmamak için kendimi zor tutuyordum. "Hepsi harika. Sen bu konuda çok yeteneklisin."

"Teşekkür ederim," diye yanıt verdi Jack.

Hava artık kararmıştı, ay ışığı atölyenin pencerelerinden içeri sızıyordu. Jack bir eskiz defterini aldı ve dudaklarını büzerek bana yaklaştı. "Bana bir iyilik yap ve şuraya otur," dedi köşedeki tabureyi işaret ederek.

Söylediklerini hevesle yaptım.

Jack başka bir tabure çekip oturdu, sonra yeniden ayağa kalkarak dikkatle etrafımda dolandı. Jack eskiz defterini bırakıp tam önümde durana kadar ağır ağır bana yaklaşınca ister istemez saçlarımı ve kazağımı düzelttim. O kadar yakındı ki teninin kokusunu alabiliyordum.

Sonra elini uzatıp kibarca çenemi tuttu ve yüzümü ay ışığının yansıdığı tarafa çevirdi. Kazağımın yakasına ulaşıncaya kadar elini boynumda gezdirdi, o anda tüylerim diken diken olmuştu. Jack köprücük kemiklerimi ve biraz da kaşkorsemi açıkta bırakana dek kazağımın yakasını açtı. Soğuk hava tenimi yalamasına rağmen titremiyordum. Belki de Jack evine gelen tüm bayanlara bu şekilde davranıyordu. Önce beraber akşam yemeği yiyor, sonra köpeğini çağırıyor ve daha sonra da portresini çiziyordu. Düşünür düşünmez bu saçma fikirleri atmıştım kafamdan.

"Harika," dedi Jack birden. "Şimdi burada birkaç dakika otur bakalım."

Kendimi adeta bir hamur gibi gevşek hissetmeme rağmen Jack resmimi çizerken duruşumu bozmamaya çalışıyordum. Birkaç dakika sonra Jack ayağa kalktı ve çizimini gösterdi.

"Vaay. Yani bu harika... çok gerçekçi."

Çocukken Portland'da bir sokak ressamcısına çizdirmiştim portremi. Burnum çarpık, ağzım kocamandı. Fakat Jack, *beni* çizmişti.

Jack çizdiği sayfayı dikkatle defterinden koparttı ve bir şövalenin üzerine koydu.

Eve geri döndüğümüzde bizi çıtır çıtır yanan şömine ateşi karşıladı. Jack CD çalarının olduğu yere gidip çalıştırdı.

"Dün gece yanından çabuk ayrıldığım için bu akşam dansımıza kaldığımız yerden devam edebiliriz diye düşündüm," dedi ve elimi tuttu.

Her ne kadar bu davranışı klasik olsa da etkilenmiştim. En son dans teklifi aldığımda –tabii ki mezuniyet balosu haricinde– on yedi yaşımdaydım, o zaman bir Rock grubunun gitaristi olan, benden iki yaş büyük bir çocukla flört ediyordum. Babası işten eve gelene kadar Ramones grubunun bir şarkısı eşliğinde beş dakika boyunca romantik bir şekilde dans etmiştik.

Jack kahve sehpasını yana çekti ve beni salonun ortasına götürdü. Fonda büyük bir orkestra yumuşak, güzel bir melodi çalmaya başlamıştı.

"Bu benim en sevdiğim eski caz şarkılarından bir tanesi," dedi Jack, beni kendine doğru çekerek. "Biliyor musun?"

Bir an duraksadım.

"Body and Soul," dedi. "Şu ana kadar yazılmış olan en güzel aşk şarkısıdır."

Başımı olumlu anlamda salladım. *Body and Soul mu? Esther ve Elliot'ın şarkısı mı?* O ana kadar daha önce duyup duymadığımdan emin olamamıştım ama melodisini, sözlerini biliyordum. Elbette bu onların şarkısıydı. Aynı zamanda hem can sıkan hem de umut veren bir melodiydi. Onlar için yazılmıştı.

Jack beni biraz daha kendine doğru çekti, öyle ki boynumda nefesini ve sırt kaslarının gerginliğini hissedebiliyordum. Bedenlerimiz müzik eşliğinde salınırken, dudakları şakağıma değiyordu.

Şarkı biterken, "Senin gibi kızlar her gün bu sahile vurmazlar," diye fısıldadı Jack.

Her ikimiz de dalgaların vurduğu sahile doğru bakarken Jack birden endişeli görünmeye başladı. "Gelgit gittikçe artıyor, seninle eve kadar yürüsem iyi olur."

Hayal kırıklığına uğradığımı gizlemeye çalışarak başımla onu onayladım. Gitmek istemiyordum. Henüz değil.

Bee'nin evinin önüne geldiğimizde Jack gülümseyerek, "Seattle'a gitmem gerekiyor," dedi, "fakat birkaç gün içinde geri döneceğim. Döndüğümde seni ararım." Söylediklerinde derin anlamlar aramamaya çalıştım.

"İyi geceler," dedim sadece.

Yatağıma geçtiğimde yüzümden düşen bin parçaydı. Bunun için hiçbir nedenim yok, dedim kendime. Mükemmel bir akşam geçirmiştim. Kendimi özel hissettirmişti. *Özel.* Başka ne umuyordum ki? Aşkını ilan etmesini mi? Saçmalık. Komodinden günlüğü çıkarttım ama yorgunluktan bütün kemiklerim sızladığı için yerine koydum. Uykuya dalarken, Esther'ı orada kendi dertleriyle baş başa bıraktığımı düşünmeden de edemiyordum. Fakat ben de kendi yeni hikâyemin ortasında tek başıma bırakılmıştım.

Sekizinci Bölüm

6 Mart

"Bugün Seattle'a gitmek ister misin?" diye sordu Bee kahvaltımızı bitirirken. Bainbridge Adası'ndakiler, Seattle'dan bahsettikleri zaman yüzlerinde eşsiz bir ifade belirirdi.

"Evelyn'i de bizimle gelmesi için davet edelim mi?" diye teklif ettim. Bee henüz bilmese de artık Evelyn için hayat çok da uzun sayılmazdı.

Bee, Evelyn'i arayarak, "Biraz alışveriş yapmak için Seattle'a gideceğiz, sen de bizimle gelmek ister misin?" diye sordu. "Saat ondaki feribotu yakalama niyetindeyiz. Senin de gelmeni istiyoruz."

İki dakika süren konuşma sonucunda anlaşma yapılmıştı. Koya tepeden bakan, tren istasyonu benzeri feribot terminalinde Evelyn'le buluştuk. Bainbridge Adası sakinleri genelde arabalarını terminalin otoparkına bırakıp feribotla seyahat ederlerdi. Feribot, yolcularını şehrin merkezinde indirdiği için birkaç tepe tırmanmak zorunda kalınsa da araba kullanmaya gerek yoktu. Seksenli yaşlarını süren bu kadınlar da bir taksiyle şehir gezisine gitmeyi hayal bile etmezlerdi.

Evelyn haki renkte bir kapri pantolon, kayık yaka siyah bir kazak ve babet ayakkabı giymişti. "Kedilerle geçireceğim monoton bir günden beni kurtardığınız için teşekkür ederim," dedi.

Gülümsedim. O anda hasta olan biri gibi görünmemişti gözüme. Saçları hâlâ dökülmemişti, yoksa başında bir *peruk* mu vardı? Merak etmiştim. Yüzü sanki makyajlı gibiydi, yanakları al aldı. Kesinlikle hasta gibi *davranmıyordu*. Kanser vücudunu kemirirken, Evelyn asla ruhunu ele geçirmesine izin vermiyordu.

Feribot yolculuğumuza başladığımızda, "Evet, bugünkü planımız nedir?" diye sordum. Feribotun ön kısmında Seattle'ın ufuk çizgisinin net bir şekilde gördündüğü yerde oturuyorduk.

Bee, üzerine sentetik kumaş gerilmiş banka iyice yerleşerek, "Westlake Center'a uğranz tabii ki," dedi. "Daha sonra Morion Caddesi üzerinde çok güzel, küçük bir restoran var, orada da öğle yemeğimizi yeriz."

Marion Caddesi. *Bu cadde, günlükte yazan ve Esther'la Elliot'ın sonsuza kadar ayrıldıkları yer değil mi?* Birden o muhteşem yüzüğün rögar kapağından içeri düştüğünü düşündüm ve hemen sonra başımı iki yana salladım. Aslında çok saçma ve fevri bir hareketmiş gibi gelse de Esther'ın bunu yapmasının sebepleri vardı.

O trajik sahnenin yaşandığı Landon Park Otel'i hatırlamıştım. Bee ya da o günlüğün yazarı her kimse, hikâyesinde tarihi yerleri kullanmıştı. O otelin hâlâ var olup olmadığını merak ediyordum.

Bee birden ayağa kalkarak, "Midye çorbası isteyen var mı?" diye sordu. Ne zaman feribota binse midye çorbası alırdı. Saatin veya varılacak yere az mesafe kalmasının bir önemi yoktu onun için.

Evelyn, "Ben istemiyorum," dedi.

"Eğer kafeteryaya gidiyorsan ben de biraz alabilirim," dedim. Bee hevesle başını olumlu anlamda salladı ve hemen yola koyuldu.

Bee'nin bizi duyamayacağından emin olduktan sonra Evelyn'e dönüp, "Kendini nasıl hissediyorsun?" diye sordum.

"Daha iyi günlerim olmuştu."

"Özür dilerim," dedim. Sanki davetimle onu dinlenmesinden mahrum etmiş gibi suçlu hissetmiştim kendimi.

"Aa, öyle söyleme. Yatağımda yatmaktansa, Seattle'da ikinizin yanında hasta olmayı tercih ederim."

"Peki, ona ne zaman söylemeyi düşünüyorsun?" diye sordum.

"Yakında," diyen Evelyn, endişeli görünüyordu.

"Haberi duyduğunda nasıl tepki vereceğini merak ediyorum," dedim.

Evelyn kucağında kenetlediği ellerine baktı. Kendini öyle sıkıyordu ki teninin altındaki mavi damarları rahatlıkla görebiliyordum. "Ben de merak ediyorum, tatlım."

Bir süre pencereden dışarıya baktıktan sonra yeniden Evelyn'e döndüm. "Bildiğim kadarıyla tek yakın arkadaşın Bee, öyle değil mi?"

Evelyn başını salladı. "Günlüğü okumaya devam ediyor musun?"

"Evet," dedim. "Zor bırakıyorum elimden."

Evelyn, Bee'nin gelip gelmediğini kontrol etmek için aşağıya baktı. "Çok fazla zamanımız yok," dedi. "Burada uzun süre kalamayacağım ortada. Ancak bilmeni istediğim bir şey var. Okuduğun bu hikâyede insanların hayatlarını değiştirebilecek çok fazla sır saklı. Senin, yengenin ve başkalarının hayatlarını değiştirebilecek..."

"Umarım bunların ne demek olduğunu bana söylersin," dedim, sabırsız görünmemeye çalışarak.

"Üzgünüm tatlım," dedi Evelyn. "Bu yolculuk senin."

Açık denizde yol alırken zaman durmuştu sanki. "Evelyn," diye seslendim pencereden dışarıya bakarak. "Büyükannemi tanıyor muydun?"

Bir süre yüzüme baktıktan sonra, "Evet, tatlım tanıyordum," diye yanıt verdi.

"Bee'nin anneme Büyükanne Jane hakkında, ailemizin bölünmesine sebep olacak ne söylediğini de biliyorsundur o zaman."

Evelyn başını sallayarak, "O annene büyükannen hakkındaki şaşırtıcı gerçeği söyledi," dedi.

"Şaşırtıcı mı?"

"Evet," diye karşılık verdi Evelyn. "Fakat aileniz bu şekilde dağılmamalıydı, Emily."

"Evelyn, ne demek istiyorsun?"

"Parçaları birleştir Emily. Okuduğun hikâyeyi bitirmelisin."

Parmaklarımı saçlarımın arasından geçirip iç geçirdim. "Ben de onu yapmaya çalışıyorum, fakat herkes parçaları bir şekilde benden saklıyor."

"Sabırlı ol," dedi Evelyn. "Zamanı geldiğinde cevapları bulacaksın. Bu, adanın tarzı."

O sırada Bee'nin bize doğru yaklaşmakta olduğunu gördüm. "İşte geldim," diyerek yerine oturdu. "Al bakalım, bu senin için."

Tuzlu kraker paketini açıp bir tanesini kremalı sıcak çorbaya bandırırken, "Teşekkür ederim," dedim.

"Evelyn," dedi Bee, "iştahına ne oldu? Ne zaman feribota binsek bu çorbadan içerdin."

Bir anda Evelyn'e, "Şimdi tam zamanı, ona söylemelisin," der gibi baktım. Fakat o hiçbir şey belli etmeyen yüz ifadesiyle, "Bu sabah çok güzel bir kahvaltı yaptım," diye cevap verdi. "Sanırım midem artık eskisi gibi değil."

"Peki," dedi Bee. "Zaten birkaç saate kadar öğle yemeği yiyeceğiz, o zamana kadar da açlıktan ölmezsin." Sonra da benden yana dönerek, "Dün akşam Jack'le nasıl geçti?" diye sordu.

Birden Evelyn'in yüzü aydınlandı. "Jack Evanston mı?"

"Evet, Jack Evanston," diye cevap verdim.

Evelyn ve Bee anlamlı bir şekilde bakıştıktan sonra, "Biz senelerdir birileriyle flört etmeyen iki yaşlı kadınız," dedi Evelyn. "Bize biraz ipucu versene."

"Pekâlâ, yemek yapmıştı," diye anlatmaya başladım. "Yemek yapabilen bir adam düşünebiliyor musunuz? Sonra da bana yaptığı resimleri gösterdi."

Bee yüzünü buruşturarak pencereden dışarıya baktı, Evelyn ise onu önemsemeyerek, "Rüya gibi bir akşam geçirmiş olmalısın," dedi. "Eğlendin mi peki?"

"Eğlendim," diye cevap verdim Evelyn'e. "Ama merak ettiğim bir şey var, çocukluğumda o kadar adaya geldim ama Jack'le neden hiç karşılaşmadım? Onu sahilde hiç görmemiştim."

Evelyn tam açıklamak için ağzını açmıştı ki Bee sözünü kesti. "Greg'e ne oldu?"

"Aman Tanrım," dedi Evelyn. "Peşinden koşan iki adam var, öyle mi?"

"Öyle," dedi Bee.

Evelyn anılara dalmıştı yine. "Yeniden genç olmak vardı," diye söylendi kendi kendine.

Feribot, Seattle'a geldiğimizi bildiren düdüğünü çalmıştı. Bir an önce feribottan inmeye çalışan yolcularla birlikte biz de hızla borda iskelesine yürüdük ve taksi, dilenci ve yerdeki kırıntıları toplayan güvercinlerle dolu kaldırıma yol veren merdivenlerden indik.

Dışarıya çıktığımızda Evelyn derin bir nefes alarak, "Ah, bu kokuyu özlemişim," dedi.

Motor, deniz ve şehrin kokusunu ben de özlemiştim ama Seattle'da rıhtım boyunca dizilen restoranlardan gelen kızarmış balık kokusu daha baskındı.

"Buraya tekrar geldiğin için pişman mısın, Evelyn?" diye sordu Bee birden.

Ancak Evelyn, Bee'ye bakmak yerine bana baktı. "Emily, eşim on yıl önce öldüğünde yeniden Bainbridge'e taşındım. Fakat evliliğim bu şehirde, Capitol Hill'de geçti."

"Eşin için üzüldüm," diye yanıt verdim. "Burada onunla ilgili birçok anın vardır."

"Evet," dedi. "Fakat Bainbridge her zaman benim evim oldu."

Marion Caddesi'ne gelene kadar üç yokuş tırmandık. Evelyn'e kolundan tutarak destek oldum, eğer Bee onun hastalığını bilseydi benim yerime bunu o yapıyor olurdu.

"Ah, işte geldik," dedi Bee, caddenin karşısındaki Talulah isimli restoranı işaret ederek. "Haydi oturalım. O kadar yürüyüşten sonra bunu hak ettik."

Ben ve Evelyn de hemen onu onayladık.

Restoran, güneş rengine boyalı duvarları ve her masada bulunan buzlu cam vazolardaki nergisleriyle keyifli ve aydınlık bir yerdi. Ötedeki bir masada kahvesini içip sandviçini yiyen adam dışında bir tek biz vardık.

Saat sabahın on biriydi, öğle yemeği için biraz erken olmasına rağmen mimoza kokteyli için uygun bir saatti. Evelyn de kendine bir tane ısmarladı. İkinci içkilerimizi bitirdiğimizde artık açlıktan şikâyet etmediğimiz için hepimiz mutluyduk. Feribotta midye çorbası içmeme rağmen bir tane de hamburger siparişi vermiştim.

Garson tabaklarımızı topladıktan sonra, "Ee, nereye gidelim?" diye sordu Bee.

Pencereden Marion Caddesi'ne baktım. "Westlake Center'a gitmeden caddede biraz yürümeye ne dersiniz?"

"Elbette," diye karşılık verdi Bee.

Bee hesabı ödedikten sonra üçümüz restorandan çıktık. Caddede yürürken Esther'ın Elliot'ı başka bir kadınla gördüğü o oteli arıyordu gözlerim. Neredeyse elli tane Starbucks mağazası vardı ama Landon Park Otel yoktu. Birden gözüme bir yer takıldı. Esther'ın tarif ettiği gibi önünde iki koca sütunu olan tuğladan bir binaydı bu ve yanında da bir gazete otomatı bulunuyordu. Bu bir tesadüf müydü? Ancak yaklaşık elli adım ötede bir rögar vardı. Bir an için donakalmıştım. Burası *o yer* olmalıydı.

Kaldırımda öylece durduğumu fark eden Bee, "Emily, ne oldu, tatlım?" diye sordu. "Gitmek istediğin bir mağaza mı var?"

Bee'ye bakmadan başımı iki yana sallayarak, "Sadece gazete başlıklarına bakmak istiyorum," diyerek yalan söyledim. Telaşla karşıya geçtiğim sırada neredeyse gri bir arabanın altında kalıyordum. O anda arabanın sürücüsü var gücüyle kornaya basmıştı.

Bina yolun karşı tarafındaydı. Otel orası olmalıydı. "Affedersiniz?" dedim kapıdaki yaşlı görevliye. "Burası Landon Park Otel mi?"

Yaşlı adam gözlerini iri iri açarak bana baktı. "Landon Park mı?" Sonra başını iki yana salladı. "Hayır, burası Washington Athletic Club."

"Doğru," diye yanıt verdim. "Tabii ya."

Arkamı döndüm ve bu sefer kaldırımı kullanarak yürümeye başlamıştım ki yaşlı adam arkamdan, "Bayan bekleyin lütfen," dedi. "Burası *eskiden* Landon Park Otel'di, fakat 1950 yılında otelin neredeyse hepsi yandı."

"Gerçekten mi?"

Yaşlı adam başını salladı. "Evet, nerdeyse her yer kül olmuştu."

Ona teşekkür ettikten sonra Bee ile Evelyn'in durduğu yere baktım. İkisi de bana şaşkın şaşkın bakıyordu, özellikle de Bee.

"Hemen geliyorum," diye seslendim, bir yandan da gazete otomatına bakıyormuşum gibi yapıyordum. Aslında Esther ve Elliot'ın problemlerinin başladığı noktayı arıyordum. Her ne kadar o yazılanlar birinin hayelleri bile olsa, orada dururken okumuş olduğum hikâye çok daha gerçekçi gelmeye başlamıştı.

❦

Alışveriş faslını atlayıp saat iki feribotuna yetişmiştik. Evelyn'in iyiliği için başımın ağrıdığı yalanını söylemiştim çünkü iyi olmadığını görebiliyordum. Solgun ve yorgun görünüyordu. Dinlenmeye ihtiyacı olduğunu, fakat bunu kabul etmeyeceğini de biliyordum.

Eve vardığımızda Bee biraz şekerleme yapmak için odasına çıktı. Ben de odama çekildim ama uyumayı düşünmüyordum.

❦

Mutfakta çalan telefonun sesini duyduğumda, banyoda bebeğimi yıkamakla meşguldüm. Bu nedenle arayanın bekleyebileceğine karar verdim. Fakat telefon ısrarla çalmaya devam ediyordu. Öyle ki bebeğin erkek olmasını umut eden Bobby'nin annesinin vermiş olduğu mavi havluyla kızımı sarana kadar da susmamıştı.

"Efendim," diyerek sonunda telefonu açabildim. Sesimdeki öfkeyi gizleme gereği duymadım.

Arayan Frances'ti. "Esther duyduklarına inanamayacaksın." Sesinden şaşkın, heyecanlı ve paniklemiş olduğu anlaşılıyordu.

"Sakinleş ve anlat haydi," dedim ve ahizeyi rahat tutabilmek için bebeği kucağıma yerleştirdim.

"Elliot," dedi Frances. O ismi duyar duymaz sanki dizlerimin bağı çözülmüştü.

"Hayır, hayır Frances," dedim. "Sakın bana bir şey söyleme, dayanamam."

Frances hemen, "Hayır," diyerek araya girdi. "Yaşıyor ve iyi. Hatta artık evinde! Savaştan dönmüş."

Gözlerimden yaşlar akmaya başlamıştı. "Nereden biliyorsun?"

Frances sanki bana gerçeği söylemek ya da bir kısmını anlatmak arasında kalmış gibi birkaç saniye duraksadı. "Ee... çünkü buradaydı," diyebildi sonunda.

"Nerede?"

"Benim evimde, biraz önce gitti."

"Ne işi vardı sende?"

Frances'in gerildiğini ve damarlarımda bir öfke dalgasının gezindiğini hissedebiliyordum. Çünkü arkadaşlık ilişkileri konusunda endişelerim vardı ve bunu saklayamıyordum. "Frances," diye devam ettim konuşmaya. "Orada ne işi vardı?"

"Esther, ne ima etmeye çalıştığını anlamıyorum," diyerek kendini savundu Frances. "Benim resimlere düşkün olduğumu bildiği için Güney Pasifik'te çekmiş olduğu bazı fotoğrafları albüm yapıp bana getirmiş. Çok güzeller. Sen de gelip görmelisin. Hindistancevizi ağaçları, sahiller, tanıştığı insanlar... hepsi muhteşem."

Sağ yumruğumu sinirle sıkarak, "Neden sana hediye getirmiş ki?" diye sordum.

"Bu nasıl bir soru böyle?" diye sordu Frances, sesinden gücenmiş olduğu belli oluyordu. "Bizim eski arkadaş olduğumuzu unutma, Esther. Bu sadece basit bir jest."

"Peki ya ben? Ben arkadaşı değil miyim?"

"Esther, sen evlisin ve bir çocuğun var," dedi Frances açıkça, bunu hiç beklemiyordum. "Merhaba demek için kapına rahatça gelemez ya."

Öfkem iyiden iyiye kızışmaya başlıyor, yıllardır görmezden gelmeye çalıştığım duygularım uyanıyordu. "Sen her zaman onu arkadaşlığın ötesinde bir yere koydun," dedim sert bir ifadeyle. "Onun, senin olmasını istedin."

Frances hiçbir şey söylemiyordu.
"Özür dilerim," dedim. "Öyle demek istemedim."
"Evet, öyle demek istedin," diye karşılık verdi Frances.
"Hayır, hayır. Yanlış anladın. Lütfen affet."
"Telefonu kapamak zorundayım, Esther." Artık meşgul sesinden başka hiçbir şey duymuyordum.

Ertesi gün dolabıma bakınırken nihayet geçen yıl Seattle'dan aldığım mavi elbiseyi bulabildim. Siyah kemerli ve dökümlü kısmında beyaz şakayık çiçeği olan V yakalı bir elbiseydi. Moda dergilerinde gösterilenlere benziyordu.
Rose'u aradım. "Merhaba Rose, haberleri duydun mu?"
"Elliot'la ilgili mi?" diye sordu. "Evet."
"Sanki bir enkazın altında kalmış gibiyim," dedim iç çekerek.
"Neden öyle hissediyorsun ki? O yaşıyor."
"Evet, biliyorum ama bu ada ikimize dar."
Benim kadar Rose da bunun farkındaydı. "Sana gelmemi ister misin? Bir sonraki feribota binebilirim."
"Evet, iyi olur," diye yanıt verdim. "Öğle yemeği için buluşalım mı? Biraz alışveriş yaptıktan sonra Ray'in Yeri'nde olurum. Bebek de yanımda olacak ama umarım arabasında huysuzlanmadan uyur."
"Tamam," diye yanıtladı Rose.
Rose, Seattle'a taşındığından beri adada kendimi yalnız hissediyordum. Evet, Frances vardı ama Rose'la ikimizin arkadaşlığı çok eskiye dayanıyordu. O anda aklımdakini ona sormaktan kendimi alamadım.

"Rose, Frances ile Elliot'ın arasında bir şey var mı?" Bir anda en yakın arkadaşlarımdan bir tanesinin âşık olduğum adamı sevebileceği ihtimali çok saçma gelmişti, ama bunu sormak zorundaydım. Cevabını bilmek zorundaydım. Rose'un bunun cevabını bildiğine emindim.

"Bunu ona sormalısın," dedi Rose. Fakat bunu yapmama gerek yoktu. Kalbimde bir yerlerde bunun böyle olduğunu biliyordum.

❦

Marketteyken, Elliot'ın da orada olup olmadığını görebilmek için umutla bir koridora saptım. Fakat onun yerine konserve ürünlerinin önünde duran yan komşum Janice Stevens'la karşılaştım. Dul bir kadındı, bu nedenle bana bakışına veya söylediklerine sinirlenmemeye çalışıyordum. Genelde kekler, kurabiyeler, tartlar yapar ve benim yapamadığımı ima eder dururdu. Frances bir keresinde bana onun Bobby'de gözü olduğunu söylemişti ve muhtemelen de öyleydi. Ne zaman yaptığı keklerden getirse, "Zavallı adam! Esther sana hiç böyle şeyler yapmıyor, bu yüzden bunları yapmak bir komşu olarak benim görevim," derdi. Dudaklarından kırmızı ruju eksik etmeyen Janice, bizim kapının önüne geldi mi bir türlü gitmek bilmezdi.

Lisedeyken bile benim hep başarısız olmamı isterdi. En zayıf anımda adeta bir akbaba gibi üzerime çullanmayı dört gözle beklerdi sanki.

Bu sabah onu gördüğümde bu kadar gerilmiş olmamın sebebi de buydu. Tatlı bir gülümsemeyle bana bakarak, "Elliot geri dönmüş, onu gördün mü?" dedi.

Janice, Elliot'ın ismini duyduğumda nasıl tepki vereceğimi çok iyi bilirdi.

"Bu sabah onu gördüm."

Reyonda domateslere bakarken söylediklerine aldırmıyormuş gibi yaparak, "Aa, gerçekten mi?" diye sordum.

"Güney Pasifik'in güneşi ona yaramış. Çok yakışıklı olmuş."

Yapmamam gerektiğini bilmeme rağmen kendimi tutamayarak, "Sen nerede gördün?" diye sordum.

"Ray'in Yeri'nde Frances'le kahvaltı yapıyorlardı," diye cevap verdi Janice. "Frances, sana söylemedi mi?"

O anda domateslerden tekini yere düşürdüm. Janice eğilip aldı ve yüzünde sinsi bir gülümsemeyle domatesi bana uzattı.

"Elliot'la Frances sevgililer, öyle değil mi?"

"Sevgililer," diyerek elindeki domatesi alıp sepetime attım ve sonra da onun yanından uzaklaştım.

※

"Esther, saçmalama," dedi Rose, Ray'in Yeri'nde otururken. "Bunlardan bir anlam çıkarmaya çalışma."

"Anlam çıkarmak mı?" diye tekrarladım. "Nasıl çıkarmam Rose? Elliot döndüğünden beri hep beraberler, baksana."

Rose'a baktığımda, tıpkı benim gibi Frances yüzünden hayal kırıklığına uğradığını görebiliyordum. Ancak Rose beni haklı çıkarmaya çalışmazdı çünkü asla taraf tutmazdı.

"Onlardan bahsetmeyelim artık, olur mu?" diye sordu Rose. Başımı olumlu anlamda salladım. Ama gerçekten bu sabah ONLARIN neler konuştuklarını çok merak ediyordum. Elliot neden savaştan geri dönmüştü ve neden benim en yakın arkadaşımla ilgileniyordu? Eski sevgilinin arkadaşlarıyla birlikte olmamak yazılı olmayan bir kural, değil miydi?

Ben bu düşüncelerle boğuşurken bir garson yanımıza geldi ama niyeti siparişlerimizi almak değildi. Bana bakarak, "Esther siz misiniz?" diye sordu.

"Evet," dedim şaşkınlıkla.

"Sizi bir beyefendi tarif etmişti, oradan tanıdım. Restorandaki en tatlı bayan olduğunuzu söyledi." Garson mahcup bir edayla Rose'a baktı. "Kusura bakmayın bayan, siz de en az bu hanımefendi kadar güzelsiniz." Fakat Rose umursamadığını göstermek istercesine gülümsedi. Gerçekten umursamadığını da biliyordum.

Garson arkasından uçları hafif kırmızı, beyaz bir lale çıkardı. Lale benim en sevdiğim çiçekti. Bu zamana kadar böyle güzel bir lale görmemiştim, adeta nefesim kesilmişti.

Beyaz bir zarfla birlikte laleyi uzatan garson, "Sizin için," dedi. Zarfın üzerindeki ismim, Elliot tarafından yazıldığını gösteriyordu çünkü onun, 's'leri yazarken değişik bir süsleme tarzı vardı.

"Git ve sadece kendin oku," dedi Rose. "Ben bebekle kalırım."

"Teşekkür ederim," diyerek kalktım masadan. Rose yazdığı her kelimeyi sindire sindire okumak istediğimi biliyordu.

Koşar adımlarla dışarı çıktım ve kaldırımın kenarına oturup mektubu açtım.

Sevgili Esther,

Sana bu şekilde ulaşmak uygun değil, biliyorum. Evlisin ve bir çocuğunun olduğunu duydum. Ancak sana bildiğin bazı şeylerin yanlış olduğunu göstermek istiyorum. Bu gece evimin önündeki sahilde buluşabilir miyiz? Seni orada bekliyor olacağım. Eğer gelirsen, yeniden birlikte olabileceğimizi düşüneceğim. Gelmezsen, o zaman anlarım ki artık birbirimiz için bitmişiz. O zaman hayatıma sensiz devam etmek için planlar yapıp sana elveda diyecek ve adadan ayrılacağım. Lütfen bana geleceğini söyle. Lütfen her şeye rağmen bu gece benimle buluşacağını söyle. Konuşacak öyle çok şeyimiz var ki... Benim içimdeki ateş nasıl sönmediyse, seninki de sönmemiş olsun diye dua ediyorum. Seni bekliyor olacağım.

Elliot

Mektubu göğsüme bastırdığım an gözümden bir damla yaşın aktığını hissettim. O yaşı silerken gözucuyla birinin bana baktığını gördüm. Fakat o yana döndüğümde, bana bakan her kimse ortadan kaybolmuştu.

Dokuzuncu Bölüm

7 Mart

Ertesi gün zamanımın çoğunu yazarak geçirdim, en azından bir şeyler karalamaya çalıştım. Okuduğum bu hikâye, çok fazla olmasa da kelimeleri tekrar bir araya getirmeme yardımcı olmuştu. Tam bir saat, on iki dakika sonra yeni bir hikâye için gerekli olan iki paragrafı ortaya çıkarabilmiştim.

Bee kapıyı tıklattığında ben de mola vermek üzereydim.

"Yürümek ister misin?" diye sordu Bee kapıdan başını uzatarak. "Ah, affedersin tatlım, yazıyorsun herhalde. Rahatsız etmek istememiştim."

Dışarıya baktığımda güneşin bulutların arasından sıyrılmış olduğunu ve sahilin adeta parladığını görebiliyordum.

"Hayır, çok iyi olur," diye cevap verdim.

Üzerime hırkamı alıp çizmelerimi giydikten sonra sahile yürüyüşe çıktık. Hatırladığım kadarıyla Bee sağ yerine hep soldan gitmeyi tercih ederdi. Nedenini biliyordum artık. Jack'in evinin önünden geçmekten ve geçmişte yaşadıkları hikâyeleri neyse ondan kaçmak istiyordu.

"Geldiğine memnun musun?" diye sordu.

"Evet," dedim yengemin elini tutup sıkarak.

"Ben de," dedi Bee, sonra kıyıyla dalgaların arasında kalan turuncu renkteki küçük bir denizyıldızını incelemek için eğildi. Onu dikkatle eline alıp, "Burada küçük bir arkadaşımız var. Haydi evine dön," diye ekledi ve onu denize doğru yavaşça bıraktı.

Bir süre daha yürüdükten sonra durup benden yana dönerek, "Burası çok ıssız," dedi Bee.

Bu lafları ondan daha önce hiç duymamıştım. Bill Dayı öleli neredeyse yirmi yıl olmuştu, belki de daha fazlaydı. Ancak yengemin hep yalnızlığı sevdiğini düşünürdüm.

"Neden New York'a gelip beni ziyaret etmiyorsun? Nisan ayını beraber geçirebiliriz," diye teklif ettim ona.

Bee başını iki yana sallayarak, "Ben buraya aidim," dedi.

Aslında biraz kırılmıştım. *Eğer bu kadar yalnızsa neden teklifimi kabul etmedi?*

"Üzgünüm tatlım," dedi. "Gittikçe yaşlanıyorum... Benim yaşıma geldiğinde anlayacaksın. Yaşadığın yeri terk etmek, yeni bir yolculuğa başlamak gibidir. Bunun için çok fazla enerjim olduğunu sanmıyorum."

Başımı sallayarak onu onaylasam da aslında ne demek istediğini anlamamıştım. Umarım yaşlandığımda bu denli evime bağlı olmazdım ama bu kaçınılmazdı sanırım.

"Emily," dedi Bee. "Sana sormak istediğim bir şey var. Hayatın bizi getirdiği yerleri düşününce merak ettim de buraya, Bainbridge Adası'na, benim yanıma taşınmayı düşünmez misin?"

Ağzım açık kalmıştı. Hayatımın büyük çoğunluğunda burası benim inzivaya çekildiğim yerdi ama evim olabilir miydi?

"Vay," diye karşılık verdim. "Yani teklifin için teşekkür ederim. Çok duygulandım..."
"Emily," dedi Bee teklifini reddetmeme izin vermeden. "Vasiyetimde... evimi sana bırakacağım. Evi, tüm servetimi, her şeyi..."
Bu söylediklerine inanamıyordum. "Bee, her şey yolunda mı?" diye sordum endişeyle.
"Sadece plan yapıyorum," diye yanıt verdi. "Eğer günün birinde burada yaşamak istersen, bir evinin olduğunu bilmeni istedim. Belki bu yakın zamanda da olabilir."
Zihnimde yüzlerce düşünce dolanıyordu. "Bee, ben..."
"Bir şey söylemene gerek yok. Kararın sana ait olduğunu bil, yeter. Burayı seven tek kişi sensin. Annen evi kapatabilir. Kardeşinin kocası acilen bir emlakçı bulup evi satabilir. Tabii ki ev senin, sen de satabilirsin ama ben evimi emin ellere bırakmak istiyorum," dedi Bee ve bir an susup üzerimizden geçen bir kartalın uçuşunu izledi. "Evet, ev senin. Sadece bu yaşlı kadına bir yatak odası ayırman yeterli. İstediğin zaman gelebilir, istediğin kadar kalabilirsin. Buraya taşınma teklifimi de unutma."
Başımı olumlu anlamda salladım. "Bunu düşüneceğim," diyerek ellerini tuttum.
O anda hırkamın cebindeki telefonum çaldı. Telefonu alıp ekrana baktığımda şehir içi bir numaradan arandığımı fark ettim.
"Efendim," diye yanıt verdim.
"Emily, merhaba ben Greg."
Greg'in telefon numaramı nasıl bulduğu hakkında en ufak bir fikrim yoktu. Ama bu düşünceyle birlikte, geçen akşam restoranda onca şarabı içtikten sonra numaramı bir peçetenin üzerine yazıp cebine attığım aklıma geldi.

Kalp Kaya'yı, öpüşmemizi ve bitmemiş ilişkimizi hatırlayarak, "Merhaba," dedim.

"Bugünlerde müsait olup olmadığını öğrenmek için aramıştım," diye açıkladı Greg. "Bir şeyler içmeye bana gelir misin? Kötü bir aşçıyım ama dışarıdan bir şeyler söyleyebilirim ya da bir yere gidebiliriz. Sen nasıl istersen."

Daveti duyduğum andaki şaşkınlığımı gizlemeye çalışarak, "Ee, elbette," diye yanıt verdim.

"Harika," dedi Greg. Yüzündeki gülümsemeyi aklımda canlandırabiliyordum. "Yarın akşam saat yedi nasıl?"

"Uygun. Bu... harika olacak."

"Süper, o zaman Çin lokantasına gideriz. Sonra görüşürüz."

Telefonu kapattıktan sonra Henry'nin, verandasından bize el salladığını gördük. Evinin bacasından yükselen gri dumanlar, sabahın hafif pusuna karışıyor, yoğun bir sis tabakası oluşturuyordu.

"Her ikinize de günaydın," diye bağırdı.

Bee başıyla ona selam verip hiç duraksamadan, "Eve gidiyoruz," diye karşılık verdi.

"Ama bir fincan kahveye de hayır demezsiniz," dedi Henry.

Adaya geldiğim günün akşamında Bee'ye Henry'yi sormuştum. O zaman bana net ama beni tatmin etmeyen bir yanıt vermişti. "Sadece eski arkadaşız." Bu sözleriyle benim merakımı da söndürmüştü.

Bee başını olumlu anlamda salladı ve eve doğru giderken ben de arkasından onu takip ettim. İkisinin sıra dışı bir çift olabileceğini düşündüm bir an. Verandadaki tuhaf duruşları, romantik bir ilişki yaşayabilecekleri şüphesini tamamen yok ediyordu. Bunun, kısa boylu bir adamla uzun boylu bir kadının tutkulu bir aşk yaşamayacaklarıyla alakası yoktu.

Gülümseyerek, "Kahve kulağa çok hoş geliyor," dedim.

İçeri girdikten sonra, geçen hafta buradayken Jack geldiğinde oturduğum yere oturdum. Birden masanın üstündeki vazoyu hatırladım.

"Henry," dedim. "Sana bir şey itiraf etmem gerek. Beyaz vazonu ben..."

"Biliyorum," diyerek göz kırptı ve şöminenin üzerindeki içinde nergisler olan sağlam vazoyu gösterdi. "Tıpkı yeni gibi. Jack bu sabah getirdi."

Tereddütle gülümseyerek, "Bu sabah mı?" diye sordum.

"Evet," dedi Henry. "Bir şey mi oldu?"

"Yok, hayır," diye itiraz ettim hemen. "Sadece onun Seattle'da olduğunu sanıyordum. Bana birkaç gün orada olacağını söylemişti."

Jack birkaç gün buradan uzakta olacağını söylememiş miydi? Planını mı değiştirmişti? Bu ayrıntı beynimi kemiriyordu.

Henry kahveleri hazırlamaya gitti. Ben yerimde otururken, Bee adeta bir dedektif gibi odayı en ince ayrıntısına kadar inceliyordu.

"Ev işlerinde pek becerikli değil gibi," dedi Bee.

"Bekâr olmanın laneti diyelim," diye cevap verdim. Fakat o anda aklıma Jack'in mükemmel derecede düzenli ve temiz evi gelmişti.

Bee gördüklerine inanamıyormuş gibi başını sallayarak, pencere kenarındaki bir sandalyeye oturdu.

Şöminenin üstünde duran fotoğraftaki kadını hatırlayarak, "Hiç evlendi mi?" diye fısıldadım.

Bee sanki Henry'nin evlenmesinin bir çılgınlık olacağını düşünüyormuş gibi başını iki yana sallayarak, "Hayır," dedi.

Ahşap kaplamalı ve yer döşemeleri eskimiş olan küçük oturma odasını incelemeye başladım. Gözlerim şömineye odaklanmıştı. Üzerine yerleştirilen denizkabuklarını ve fotoğrafları taradım ama o çerçeve gitmişti.

"Bir saniye, geçen hafta burada bir kadının fotoğrafı vardı. Belki de eski kız arkadaşıydı," dedim, kafam karışmıştı. "Bahsettiğim fotoğraf hakkında bir bilgin var mı?"

Bee kesin bir ifadeyle, "Hayır," dedi. "Çok uzun zamandır buraya uğramadım."

"Eğer fotoğrafı görseydin o kadını tanırdın. Sarışın, güzel bir kadındı. Fotoğrafı Henry'nin evinin önünde çekilmişti."

Bee düşüncelere daldığı zamanlardaki gibi susarak pencereden dışarıdaki koya baktı. "Çok uzun zaman oldu, hatırlayamıyorum."

Henry birkaç dakika sonra elinde kahvelerle geri dönmüştü. Bee kahvesini yudumlarken oldukça huzursuz görünüyordu. Onu bu kadar sıkıntıya sokan neydi, merak ediyordum.

Henry ile bahçesiyle ilgili muhabbet ederken, Bee bir kez olsun onunla göz göze gelmemişti. Kahvesinden birkaç yudum daha aldıktan sonra, "Emily, korkunç derecede başım ağrıyor," dedi. "Sanırım artık eve gitsek iyi olacak."

Henry, Bee'nin bu isteğine karşı çıkmak istercesine elini kaldırdı ve "Henüz gidemezsiniz," dedi. "Bahçeyi görmeden gidemezsiniz. Size göstermek istediğim bir şey var."

Bee gönülsüzce başıyla onayladıktan sonra, üçümüz

mutfağın arka kapısından çıkıp bahçeye yürümeye başladık. Daha birkaç adım atmıştık ki Bee güçlükle nefes alarak sağ tarafını gösterdi.

"Henry!" diye bağırdı Bee, şaşkın görünüyordu. Bir yandan da yüzlerce yeşil yaprağın arasından fırlamış olan mor tomurcuklu lavanta rengindeki küçük çiçekleri inceliyordu. "Bunlar... nereden geldi?"

Henry başını sallayarak, "Onları iki hafta önce fark ettim," dedi. "Kendiliğinden *çıkmışlar.*"

Bee bana döndü ve yüzümdeki şaşkınlığı görünce durumu açıklamaya başladı. "Bunlar orman menekşeleridir. Onları ne zamandır adada görmemiştim çünkü..."

"Çok ender rastlanan çiçeklerdir," dedi Henry, Bee'nin yarım kalan cümlesini tamamlayarak. "Tutmadıkları için onları kendin yetiştiremezsin. Bu çiçekler seni *seçer* sadece."

O sırada Bee ilk defa Henry'nin gözlerine baktı ve bağışlayıcı bir ifadeyle gülümsedi. Bunu görmek kanımı ısıtmıştı. "Evelyn'in bu çiçekler hakkında bir teorisi var," dedi Bee, sanki zihninin derinliklerine gömdüğü o tozlu düşünceleri çıkarmak istercesine bir an sustu. "Bu menekşelerin ihtiyaç duyulan yerlerde yetiştiğini ve şifa kaynağı olduğunu söylerdi."

"Bu çok saçma, öyle değil mi Henry? Yani menekşelerin bunları *bilmesi,*" diye devam etti konuşmasına.

Henry başıyla onu onaylayarak, "Evet, biraz saçma," bunu yukarı alabilir miyiz?

Bee gördükleri karşısında inanmazlıkla başını salladı. "Yalnızca Mart ayında çiçek açması da..."

"Evet."

Her ikisi de önlerindeki narin ama bir o kadar cesur çiçeklerden gözlerini alamıyordu. Bir adım geri çekildim ve onların, benim anlayamadığım hisleri paylaşarak yan yana durmalarını izledim. Aslında o zaman anladım. Tam ortasında bulunduğum durum, çiçeklerden çok daha fazlasıydı.

※

Bee ile ben hiç konuşmadan eve yürüdük. O kendi düşünceleriyle boğuşuyordu, ben de kendiminkiyle uğraşıyordum. Eve vardığımızda yengem biraz kestirmek için odasına çekilirken, ben de dizüstü bilgisayarımı açtım. İki paragraf daha yazmadan bu bilgisayarın başından kalkmayacaktım ama tek yaptığım ekranda görünen saate bakmaktı. Sekiz dakika boyunca öyle durduktan sonra Annabelle'i aradım.

"Efendim," dedi yarım ağızla.

"Bir şey mi oldu?"

"Hayır," diye cevap verdi.

Sesinden bir şeyler olduğunu sezecek kadar onu iyi tanıyordum. "Anlat haydi," dedim. "Sesin kötü geliyor, bir şeyler olmuş."

"Bunu sana söylemeyeceğime dair kendime söz vermiştim," diyerek iç çekti.

"Ne söyleyeceksin?"

Uzun bir sessizlik oldu.

"Annie?"

"Peki," dedi. "Joel'leydim."

Kalbim hızla çarpmaya başlamıştı. "Nerede?"

"5. Cadde'deki kafede."

"Eee?"
"Seni sordu."
Sanki bir anda nefesim kesilmişti. "Ne söyledi?"
"Sana hiçbir şey anlatmamam gerektiğini söylemiştim."
"Evet, anlatmaya başladın ve artık hikâyenin sonunu getirmelisin."
"Senin nasıl olduğunu sordu."
"Ona burada olduğumu söyledin mi?"
"Tabii ki de hayır," diye karşı çıktı Annabelle. "Fakat ona biriyle birlikte olduğunu söyledim."
"Annie, böyle söylememeliydin!"
"Söyledim. O başka bir kadınla evcilik oynuyorsa, senin de neler yaptığını bilmeyi hak ediyor."
"Tepkisi ne oldu?"
"Eğer benden Joel'in bağırıp çağırdığını söylememi bekliyorsan, elbette öyle bir şey olmadı. Fakat yüzü her şeyi anlatıyordu."
"Ne anlatıyordu, Annie?" diye üsteledim.
"Senin başka biriyle olduğunu duymak onu incitmişti, aptal şey."
Kalbim sanki yerinden çıkacak gibiydi. Oturdum. Daha doğrusu oturmak *zorundaydım*, daha fazla ayakta duramıyordum. O anda kendimi güçsüz ve hasta hissediyordum.
"Em, orada mısın?"
"Evet."
"Gördün mü? Sana söylememeliydim. Bana bak, sen kendini toparlamak için oradasın. Joel'in seni terk ettiğini unutma. Daha doğrusu sana nasıl ihanet ettiğini."
Durum, burnumun üzerindeki çiller kadar ortadaydı, yine de Annabelle'in bunu dile getirmesi canımı yakıyordu.

"Biliyorum, haklısın," dedim oturduğum yerde doğrularak. "İyiyim, daha iyi olacağım."

"'İyi' kelimesini daha kaç kere kullanacağız?"

Gülümseyerek, "İyi," dedim. "Anlatacak daha başka bombaların var mı?"

"Yok," diye cevap verdi Annabelle. "Ama evinde büyük bir trajedi yaşanıyor."

"Ne gibi?"

"Dondurmaların bitmek üzere."

Adaya gelmeden önce gece yarısı bana her daim eşlik eden Ben & Jerry'nin vişneli dondurmasını yemeyip dolapta bırakmıştım. "Gerçekten büyük bir trajedi, Annie."

"Evet, bu kadar konuşma yeter. Hoşça kal, tatlım," diyerek telefonu kapattı.

Tam telefonumu masanın üzerine koymuştum ki bu sefer Bee'nin ev telefonu çalmaya başladı. Dört kere çaldıktan sonra telefonu açtım.

"Alo."

"Emily, sen misin?"

"Anne?"

"Merhaba, tatlım. Muhteşem haberi duydun mu?"

"Hangi haberi?"

"Danielle," dedi tiz bir sesle, "hamileymiş."

"Bu, harika bir haber!" veya "Ah, bu bir mucize!" demem gerekirken, sadece omzumu silkip "Yine mi?" diye tepki vermiştim. Bu Danielle'nin üçüncü çocuğu olacaktı. Ama bana kalırsa on üçüncü de olabilirdi.

"Evet, kasımda doğum yapacak," dedi annem, ağlamaya başlamıştı. "Bu muhteşem değil mi?"

Açıkça söylediği buydu ama benim duyduğum, "Neden sen de kız kardeşin gibi olmuyorsun?" sorusuydu. Bir Danielle tufanının başlayacağını hissederek hızla konuyu değiştirdim. "Bee geçen gün beni aradığını söyledi. Bunun için mi aramıştın?"

"Evet, tatlım. Fakat bir şey daha var. Joel'le aranızda olanları duydum. Seni merak ettim. Her şey yolunda mı? İyi misin?"

Son sorularını duymazlıktan geldim. "Nasıl *haberin* oldu?"

"Aa, tatlım. Bunu kimden ve nasıl duyduğumun bir önemi yok."

"Önemi var, anne."

"Peki," dedi ve birkaç saniye sustu. "Kız kardeşin anlattı."

"Danielle mi anlattı? Onunla aylardır konuşmuyorum ki."

"World Wide Web'de artık evli olmadığın haberini okumuş." Sanırım dünyada *internetten* bu şekilde bahseden bir tek annem vardı. Aslında bu ifadesi de oldukça sevimliydi. Bazen Google'ı "Gugle" diye söylediği de oluyordu.

Sonra aklıma birden Facebook hesabım geldi. Joel kendi sayfasını düzenledikten kısa süre sonra ben de ilişki durumumu değiştirmiştim. Ancak kendi annenizin Facebook aracılığıyla boşandığınızı öğrenmesi pek doğru değildi. "Danielle'nin Facebook hesabı olduğunu bilmiyordum," dedim, biraz şaşırmıştım.

"Hımm," dedi annem. "Belki World Wide Web'den aratmıştır."

İç çekerek, "Sorun, Danielle'nin bilmesi," dedim. "Sen biliyorsun. Herkes biliyor. Eninde sonunda sana söyleyecektim anne. Fakat daha ailemle yüzleşmeye hazır değildim. Seni ve babamı endişelendirmek istememiştim."

"Ah, tatlım," dedi annem. "Bunları yaşadığın için çok üzgünüm. İyi olacaksın."

"Ben iyiyim."

"Pekâlâ," dedi. "Tatlım, başka bir kadın yüzünden mi?"

İşte bu, evliliğimin bitişinden itibaren herkesin cevabını bilmek istediği bir soruydu. Bu yüzden anemin de bunu merak etmesini hiç yadırgamamıştım.

"Hayır," dedim. "Aslında evet, ama bunun hakkında konuşmak istemiyorum."

Telefonun kordonuna baktığımda sıkıntıdan parmağımı ona doladığımı fark ettim. Annemin bu kadar çok soru sormasına mı, yoksa bu kadar çok soru sorulmasına neden olan Joel'e mi kızdığımdan emin değildim. Ben parmağımın acısına odaklanmışken, annem hâlâ konuşuyordu. Annemin mutfakta, kapağında rengârenk örgü bir eldivenin asılı olduğu, avakado yeşili elektrikli eski bir fırının önünde durduğunu hayal edebiliyordum.

"Tatlım, senin için endişeleniyorum. Aynı yengen gibi bir anda her şeyi silip atma lütfen."

"Anne," diye çıkıştım sinirle. "Bunun hakkında konuşmak istemiyorum."

"Peki canım," dedi, sesinden biraz kırıldığı anlaşılıyordu. "Ben sadece sana yardım etmeye çalışıyorum." Sanırım yardım etme tarzı da buydu.

"Biliyorum," diye cevap verdim. "Peki burada olduğumu nasıl öğrendin?"

"Evini aradım. Annabelle, yengende olduğunu söyledi."

Annem, Bee'ye asla adıyla hitap etmezdi. Ne zaman ondan bahsedecek olsa "yengen" derdi.

"Evet," dedim. "Beni bir aylığına adaya davet etti. Mart'ın sonuna kadar buradayım."

"*Bir ay boyunca mı?*" Sesinden öfkeli ve biraz da kıskanmış olduğunu anlayabiliyordum. Onun da burada olmak istediğini biliyordum, ama bunu itiraf edemeyecek kadar kibirliydi. Danielle ile birlikte üniversiteye başlayıp, artık yazları adayı ziyaret edemediğimiz için annem de buraya gelmemişti.

"Anne, sana bir şey sormak istiyorum."

"Nedir?"

"Bee ile konuştuğumuz bir konu hakkında," dedim ve sustum.

"Ne olmuş, tatlım?"

Derin bir nefes alarak, "Bana bir şeyden bahsetti," dedim. "Yıllar önce sen bir araştırma yaparken aranızdaki bağı zedeleyecek bir şey olmuş."

Telefonun diğer ucunda bir sessizlik hâkimdi, ben de anlatmaya devam ettim. "Sana büyükannem hakkında bir gerçeği anlatmış. Keşke ne demek istediğini anlayabilseydim ama bu kadarını biliyorum."

Annemin bir yandan spatula ve tavayla oyalandığını gösteren sesler kesilmişti artık.

"Anne, orada mısın?"

"Emily," diye ses verdi sonunda, "yengen sana ne anlattı?"

"Hiçbir şey," diye yanıt verdim. "Hiçbir şey anlatmadı, sadece bana senin artık o ailenin bir parçası olmak istemediğinden bahsetti, o kadar. Bu karar da ikinizin arasındaki ilişkiyi değiştirmiş." Bee'nin yakınlarda olup olmadığından emin olmak için etrafıma bakındım. Yoktu. "O zamandan beri onları ziyaret etmemişsin. Neden anne? Ne oldu?"

"Şey, korkarım detayları hatırlamıyorum," dedi. "Bee'nin bir şeyler anlatmaya çalıştığına da inanmıyorum. Çünkü artık çok yaşlı ve aklı gidip geliyor."

"Anne, bu sadece-"

"Emily, özür dilerim tatlım ama bunu tartışmak istemiyorum."

"Anne, neler olduğunu bilmeye hakkım var."

"Hayır, yok," dedi annem net bir şekilde.

İster istemez kaşlarım çatılmıştı.

"Tatlım, lütfen kızma," demişti annem. İçinde bulunduğum ruh halini zaten sadece annem anlayabilirdi.

"Kızmıyorum."

"Geçmişte kaldı, tatlım," diye devam etti konuşmasına. "Bazı şeyleri geçmişte bırakmak daha iyi."

Ses tonundan konunun kapandığını söyleyebilirdim. Bee, Evelyn ve şimdi de annem, bu sırrın kolay kolay çözülemeyeceğini göstermişlerdi. Eğer onların hikâyesini öğrenmek istiyorsam, bunu tek başına yapmak zorundaydım.

<hr />

Bee uyandıktan sonra kendisine bir içki hazırlamaya koyulmuş, benim de içmek isteyip istemediğimi sormuştu. "İsterim," diye yanıt verdim ve kanepede arkama yaslanarak çam iğnesi tadında olan içkimi zevkle yudumlamaya başladım.

"Annenle hiç konuştun mu?" diye sordu Bee.

"Bir saat kadar önce tekrar aradı," dedim. "Danielle'nin bir bebeği daha olacakmış."

"Bir tane daha mı?"

Bee'nin benimle aynı cevabı vermesi hoşuma gitmişti. Bu muhtemelen ikimizin de çocuk sahibi olmamasından kaynaklanıyordu. Ancak ikiden fazla çocuk sahibi olmak isteyen kişinin, deli olduğu konusunda ikimiz de hemfikirdik sanırım.

İçkimden bir yudum daha aldım ve başımı kanepenin mavi kadife minderine koydum. "Bee, sence Joel ona hiç yemek yapmadığım için beni terk etmiş olabilir mi?"

"Saçmalama," diye cevap verdi bulmacasını çözerken.

Dizlerimi karnıma çekip kollarımı etrafına doladım. "Ama annem-"

"Onun senden çok daha zorlu bir hayatı vardı, Emily," diyerek konuşmamı kesti.

Böyle söylemesi beni şaşırtmıştı. "Nasıl yani?"

Bee ayağa kalkarak, "Sana bir şey göstereceğim," dedi.

Bee'nin peşinde koridordan aşağıya inmeye başladım. Kaldığım odadan sonraki iki kapıyı geçtik ve başka bir kapının önünde durduk. Bee elini önce kapının kulbuna, sonra cebine attı. Bir anahtarlık çıkarıp altın rengindeki küçük anahtarı kilide yerleştirdi.

Kapının gıcırdayarak açılmasıyla birlikte içeriye girdik. Yüzüme yapışan bir örümcek ağını elimle temizlediğimi gören Bee, "Üzgünüm tatlım," dedi. "Uzun zamandır bu odayı kullanmıyorum."

Küçük beyaz bir şifonyerin yanında bir çocuk masası duruyordu. Üzerinde tabaklarıyla birlikte iki pembe çay fincanı ve bir de Victoria dönemini yansıtan oyuncak bir ev vardı. Eğilip yerdeki porselen bebeği aldım. Yüzü lekeliydi ve kahverengi saçları da keçeleşmişti. Buraya terk edilmiş küçük bir kız gibiydi.

"Burası kimin odası?" diye sordum, aklım karışmıştı.

"Annenin odası," diye cevap verdi Bee. "Küçükken burada benimle birlikte yaşardı."

"Neden? Büyükannemle büyükbabam neredeydiler?"

"Bir şey olmuştu," dedi Bee. "Büyükanne ve büyükbaban... zor zamanlar geçiriyorlardı. Ben de onlara annenin bir süreliğine burada benimle kalabileceğini söyledim." Kendi kendine gülümseyerek iç çekti. "Çok tatlı bir kızdı. Birlikte çok güzel zamanlar geçirmiştik. Annen ve ben."

Bee gardırobun kapağını açarken, büyükannemle büyük babamı düşünüyordum. Ne olmuştu da annemi Bee'ye bırakmışlardı? Yengem gardırobun en üst rafına uzandı ve oradan bir ayakkabı kutusu indirdi. Üzerindeki tozları üfledikten sonra kutuyu bana verdi. "Al bakalım. Belki bunlar anneni daha iyi anlamana yardımcı olabilir."

Bee cebinden anahtarlığı çıkarıp odadan çıkma vaktinin geldiğini gösterircesine şıngırdattı.

Kutuya merakla bakarken, "Teşekkür ederim," dedim.

Bee odasına yönelerek, "Yemekte görüşürüz," dedi.

Odama geldiğimde kutuyu yatağımın üzerine koydum. *İçinde ne olabilirdi? Annem kendine ait olan eşyaları karıştırdığımı görse bunu onaylar mıydı?*

Kutunun kapağını kaldırdım ve içine baktım. En üstte parlak kırmızı bir kurdeleyle bağlanmış üç tane gül duruyordu. Bu küçük demeti elime aldığımda güllerin yaprakları yere döküldü. Sonrasında resimli bir çocuk kitabı, martınınkine benzer gri bir tüy, bir toka, bir çift beyaz eldiven ve deri kaplı küçük bir kitap çıkardım kutudan. Onun ne olduğunu ışığa tutunca anladım. Bir albümdü bu. Kapağını açtığımda bir duygu selinin tüm bedenimi sardığını hissedebiliyordum. İlk sayfasında elyazısıyla *'Anne'* yazıyordu ve etrafı minik çiçeklerle çevriliydi. Neredeyse gözlerimi kırpmadan bir sonraki sayfayı çevirdim. Magazin dergilerinden kesilmiş, saçları yapılı, üzerlerinde şık elbiseler olan kadınların fotoğrafları vardı. Kurumuş çiçeklerle bir bebek ve önüne eski bir arabanın park edilmiş olduğu bir evin siyah-beyaz fotoğrafları da bulunuyordu. *Bunlar neyin nesiydi böyle? Annem neden böyle bir albüm yapmıştı? Peki neden Bee bunları görmemi istedi?*

Bee'nin akşam yemeğindeki sessizliği, ne gizemli odayı ne de o saklı hazineyi tartışmak istediğini söylüyordu. Bu nedenle ben de şansımı fazla zorlamamıştım. Bulaşıkları çalkalayıp makineye yerleştireceğim sırada telefon çaldı.

Bee koridordan, "Telefona bakar mısın, tatlım?" diye seslendi. "Çok yorgunum, konuşacak halim yok."

"Tamam," dedim ve telefonu açtım. "Efendim."

"Emily?"

"Evet?"

"Benim, Evelyn."

"Aa, merhaba Ev-"

"Hayır hayır, tatlım. Bee seni aradığımı bilmemeli. Lütfen belli etme."

"Peki," dedim dikkatle. "Neler oluyor?"

"Yardımına ihtiyacım var."

"Nasıl? Sen iyi misin?"

"Evet... yani aslında hayır. Seninle konuşmam gerek. Özel olarak."

Bir an duraksadım. "Sana gelmemi mi istiyorsun?"

"Evet," dedi. "Ben sahildeyim, tatlım. Önünde mor salkım bulunan büyük bir ev. Henry'ninkinden sonra altıncı ev oluyor. Dışarısı biraz serin, üzerine montunu al."

Dışarı çıkacağımı Bee'ye söylemedim, ama sahile gidince buna pişman oldum. Gelgit başlamış, suyun daha tehlikeli görünmesine neden olmuştu. Dalgalar, köpüklü kancalarıyla sahile vurup ayak uçlarımdaki kumu delerek bana sinsi sinsi yaklaşıyordu sanki. Ağaç tepelerinde muhtemelen martıların tünemesine rağmen ben gözümün önüne yarasaları getiriyordum. Montumun fermuarını çektim ve direkt ileriye bakarak yürümeye başladım. Akşamın bu saatinde kapı duvar olan Henry'nin evini geçtim ve saymaya başladım. *Bir, iki, üç.* Evler sanki yamaca doğru sokulmuş gibi duruyorlardı. *Dört, beş, altı, yedi.* Acaba tarifi yanlış mı anlamıştım? *Sekiz, dokuz.* Etrafıma baktım ve biraz ileride Evelyn'in evini gördüm.

Mor salkım, çıplak ve savunmasız görünmesine rağmen iç taraftaki dalları baharda açacağının sözünü veriyordu. Sarmaşığa dikkatle baktığımda gövdesindeki açık yeşil filizleri görebilmiştim. Sonra merdivenleri çıktım ve ön verandada sallanan sandalyesinde oturan Evelyn'i gördüm. Üzerinde gecelik vardı ve genelde özenle topladığı saçları kirli ve keçeleşmiş görünüyordu.

Evelyn elimi tutarak, "Geldiğin için teşekkür ederim," dedi.

"Tabii ki geleceğim," diye onayladım söylediklerini.

Yüzü çok solgundu. Birkaç gün öncesine göre daha zayıf ve güçsüz görünüyordu.

"Kanser yüzünden, değil mi?" dedim. "Sen-"

"Ne kadar güzel bir gece, öyle değil mi?" diyerek sözümü kesti Evelyn.

Başımla onu onayladım.

Evelyn yanındaki diğer sallanan sandalyeyi işaret edince ben de oturdum.

"Bu adayı özleyeceğim," dedi, sesi sanki çok uzaklardan geliyordu.

Zorla yutkundum.

Evelyn sahile bakıyordu. "Biliyor musun, eskiden yengen Bee ile birlikte denize çıplak girerdik," dedi ve benden yana döndü. "Sen de denemelisin, Puget Koyu'nu teninin her santiminde hissedebiliyorsun."

Söylediklerine karşılık kahkaha atmak, herhalde yapılabilecek en uygun hareketti ama ben yalnızca gülümsemiştim. Hayatının anılarını belki de son kez anlatan birine ne söyleyebilirdiniz ki?

"Bee'ye göz kulak olacaksın, değil mi Emily?"

"Elbette," dedim gözlerinin içine bakarak. "Söz veriyorum."

Evelyn başını salladı. "Bee kolay geçinilecek bir insan değil biliyorsun ki. Ancak bu ada gibi o da benim evim oldu."

O anda gözlerinden akan yaşları gördüm. "Eşim öldükten sonra, asla yalnız olmadığımı ve asla da yalnız olmayacağımı söylemişti bana ve gerçekten de hiç yalnız kalmadım. Bee sürekli hayatımdaydı çünkü..."

Başımı salladım.

"Onu bu şekilde bırakmak doğru değil. Hiç doğru değil," dedi Evelyn. Sonra ayağa kalktı ve adeta adaya meydan okurcasına yumruğunu sıkarak verandanın ucuna kadar yürüdü.

Hemen yanına gidip kollarımı ona dolayınca Evelyn benden yana döndü ve yüzünü omzuma gömdü.

Sonra yanaklarından süzülen gözyaşlarını silerek yeniden yerine döndü. "Onu yalnız bırakıyor olma düşüncesine dayanamıyorum," dedi Evelyn.

Yüzümü daha rahat görebilsin diye öne doğru eğildim. "Sana söz veriyorum, ona göz kulak olacağım, merak etme."

Evelyn iç çekerek, "Güzel, biraz içeri gelebilir misin?" diye sordu. "Sana vermem gereken bir şey var."

Başımı olumlu anlamda salladım ve eve giren Evelyn'i takip ettim. İçerideki ılık hava dışarıdaki soğuktan sonra yüzüme iyi gelmişti.

Evelyn'in oturma odası, olması gerektiği gibi tam bir hasta odasına benziyordu. Dergilerin, kitapların ve mektupların haricinde artık yemeklerle dolu olan tabaklar ve boş bardaklar, kahve masasını kaplamıştı.

"Dağınıklık için kusura bakma," dedi Evelyn usulca. "Çok uzun tutmayacağım seni burada, sadece birkaç dakika."

"Sorun değil," dedim. "Bekleyebilirim."

Çok fazla zamanım olmadığını biliyordum, bu yüzden hızla işe koyuldum. Kirli tabaklarla bardakları toplayıp bulaşık makinesine yerleştirdim. Bir yığın çöpü ortadan kaldırdım ve mektupları da mutfak masasına düzenli bir şekilde sıraladıktan sonra kahve masasının tozunu aldım. Sonra pencerenin yanındaki koltuğa oturdum. Gözlerim, rafları biblo ve fotoğraflarla dolu olan bir kitaplığa takıldı. Denizkestanesiyle dolu olan bir cam vazonun yanında Evely'in düğün gününe ait bir fotoğraf duruyordu. Evelyn, uzun boylu kocasının yanında çok şık ve güzeldi. Kocasının nasıl biri olduğunu ve neden hiç çocukları olmadığını merak etmiştim. Biri Jack Russell, diğeri her akşam tartla besleniyormuş gibi görünen sosis cinsi iki köpeğin fotoğrafları da vardı. Daha sonra bir kadının fotoğrafını görünce, onun kim olduğunu hemen anladım. Bu, Henry'nin evinde gördüğüm fotoğraftaki kadındı. Fotoğrafta birinin yanında durmuş, gülümsüyordu. Daha iyi görebilmek için gözlerimi kısarak resme baktım. Yanında durduğu kişi Bee idi.

O sırada arkamda bir ses duydum, döndüğümde Evelyn karşımdaydı. Onun odaya girdiğini fark etmemiştim.

"Bu kim, Evelyn?" diye sordum fotoğrafı işaret ederek. "Onu Henry'nin evinde de gördüm. Bee bana kim olduğunu söylemedi. Bunu öğrenmek zorundayım."

Evelyn kanepeye oturdu, elinde bir şey tutuyordu. "O bir zamanlar Henry'nin nişanlısıydı."

"Arkadaşın mıydı?"

"Evet, çok iyi bir arkadaşımdı."

Evelyn iç çekerek ayağa kalktı ve bana doğru yürümeye başladı. Yüzünde o kaçınılmaz derin yorgunluğu görebiliyordum.

"Al," dedi dikkatle ikiye katlanmış bir zarfı bana uzatarak. "Bunu Bee'ye vermeni istiyorum."

"Şimdi mi?"

"Hayır," diye yanıt verdi Evelyn, "öldüğümde vereceksin."
Başımı olumlu anlamda salladım. "Elbette."

"Teşekkür ederim, Emily," dedi ellerimi tutarak. "Sen çok özelsin, biliyorsun. Tüm bu..." Sustu ve koyu işaret etti. "Tüm bunların olması gerekiyordu. Senin de burada olman gerekiyordu. Senin de amacın buymuş demek."

Ona sarıldım, belki de bu son kucaklaşmamızdı.

※

Masaya döndüğümde Rose'a Elliot'ın mektubundan bahsettim. İki seçeneğim vardı; ya bu akşam onunla buluşup birlikte yeni bir başlangıç yapacaktık ya da sonsuza kadar ona elveda diyecektim. "Onunla buluşacak mısın?" diye sordu Rose.

Her ikimiz de seçeneklerin riskli olduklarını biliyorduk. Mektubu sanki Elliot'ın elleriymiş gibi sıkı sıkı tutuyordum. O kadar sıkı tutuyordum ki tırnaklarım avuçlarımın içine geçmişti adeta. Ancak Elliot'ın gitmesine izin verip ondan vazgeçersem, buna bir daha katlanamayacağımı biliyordum. Bir daha asla buna dayanamazdım.

"Bilmiyorum," dedim. Gerçekten de bilmiyordum. Evden nasıl gizlice çıkabilirdim? Bebeğim saat sekize kadar uyumuyordu, hem Bobby'ye ne derdim? Mağazalar o saatte açık olmuyordu, bu yüzden ona ekmek ve yumurta almaya gideceğim yalanını söyleyemezdim. Diyelim ki bir yolunu bulup sahile gittim, Elliot'ı görünce ona ne diyecektim? Peki ne yapacaktım? Beni en çok korkutan bu kısımdı. Tanrım, ben ne yapacaktım?

"Esther," dedi Rose, *"kararın ne olursa olsun seni destekleyeceğimi bilmeni isterim."*

Bobby o akşam erken saatteki bir feribota binmiş ve elinde bir buket nergisle saat beşte eve gelerek bana sürpriz yapmıştı. "Bunları seveceğini düşündüm," dedi. "Nergisin favori çiçeğin olduğunu biliyorum."

Ona yanıldığını, aslında benim sevdiğim çiçeğin lale olduğunu söylemedim. Sadece ona sarılıp teşekkür ettim.

"Bahse girerim, bebek ve ev işleriyle uğraşmaktan unuttun, öyle değil mi? Ama ben unutmadım."

Boş gözlerle ona baktım. Bugün ne doğum günümdü ne de anneler günüydü.

"Neyi unuttum, Bobby?"

"Evlilik yıldönümümüz kutlu olsun!" dedi. "Aslında bir gün erken kutlamış oluyoruz fakat daha fazla bekleyemedim, çok heyecanlandım. Bu gece seni dışarı çıkartacağım ve bu güzel günü beraber kutlayacağız."

Tüm bu sürprizler, bu gece olmak zorunda mıydı? Zalim kader, beni o buz gibi elleriyle tokatlamıştı.

Bir kaçış yolu bulabilmek adına, "Peki bebek ne olacak?" diye sordum. O sırada söz konusu bebeğim de minik elleriyle boynumdaki zincirin ucunda asılı olan denizyıldızını yakaladı ve oynamaya başladı. Ben de yanağına bir öpücük kondurdum.

"Her şeyi ayarladım, annem gelip bebeğimize göz kulak olacak," diye yanıt verdi Bobby.

Zamanlama ancak bu kadar berbat olabilirdi. Elliot beni sahilde beklerken ben Bobby'yle birlikte olacaktım.

※

Bobby beni koya tepeden bakan, uçurumun kenarında Karga Yuvası adlı çok güzel bir restorana götürdü. Elliot ve ben burada birçok kere yemek yemiştik ama Bobby'yle ilkti. Bobby eli sıkı biriydi. Dışarıda yemek yemek, genelde yaptığı bir şey değildi. Bu yüzden restoranın o kocaman kapılarını kasıla kasıla açmıştı. "Sadece benim biricik sevgilim için en iyisini istiyorum," dedi içeriye girerken.

Restorana saat altıda varmış olmamıza rağmen siparişimiz bir buçuk saat sonra ancak gelmişti. Her ne kadar dişlerimi sıkıp sürekli saate baksam da gece çok yavaş ilerliyordu.

Bobby garsona soru sormakla meşgul olduğu için ruh halimi fark etmemişti. "Ördek şarapla mı pişirildi?", "İstiridyeleriniz taze mi?", "Patates püresi var mı?", "Çorba yerine salata alabilir miyiz?"

Sinirlendiğimi belli etmemeye çalışarak parmaklarımla dizlerime vururken, gözucuyla birinin bana baktığını fark ettim. Başımı restoranın bar kısmına çevirdiğimde, lisedeki eski erkek arkadaşım Billy'nin, elinde içkisiyle oturmakta olduğunu gördüm. Biraz mahmur görünüyordu. Billy, mezuniyet törenimizde bana evlenme teklif etmiş ve bir yüzük vermişti. O zamanlar cevabım 'evet' olabilirdi. Billy'yi seviyordum ve birlikte harika vakit geçiriyorduk ama sonra hayatıma Elliot girmişti. Frances her zaman bana Billy'nin beni hiç unutmadığını söylerdi. O geceki bakışı, arkadaşımın haklı olduğunu gösteriyordu. Ancak Billy'nin kararımdan dolayı benden nefret etmediğini, aksine benim için üzüldüğünü de anlayabiliyordum.

Barda oturduğu yerden el salladı. Yanında da başka bir adam vardı. Her ikisi de takım elbiseliydi. Ben de karşılık olarak el salladım ona.

"O kim?" diye sordu Bobby.

"Billy," diyerek barı işaret ettim.

Bobby de bunun üzerine döndü ve benim yalnızca ona ait olduğumu göstermek istercesine ona gülümsedi. Bazen Bobby'nin benimle birlikte olma fikrinin, bana olan aşkından daha yoğun olduğunu hissediyordum. Ben onun için parlatmak ve gösteriş yapmak için insanların karşısına çıkardığı bir ganimettim sadece.

Yemeklerimiz geldikten ve Bobby iki bardak bira içtikten sonra, "Esther," dedi alçak sesle, "düşünüyorum da belki... belki bir çocuk daha yapabiliriz."

'Çocuk' kelimesini duyar duymaz elimdeki suyu kucağıma döktüm.

"Ne dersin, sevgilim?"

"Sence biraz erken değil mi?" diye karşılık verdim. "Bebeğimiz henüz dört aylık."

"Bence biraz düşün," dedi Bobby.

Başımı olumlu anlamda salladım.

Bobby yemeğimiz bittikten sonra tatlı siparişi vermek üzereyken, "Janice geçen hafta ofise baklava getirmişti," dedi. "O günden beri canım istiyor."

"Sizin ofiste ne işi vardı?"

"Aşağı katta bir randevusu varmış," dedi Bobby, dudaklarındaki ekmek kırıntılarını silerek. "Merhaba demek için uğramış." Mönüyü eline aldı ve gözlüklerini burnunun ucuna yerleştirdi. "Sen ne istersin, tatlım?"

Buradan gitmekten başka hiçbir şey istemiyordum aslında. Saatime baktım, neredeyse dokuz buçuk olmuştu. Elliot belirli bir saat vermemişti ama artık geç olmaya başlamıştı. Hemen gitmem gerekiyordu.

"Ben bir şey istemiyorum," dedim Bobby'ye. "Aslında biraz yorgunum. Geç oldu artık."

Bunun üzerine Bobby hesabı ödedi ve tam ayağa kalktığımız sırada çantamı bilerek masanın altına düşürdüm.

Eve döndüğümüzde, ben beşiğinde mışıl mışıl uyuyan bebeğimizi kontrol ederken, Bobby de annesine teşekkür edip ona kapıya kadar eşlik etti. O anlar bir türlü geçmek bilmemişti. Bobby soyunup yattı ve benim de aynısını yapmamı bekledi.

"Kahretsin!" dedim. "Çantamı restoranda unutmuşum."

"Aa, olamaz," dedi Bobby, hemen ayaklanıp sandalyenin üzerindeki pantolonuna uzandı. "Şimdi gidip alırım."

"Hayır," dedim. "Yarın erken kalkacaksın zaten. Ben gider alırım. Hem Frances'e de bir şey bırakacaktım unuttum, çıkmışken onu da hallederim."

"Ama çok geç oldu, Esther," dedi Bobby. "Bir kadın gecenin bu saatinde tek başına dışarı çıkmamalı."

Bobby hayatı boyunca beni koruması gerektiğine inanıyordu.

"Merak etme," dedim.

Bobby esneyerek yeniden yatağa uzandı. "Pekâlâ, çok geç kalma. Geldiğinde de beni uyandır."

"Tamam," diye karşılık verdim.

Fakat ona geldiğimi haber vermeyecektim çünkü eve çok geç gelecektim. Evin kapısını arkamdan kapatırken içeriden gelen horlama seslerini duyabiliyordum.

Buick marka arabamı hızla sürmeye başladım, restoranı, Frances'in evini geçmiş Elliot'ın evine giden caddeye gelmiştim. Dikiz aynasına baktım defalarca, kimsenin beni takip ettiği yoktu.

Arabamı Elliot'ın evinin önüne park ettiğimde saat on biri geçmişti. Üzerimdeki kazakla hırkayı düzeltip parmaklarımla saçlarıma çekidüzen verirken, evden çıkmadan önce dişlerimi fırçalamayıp aynaya bakmadığım için kendi kendime söyleniyordum. Sahile giden yol karanlıktı fakat detaylarıyla her yeri hatırlıyordum.

Gökyüzünde parlayan dolunay, çok iyi bildiğim bu sahili olabildiğince aydınlatıyordu. Elliot'la ilk ve son kez bu sahilde beraber olmuştuk. Onu, aynı geçmişte olduğu gibi, sahilde bir kütükte oturup ya da bir örtünün üzerine uzanıp beni beklerken bulmayı ümit eden gözlerle etrafıma bakındım.

Ancak orada değildi. Çok geç kalmıştım.

Evin ışıkları da yanmıyordu. Gitmiş olabilir miydi? Bunu düşünür düşünmez nefesim kesilmişti. Zamanlamamız korkunçtu, daha ne bekleyebilirdim ki bu geceden? Acısını yine de kalbimde hissedebiliyordum. Geri dönüp arabama doğru yürüyecekken yerde mor mor parlayan yapraklar gördüm. Bunlar orman menekşeleri miydi? En son genç bir kızken, büyükannemin evinin bahçesinde görmüştüm onları. Elliot'ın evinde daha önce hiç dikkatimi çekmemişlerdi. Burada ne işleri vardı ki?

Adadaki herkes gibi ben de bu çiçeklerin kalp ve beden yaralarını iyileştirdiği, arkadaşlıklar arasında olan dargınlıkları düzelttiği ve hatta şans getirdikleri gibi mistik güçleri olduğuna inanırdım. Dizlerimin üzerine kuma çöktüm ve yeşil yaprakların arasında kendilerine yuva yapan kadifemsi çiçeklere dokundum.

Gecenin sessizliğinde bir melodi duyunca ayağa kalktım birden. Çalan şarkıyı hatırlamıştım. Billie Holiday'in unutulmaz sesiyle söylediği ▢ Body and Soul'du bu.

Gözlerim evin verandasında Elliot'ı aradı ama tek görebildiğim, bir olta kamışı ve verandanın tırabzanlarıydı. Hatırladığım bu sahne zaman içinde donup kalmıştı sanki.

Sonra aniden bir çift kol sardı bedenimi. Ne korktum ne de kurtulmaya çalıştım o kollardan. Onun dokunuşunu, teninin kokusunu, nefesini her yerde tanırdım. Hepsi kalbime kazılıydı çünkü.

"Geldin," dedi Elliot.

"Nasıl gelmem?" diyerek ondan yana döndüm.

"Beni hiç düşündün mü?"

"Her dakika, her saniye," diye cevap verdim kendimi onun kollarına tamamen bırakarak. Beni ona çeken bir şeyler vardı.

Tıpkı eskisi gibi aynı tutku, aynı ateşle öptü beni. Aramızdaki bağ hâlâ ilk günkü gibi güçlüydü. Gerçek olan buydu.

Anacaddeye çıkan yolun kenarındaki ağaçlıktan hışırtıların geldiğini duydum. Fakat Elliot elimden tutmuş beni evine doğru götürürken, ne endişelendim ne de dönüp arkama baktım.

Eve girip oturma odasına geçtik. Kahve masasıyla sehpayı kenara çekip beni şöminenin önündeki postun üzerine yatırdı. Elliot kıyafetimin düğmelerini açarken, ne evlilik yıldönümümüzde yanında olmam gereken eşim Bobby'yi, ne evde mışıl mışıl uyuyan bebeğimizi, ne de söylediğim yalanı düşünüyordum. O anda sadece şömineden yüzüme vuran ateşi ve Elliot'ın tenimdeki nefesini hissediyordum. Hissetmek... istediğim tek şey buydu.

8 Mart

Jack'in söylediklerini düşünmemeye çalışıyordum. *Ama bana Seattle'dan bugün döneceğini söylememiş miydi?* Kahvaltıdan önce birçok kez merakla saate baktım. Elliot'ın Esther'ı öpüşü hep aklımdaydı. Ben de Elliot'ın gösterdiği gibi aynı tutku ve ateşle sevilmek istiyordum.

Telefon ne saat on birde ne de öğlen çaldı. *Neden aramıyordu?*

Öğlen saat ikide yürüyüş için sahile gittiğimde telefonum bir mesajın geldiğine dair bir kez titredi. Mesajı gönderen Annabelle'di.

Eve döndüğümde saat beş olmuştu. Bee kendisine bir içki hazırlayacaktı, bana da isteyip istemediğimi sordu. Artık telefonumu elimden bırakarak, "Duble olsun," diye cevap verdim Bee'ye.

Bee yaklaşık bir saat sonra kendine yeniden içki hazırlamaya koyuldu ama bu sefer bana teklif etmemişti. "Haydi giyin tatlım," dedi. "Greg birazdan burada olur."

Greg'le yaptığımız planı neredeyse unutuyordum. Giyinmek için hızla odama çıktım ve dolabımdan derin göğüs dekolteli örgü mavi bir elbise seçtim. Bu elbisenin tenimde hissettirdiği duyguyu seviyordum.

Söylediği gibi saat tam yedide gelen Greg, üzerindeki beyaz gömlek ve altındaki kot pantolonuyla çok hoş görünüyordu. Güneş yanığı teni de adeta parlıyordu.

Ben arabasına doğru yaklaşırken, "Merhaba," dedi Greg. "Çin yemekleri için hazır mısın?"

"Kulağa çok hoş geliyor," diye yanıt verdim. "Açlıktan ölüyorum."

Merkeze doğru ilerleyip marketi geçtik ve birçok güzel restoranla kafenin olduğu anacaddeye geldik. Ilık bir akşamdı, en azından Bainbridge Adası'na göre öyleydi ve bir avuç insan dışarıda oturmuş açık havada yemeğini yiyordu.

Restorandayken Greg garsonlardan birine işaret etti. Sanki bu kızı liseden hatırlıyor gibiydim, avize küpeleri, permalı saçlarıyla Mindy Almvig'di bu. "Yaklaşık kırk dakika önce siparişimi vermiştim," dedi Greg.

"Evet," dedi kız ağzındaki sakızı patlatarak. "Siparişiniz hazır." Restoranı saran *szechuan* sosu ve kızarmış tavuk enfes kokuyordu.

Greg ödemeyi yaptıktan sonra devasa paketi aldı. Arabaya tekrar bindiğimizde yandaki küçük restoran dikkatimi çekmişti. İnsanlar dışarıda ısıtıcıların altına oturmuş, yemeklerini yiyorlardı. İşte o sırada *Jack*'i gördüm.

Bir kadınla birlikteydi. Oturduğum yerden yüzünü tam olarak seçemesem de siyah kısacık elbisesiyle zorla örttüğü *bacaklarını* görebilmiştim. Beraber şarap içiyor ve gülüşüyorlardı. Sonra Jack bizim olduğumuz yöne doğru dönünce, ben de arabanın güneşliğini aşağıya indirip başka yöne baktım.

Kimdi o kadın? Başka biriyle beraber olduğunu neden bana söylemedi? Belki de sadece arkadaşlardı. Eğer arkadaşlarsa neden onun hakkında hiçbir şey söylemedi?

Greg arabayı biraz daha sürdükten sonra taşlarla kaplı bir yolda arabayı park etti. Sarı renkteki çiftlik evinin etrafı beyaz çitlerle çevriliydi ve açıkçası bu beni çok şaşırtmıştı. *Çit* ve *Greg*, ikisini bir arada düşenemiyordum.

"İşte geldik," dedi.

"Çok şaşırdım," dedim.

"Şaşırdın mı?"

"Evet, yani demek istediğim evin çok *sevimli*. Böyle bir yerde yaşadığını hiç tahmin etmezdim."

Greg gülümseyerek anahtarı kontaktan çekti. O anda kolundaki dövmeyi gördüm, daha önce hiç dikkatimi çekmemişti.

Evin dekorasyonu Greg'e göre fazlasıyla başarılıydı. Yastıklardan kanepelere, halılardan duvar rengine kadar her şey uyumluydu. Kapıda bir *süs* asılıydı. Bunun bir kadın işi olduğu ortadaydı. Hangi adam yeşil renkte bir kapı süsü seçerdi ki?

Bunun üzerine evini dikkatle inceledim. Fakat hayatında bir kadın varsa bile bir süredir ortalarda olmadığını anlayabiliyordum. Lavabo kirli bulaşıklarla doluydu. Tezgâh silinmemişti ve merdivenlerin dibinde bir kirli sepeti vardı.

Orada olmamla birlikte adeta evine farklı bir gözle bakan Greg, mahcup bir edayla, "İşte böyle," dedi.

Banyonun kapısı açıktı, hızla oraya da göz attım. Klozetin kapağı açıktı ve yerde de tuvalet kâğıdı duruyordu. Burası tam bir bekâr eviydi.

O sırada Greg şarapla doldurduğu kadehlerimizin yanına iki peçete, tabak ve çubukları yerleştirmekle meşguldü. "İşte, yemek hazır," dedi sonrasında.

Bu yemek Jack'in evindekine benzemiyordu hiç. Ne keten peçeteler ne de muhteşem ev yemekleri vardı ama kesinlikle Greg'i anlatıyordu. Çarşıda gördüğüm manzaradan sonra Greg'in değeri biraz daha artmıştı gözümde. En azından o samimiydi.

"Ne kadar süredir burada yaşıyorsun?" diye sordum, hayatında bir kadının olup olmadığı merakımı bastırmak zorundaydım.

Greg sanki yılları sayıyormuş gibi tavana bakarak, "Dokuz yıldır," diye cevap verdi.

"Onca senedir burada mısın? Peki yalnız mı yaşıyorsun?"

"Hayır, birkaç yıldır bir ev arkadaşım var yanımda," dedi Greg. Fakat ev arkadaşının kadın mı yoksa erkek mi olduğunu söylemedi.

"Gerçekten çok güzel bir yerde yaşıyorsun. Çok hoş."

Greg o sırada kızarmış eriştelerini çubukla yemekle meşguldü. "Seninle birdenbire markette karşılaştığımız günü düşünüp duruyorum."

Ağzımdaki lokmayı yuttuktan sonra, "Ben de," diye yanıt verdim. "Açıkçası o sabah karşılaşmayı umduğum en son kişi sendin."

Greg benden yana dönerek, "Ben de günün birinde yeniden karşılaşmayı umut ediyordum her zaman," dedi.

"Ben de," dedim. "Kendi kendime bir oyun oynadım hep. Ne zaman Sihirli 8 Topu elime geçse, sallayıp 'Greg'le tekrar öpüşecek miyim?' diye sordum. Peki her seferinde ne çıktı, biliyor musun? Hiç hayır cevabını almadım. Bir kere bile."

Greg muzip bir ifadeyle yüzüme baktı. "Sihirli 8 Topu'na başka neler danışırsın?"

Gülümsedim ve başka bir Çin böreğini yemeye başladığım sırada ona Annabelle'in evinde boşanmamla ilgili sorular sorduğumu söylememeye karar verdim.

Yemeğimiz bitmişti, Greg kadehimi hiç boş bırakmadığı için ne kadar şarap içtiğimi bilmiyordum.

Dışarısı karanlıktı ama arka tarafa açılan Fransız kapılardan ay ışığının aydınlattığı çiçekleri görebiliyordum. "Bahçeni görmek istiyorum," dedim. "Beni gezdirir misin?"

"Tabii ki," dedi Greg. "Orası benim küçük cennetim."

Ayağa kalktığımda biraz başım dönüyordu. Greg durumumu fark etmiş olmalıydı ki bahçede yürürken kolumdan tutmuştu. "Ortancaların hepsi orada," dedi bahçenin uzak bir köşesini işaret ederek. "Burada da çiçek tarhı bulunuyor. Bu yıl bahçede şakayık, dalya ve sarı zambak yetiştirdim."

Ancak çiçek tarhı değil, mutfak penceresinin altındaki kırmızı uçlu beyaz lalelerdi dikkatimi çeken. Evin sarı badanasına karşı muhteşem duruyorlardı. Biraz daha yakından bakmak için o tarafa doğru yürüdüm. Elbette bunları daha önce görmemiştim ama biliyor gibiydim. Bunlar, günlükte Elliot'ın Esther'a vermiş olduklarıyla aynıydı.

"Bu laleler," dedim şaşkınlıkla, "çok güzelmiş."

Greg, "Kesinlikle," diyerek beni onayladı.

"Bunları sen mi ektin?" diye sordum. Neredeyse onu, Elliot'ı eli kolu bağlı bir şekilde yatak odasının dolabında tutmakla suçlayacaktım.

"Keşke ben ekmiş olsaydım," diye yanıt verdi Greg. "Fakat bu evi satın aldığımda onlar zaten vardı. Sadece yıllar içinde çoğaldılar. Şu anda neredeyse üç düzine kadar lale var."

Okuduğum günlüğün gerçeklikten uzak bir hikâyeden ibaret olduğunu hatırlattım kendime. Yine de Elliot ve Esther'ın bu adaya gelip gelmediklerini düşünmeden edemiyordum.

"Evi kimden satın aldın peki?"

Greg düşünmek için biraz duraksadıktan sonra, "Bayanın ismini hatırlayamıyorum," dedi. "Oldukça yaşlı bir kadındı, çocukları onu huzurevine yerleştireceklerdi."

"Nerede? Adada bir yerde mi?"

"Hayır, sanırım Seattle'daydı."

Başımı salladım ve dönüp tekrar lalelere baktım. Güzellikleri nefes kesiciydi.

"Neden bunları bilmek istiyorsun ki?" diye sordu Greg.

"Bilmiyorum," dedim ve bir tanesini koparmak için çiçeklere uzandım. "Geçmişle ilgili bir hikâyesi olabileceğini düşündüm sadece."

Greg bir zamanlar beni çıldırtan bakışlarıyla bana bakarak, "Keşke bizim hikâyemizin sonu farklı olsaydı," dedi.

O anda boynumda hissettiğim nefesi, davetkâr olmasına rağmen içimden bir ses yine uyarıyordu beni. "Haydi, şans kurabiyelerimizi açalım."

"Şans kurabiyelerinden nefret ederim."

"Aa, haydi ama," dedim elini tutarak.

Eve girip kanepeye oturduk ve kurabiyelerden bir tanesini Greg'e uzattım, diğerini de kendime sakladım. "Açsana."

Greg kurabiyeyi kırdı ve içinden çıkan yazıyı okumaya başladı. "'Aradığın şeylerin cevabını bulacaksın.' Gördün mü? Tamamen anlamsız şeyler yazıyor. Bunun gibi milyonlarca saçma şey okuyabilirsin."

Benimkini kırdım ve içinden çıkan sözleri sessizce okuduğumda donakaldım. "'Yakında gerçek aşkı bulacaksın, geçmişe bak.'"

"Seninki ne diyor?" diye sordu Greg.

"Önemli değil," dedim. "Haklısın, çok saçma." Kurabiyemin içinden çıkan yazıyı dikkatle cebime koydum.

Greg bana doğru biraz daha yaklaştı. "Ya saçma değilse? Ya bir anlamı varsa? Mesela ikimizin hakkında?"

Greg yüzümü okşadığında hareket edemez olmuştum. O eller boynumdan omzuma, sonra belime indiğinde gözlerimi kapadım.

Ancak bir anda gözlerimi açıp ondan uzaklaşarak, "Hayır," dedim. "Yapamam Greg, üzgünüm."

Greg incinmiş görünüyordu. "Ne oldu?"

"Bilmiyorum," diye yanıt verdim, aklım karışmıştı. "Sanırım kalbim bir başkasına ait." *Başka biri*, demekteki kastım, elbette *Jack*'ti.

"Peki," dedi Greg başını öne eğerek.

Greg ayaklanıp arabanın anahtarını alırken, "Galiba gitsem iyi olacak," dedim. Arabaya binmeden önce bahçeye koşup bir tane lale aldım.

Greg beni Bee'nin evine geri getirmişti. "O her kimse çok şanslı biri," dedi, ben tam arabadan inmek üzereyken.

"Kim şanslı?"

"Kalbindeki adam."

Onuncu Bölüm

9 Mart

Ertesi sabah oturma odasından çalan telefonun sesini duyabiliyordum, o kadar ısrarla çalıyordu ki beni muhteşem rüyamdan uyandırmayı başarmıştı. Bee şu telefona bakmayacak mı, diye geçirdim aklımdan.

Onuncu çalışında, yerimden kalktım ve sendeleyerek oturma odasına doğru gittim.

"Alo," diye yanıt verdim. Sesim daha çok, "Sabahın yedi buçuğunda beni nasıl rahatsız edersin?" tonundaydı.

"Emily, benim Jack."

Bu adı duyar duymaz gözlerim adeta fal taşı gibi açıldı. En son onun evindeyken telefon numaramı bir kâğıda yazıp bırakmıştım. *Neden Bee'nin evini arıyordu ki?*

"Bu saatte aradığım için özür dilerim," dedi. "Cep telefonunu aramayı denedim fakat sürekli telesekreter çıkıyor. Her neyse, eğer erken demezsen..."

"Ha-hayır," dedim kekeleyerek. "Erken değil." Ses tonum tahmin ettiğimden daha ısrarcıydı.

"Peki," dedi Jack, "bu sabah sahilde biraz dolaşmaya ne dersin?"

"Şimdi mi?"

"Evet, sahilde şu anda neler olduğunu görmelisin. On dakika sonra buluşabilir miyiz?"

On dakika sonra uykulu bir şekilde sahilde yürürken Jack'i gördüm. Birbirimize el salladık ve karşılıklı yürümeye başladık.

Jack sahilin diğer ucundan, "Günaydın!" diye bağırdı. Aramızda neredeyse birkaç yüz metre mesafe vardı.

"Merhaba!" diye bağırdım ben de.

Nihayet ortada buluştuğumuzda Jack ileriyi işaret ederek, "Şu köşeyi dönünce sana göstermek istediğim bir şey var," dedi.

"Bir şey mi?"

Jack gülümsedi. "Birazdan göreceksin."

Başımı olumlu anlamda salladıktan sonra, "Seattle seyahatin nasıl geçti?" diye sordum.

"Güzeldi. Seni daha önce arayamadım, özür dilerim," dedi hiçbir gerekçe göstermeden.

Köşeyi döndük ve yamacı çevreleyen sahilde biraz daha yürüdük. Bir süre sonra Jack durdu ve denize baktı.

"Burası," dedi usulca.

"Neresi?" diye sordum. Fakat o anda denizden tazikli suyun yukarı fışkırdığını ve kocaman bir şeyin suyun altında hareket ettiğini fark ettim.

Gördüklerim karşısında çocuklar gibi mutlu olmuştum. "*Bu* da neyin nesi?"

"Bir katil balina," diye cevap verdi Jack gururla.

Bee her zaman katil balinalardan bahseder dururdu ama şimdiye kadar hiç görmemiştim.

"Bak!" diye bağırdı Jack. Şimdi de iki tane olmuşlardı ve birbirlerine oldukça yakın yüzüyorlardı.

"Her sene bu zamanlarda buraya gelirler. Bunu hep sevmişimdir," diye açıkladı Jack ve kuma gömülü, kütük büyüklüğündeki bir kayayı gösterdi. "Çocukken tam buraya oturur ve balinaları izlerdim."

Gözlerimi denizden alamıyordum. "Muhteşemler," dedim. "Nasıl yüzüyorlar baksana. Öyle güçlü ve kararlılar ki... Yolculuklarında onlara rehberlik edecek biri olmamasına rağmen nereye gitmeleri gerektiğini çok iyi biliyorlar." O anda aklıma gelen bir düşünceyle birden sustum. "Jack?"

"Evet."

"Çocukken buraya geldiğini söyledin. Yazları hep burada mıydın?"

"Evet," dedi gülümseyerek. "Her yaz hem de. Şu anda yaşadığım ev, ailemin eski yazlığıydı."

"Öyleyse onca yaz nasıl oldu da tanışmadık?"

"Sahilin diğer kısmına gitmeme izin yoktu," dedi Jack ve duraksadı. "Yani yengenin evinin oralara."

Gülümsedim. "Benim de sizin buralara gelmeme izin vermezlerdi," dedim. "Sence en azından bir kez olsun karşılaşmamış mıyızdır?"

Jack gözlerime bakarak, "Hatırlamıyorsun, değil mi?" diye sordu.

"Neyi hatırlamıyor muyum?"

Gülümseyerek başını salladı.

"Özür dilerim," dedim. Bir yandan beynimi zorlarken herhangi bir şey aklıma gelsin diye dua ediyordum. "Hatırlamıyorum."

"On dört yaşlarındaydın ve... söylemem gerekirse çok da güzeldin," diye açıklamaya başladı Jack. "Köpeğim tasmasından kurtulup yengenin evinin önüne doğru koşmaya başlamıştı. Orada, sahilde yanında başka bir kızla güneşleniyordun. Üzerinde bikinin vardı. Pembe bir bikini. O zamanki köpeğim Max de üzerine atlayıp senin yüzünü yalamıştı."

"O sen miydin?"

"Evet."

"İnanmıyorum."

"İnan."

"Aman Tanrım, o köpeğin yüzümü yaladığını hatırlıyorum."

"Evet," dedi Jack, "pek de hoşlanmışa benzemiyordun."

"Sonra da sandaletimin tekini ağzına alıp kaçmıştı," diye ekledim. Anılar hızla su yüzüne çıkıyordu.

"Bir çeşit kız tavlama yöntemi, değil mi?"

Başımı yana çevirip dikkatle Jack'e baktım. "Aman Tanrım, *seni* hatırlıyorum. Çok sıskaydın."

"Evet."

"Dişlerinde tel vardı?"

Jack başıyla beni onayladı.

"*O* sen miydin?"

"Evet, o bendim."

Gülmeme engel olamadım.

"Çok mu komik?" dedi Jack, kırılmış gibi yaparak. "Ne yani sivilceli, uzun boylu, sıska, dişinde teller olan bir çocuğu çekici bulmadığını mı söylemeye çalışıyorsun?"

"Hayır," diye cevap verdim, "ondan değil. Sadece şu an çok *farklı* görünüyorsun."

"Farklı görünmüyorum," diye karşılık verdi Jack. "Hâlâ aynıyım, sivilcelerim dışında tabii. Sen de çok fazla değişmemişsin. Sadece tahmin ettiğimden çok daha fazla güzelleşmişsin."

O anda ne söyleyeceğimi bilemediğimden yalnızca gülümsedim. Öyle ki içimden gelip yüzüme yayılan bu gülümseme, bütün sabah sürecek gibiydi.

"Baksana, bana gelsene," diye önerdi Jack. "Sana kahvaltı hazırlarım."

"Harika olur," diye yanıt verdim. Sonra hiç düşünmeden uzanıp onun elini tuttum. Jack de parmaklarımı kavradı hemen. Sanki bunu yüzlerce kez yapmış gibiydik. Sanki bir önceki gece başkalarıyla çıkan biz değildik. Şu an beraberdik ya, gerisi önemli değildi.

Jack'in ada mutfağındaki bir sandalyeye oturdum ve onun kahve çekirdeklerini öğütüp, beş portakalı ortadan ikiye keserek meyve sıkacağında sıkışını izledim. Jack daha sonrasında bir kâse çıkarttı ve içine yumurtaları kırdı. Bense onun mutfaktaki bu hareketlerinden büyülenmiş bir şekilde orada sadece oturuyordum. Hızlı ve dikkatliydi. Elliot da Esther'a hiç kahvaltı hazırlamış mıydı, diye geçirdim aklımdan o anda.

"Umarım Fransız tostunu seviyorsundur?"

"Sevmek mi?" dedim. "Fransız tostuna *bayılırım*."

Jack cevabım karşısında gülümseyip kâsedeki yumurtaları çırpmaya devam etti. "Peki, yengen ailem hakkındaki o çirkin hikâyeden hiç bahsetti mi?"

"Hayır, herhangi bir şey anlatmadı. Sen bahseder misin?"

"Ailem hakkındaki gerçeği öğrenmek isteyecek en son kişi benim gerçekten," dedi. "Tek bildiğim, babamın beni Bee Larson'ın evinde pek hoş karşılanmadığımız konusunda uyarmasıydı. Bir çocuk olarak bu uyarı beni fazlasıyla korkutmuştu. Bee'yi hep Hansel ve Gratel hikâyesindeki cadı olarak düşünürdüm. Ben ve kız kardeşim onun evine ayak basacak olursak, bizi yakalayıp zindana kilitleyecekmiş gibi gelirdi."

Söyledikleri karşısında kıkırdamıştım.

Jack başını sallayarak, "Evinin hayaletli olduğunu düşünürdük," diye devam etti.

"Haklısın, böyle bir sonuç çıkartmak çok zor olmasa gerek," dedim, aklıma o eski evin ikinci katındaki kilitli olan odaları ve gacırdayan yer döşemeleri gelmişti. "*Ben* bile bazen oranın hayaletli olduğunu düşünüyorum."

Jack başını sallayarak bir kavanozdan bir çay kaşığı tarçın aldı ve yumurtaların içine katıp çırpmaya başladı. "Keşke tüm bu olanların arkasındaki sırrı bilebilseydim," dedi. "Keşke büyükbabama sorsaydım."

"Onu gördün mü?"

"Evet," diye yanıt verdi Jack. "Seattle'da yaşıyor. Dün oradaydım. En azından ayda bir kez gidip birkaç gün yanında kalmaya çalışırım."

"Belki bir sonraki gidişinde öğrenmek istediklerini sorabilirsin ona," diye önerdim. "Tanrı biliyor ya, ben Bee'den hiçbir şey öğrenemiyorum."

"Öyle yapacağım," dedi.

Jack'in büyükbabasından bahsedişi kendi büyükbabamı hatırlatmıştı bana. Çocukken onunla birlikte çalışma odasında vakit geçirmeme izin verişi hoşuma giderdi. Bir karton kutunun üzerinde oturur, büyükbabamın büyük meşe masasında faturalarla uğraşmasını izler, bir yandan da daktiloyla mektup yazıyormuşum gibi yapardım. Büyükbabam mektupları posta kutusuna atmadan önce zarfların kenarlarını her zaman bana yalatırdı.

Büyükannem Jane ise ani bir kalp krizinden vefat etmişti. Annem cenazesinde bana vaiz kürsüsüne çıkıp onun hakkında bir şeyler söyleyip söylemeyeceğimi sormuştu, ben de topluluk önünde rahat konuşamayacağımı belirtmiştim. Ancak işin aslı bu değildi. Önce büyükannemin tabutuna, sonra da etrafıma bakmıştım. Annem ağlıyordu. Danielle de öyleydi. Peki, ben neden hiçbir şey hissetmemiştim? Neden büyükannem öldüğünde hak ettiği o üzüntüyü gösterememiştim?

"Şanlısın," dedim Jack'e.

"Neden öyle söyledin?"

"Çünkü büyükbabanla güzel bir ilişkin var."

"Aa, biliyorum," dedi Jack, kalın ekmek dilimlerini yumurtalı karışımın içine daldırarak. Dilimleri tavaya yerleştirdiğinde kızgın tereyağının cızırdadığını duyabiliyordum. "Sen de tanısan seversin. Kendine özgü bir karakteri var. Belki bir gün onunla tanışırsın. Seni çok seveceğine eminim."

"Nereden biliyorsun?" diye sordum gülümseyerek.

"Ben bilirim."

Kahve makinesi hazır olduğunu gösterircesine ötünce Jack fincanlarımıza kahvelerimizi koydu.

"Krema ya da şeker?"

"Krema lütfen," dedim ve o da kahve alacak mı diye baktığımda meyve suyu bardağına uzandığını gördüm.

Annabelle'in çiftler ve kahve sunumları üzerine bilimsel bir araştırması vardı. Ön bulgularına göre, tabii buna bulgu denilirse, eğer bir kadın ve bir erkek kahvelerini aynı tarzda içiyorlarsa başarılı bir evlilikleri oluyordu.

Kahvemden bir yudum aldım ve oturma odasına doğru yürüdüm. Russ şöminenin yanına kıvrılmıştı. Oldukça rahat ve tıpkı bir oyuncak ayı gibi görünüyordu. Onu sevmek için yere çömeldiğimde ağzının kenarında küçük yeşil bir kâğıt olduğunu fark ettim. Çiğnenmiş yeşil bir dosyanın parçası gibi görünen kâğıt, sağ tarafında duruyordu. Köpeğin etrafında da kâğıt parçaları vardı.

"Russ," dedim, "seni yaramaz köpek. Neler yaptın böyle?" Söz konusu köpek yuvarlandı ve esnedi. O esnada altında buruşmuş bir sürü kâğıdın olduğunu gördüm. Muhtemelen onları da yemek için saklamıştı. Salya bulaşmış kâğıtları alıp incelemeye başladım. Çoğu parçalanmış ve yazıları bulanıklaşmıştı ama en üstte yazan "Seattle Polis Teşkilatı, Kayıp Şahıslar Bürosu" yazısı okunabiliyordu. Biraz ürkmüş bir halde kâğıdı yere bıraktım, sonra bir başkasını aldım. Bu da Bainbridge Adası gazetesinden alınmış bir haber küpürünün fotokopisiydi. Yazılarından çok eski olduğu anlaşılıyordu.

"Emily," diye seslendi Jack mutfaktan.

Elimdeki kâğıdı telaştan yere düşürdüm. "Buradayım, Russ'la birlikte. Sanırım bir şey yiyor."

Jack elinde Fransız tostlarının olduğu bir tabakla içeri geldi ve tabağı hızla yere bıraktı.

"Russ, yatağına git!" diye bağırdı.

"Yardım edeyim," dedim.

"*Hayır*," diye karşı çıktı Jack biraz yüksek sesle. "Özür dilerim, yani gerek yok demek istemiştim. Bu karışıklığa hiç bulaşma. Ben hallederim."

Görmemem gereken bir şeyi gördüm mü diye endişelenerek gerilidim. Jack harap olmuş dosyayı toparlayıp kahve masasındaki dergilerin altına koydu.

"Olanlar için kusura bakma," dedi Jack. "Bu kahvaltının mükemmel olmasını istiyordum."

"Önemli değil," dedim. "Köpekler işte."

Jack'in, üst üste koyduğu Fransız tostlarını tek tek alıp üzerlerine pudra şekeri serpişini izledim.

Sonra bir tabağı bana uzatarak, "Al bakalım," dedi, "kahvaltın hazır."

Tam çatalımla tostumu alıyordum ki mutfaktaki telefon çalmaya başladı.

"Çalsın, arayan kimse mesaj bırakır," dedi Jack. Tosttan bir ısırık aldım ve tam memnuniyetle yutacakken telesekreterden bir kadın sesi duydum. Tüm dikkatimi oraya vermiştim.

"Jack," diye başladı konuşan ses, "benim, Lana. Dün geceki akşam yemeği çok güzeldi. Ben-"

Jack bir hışımla oturduğu sandalyeden fırladı ve kadının konuşmasını bölerek teleksekreteri kapattı.

"Kusura bakma," dedi gergin bir şekilde. "O... hımm... bir müşterimdi. Dün gece de bir tablom hakkında konuşmak için buluşmuştuk."

Ses tonu hoşuma gitmemişti. Çok bireysel ve samimiydi. Ona yirmi tane, hatta yüzlerce soru sormak istiyordum. Fakat yalnızca gülümseyip yemeğe devam ettim. Arayan kadının müşterisi olduğundan şüphem yoktu ama durum böyleyse, neden o kadar gerilmişti? Jack ne saklıyordu?

Jack tam oturmuş, tostundan bir ısırık almıştı ki yine telefon çaldı. "Aman Tanrım," diye söylendi kendi kendine.

Ona, "Sorun değil, gidip bakabilirsin," dercesine bakmama rağmen, aslında arayan kadın her kimse bir daha aramasın diye telefonun fişini çekmek istiyordum.

"Özür dilerim," dedi Jack ve telefona bakmak için mutfağa gitti.

"Efendim?"

Birkaç dakika durdu.

"Ah, olamaz," dedi Jack.

Tekrar uzun bir sessizlik oldu. "Evet, burada benim yanımda. Tamam, hemen söylüyorum."

Jack oturma odasına koşup telefonu işaret ederek, "Yengen arıyor," dedi.

Ahizeyi elime aldığımda kalbim neredeyse yerinden çıkacak gibiydi.

"Emily?" dedi Bee, sesi oldukça telaşlı ve şaşkındı.

"Evet, Bee ne oldu? Her şey yolunda mı?"

"Seni rahatsız ettiğim için üzgünüm, tatlım. Henry ile sahilde karşılaştık ve senin Jack'in evine doğru gittiğini söyledi, bu yüzden ben de…"

Sesi titriyordu.

"Bee, ne oldu?"

"Evelyn," diye yanıt verdi Bee titrek bir sesle. "Bu sabah kahvaltı için buradaydı. Sonra… sonra… bayıldı. Hemen 911'i aradım. Şimdi onu hastaneye götürüyorlar."

"Hemen geliyorum."

"Hayır, hayır," dedi. "Buna zaman yok. Ben hemen çıkıyorum."

"Tamam, sen git. Ben de bir yolunu bulur gelirim."

Evelyn'in saatleri mi, dakikaları mı kaldı, diye sorma ihtiyacı hissetmemiştim bile, çünkü biliyordum. Uzun zamandır arkadaş olmalarının vermiş olduğu içgüdüyle Bee de bunu biliyordu.

Telefonu kapadım. "Evelyn hastanedeymiş," dedim, duyduklarıma inanamıyormuşçasına başımı sallayarak.

"Ben seni bırakırım," dedi Jack.

Artık cazibelerini kaybetmiş olan Fransız tostlarının bulunduğu masaya göz attım.

"Haydi gidelim," dedi Jack. "Şimdi çıkarsak yarım saate orada oluruz."

On Birinci Bölüm

En yakın hastane otuz dakika uzaklıkta, adanın batısında Bremerton denilen küçük bir şehirdeydi. Bir köprüyle yarımadaya geçtiğimizde, adeta atmosferden yere inmişiz gibi ada havasının yok olduğunu hissetmiştim.

Hastaneye geldiğimizde, Jack'le birlikte hemen danışmaya koşup Evelyn'in yattığı odanın numarasını sorduk. Masanın arkasında duran beyaz saçlı kadın, o kadar çok oyalandı ki masaya çıkıp bilgisayarını ele geçirmek ve ihtiyacım olan bilgiye kendim ulaşmak istiyordum. Parmaklarımı masada tıkırdatmam, yapmak istediklerimi fazlasıyla anlatıyordu.

"Evet," dedi kadın sonunda, "altıncı katta bulunuyor."

Odanın önüne geldiğimizde Jack durup, "Ben dışarıda bekleyeceğim," dedi.

Başımı iki yana sallayarak, "Hayır, içeri gir," dedim. Onun orada öyle dışlanmış gibi beklemesine izin veremezdim. Bee, onun ailesiyle ne yaşadıysa bizim neslimizle birlikte sona erecek, diye karar vermiştim.

"Olmaz," diye karşı çıktı Jack. "İhtiyacın olursa, ben buradayım."

Daha fazla ısrar etmeyerek başımı salladım ve odaya girdim. Bee, Evelyn'in elini tutmuş, başucunda oturuyordu.

"Emily," dedi, "fazla zamanımız kalmadı."

"Aa, kes şunu Bee," diyerek karşı geldi Evelyn. Sesindeki cesareti, hayat enerjisini duymak hoşuma gitmişti. "Senin böyle bir çocuk gibi hıçkıra hıçkıra ağlamana izin vermiyorum. Lütfen biri şu üzerimdeki saçma sapan önlüğü çıkartıp adam akıllı bir şeyler giydirsin ve Tanrı aşkına bir kokteyl hazırlasın."

Bee'nin neden onu bu kadar çok sevdiğini anlayabiliyordum. Ben de Evelyn'i çok seviyordum. "Merhaba, Evelyn."

Her zaman yaptığı gibi gülümsedi, gözlerindeki yorgunluğu görebiliyordum. "Merhaba, tatlım," diye cevap verdi Evelyn. "Üzgünüm, bu ihtiyar arkadaşın muhteşem randevunu mahvetti."

"Beni buraya Jack getirdi," diyerek gülümsedim.

Bee bana adeta Jack'in ona yakın olması düşüncesi korkunç bir şeymiş gibi endişeyle bakıyordu.

Evelyn, Bee'nin tavrını önemsemeyerek, "Onun hakkında konuşurken gözlerin ışıldıyor," dedi.

Joel'le birlikteyken kimse bana böyle bir şey söylememişti. Aksine herkes ne kadar yorgun ve halsiz göründüğümü söylerdi.

"Beni bırak, sen nasılsın?" diye sordum Evelyn'e.

"Kanserli bir yaşlı kadın nasılsa, öyleyim," diye cevap verdi. "Ama bir martini havamı yerine getirebilir."

Bee, yapmak zorunda olduğu şeyi biliyormuşçasına, "Hemen bir martini geliyor o zaman," dedi ve ayağa kalktı. "Emily, Evelyn'le birlikte kalır mısın? Hemen geri döneceğim."

"Hiçbir yere gitmiyorum," diye ona güvence verdim. Ölmek üzere olan bir arkadaşının son isteklerini yerine getirmeye çalışmak ne kadar güzel, diye geçirdim aklımdan. Ancak Bee'nin martiniyi nereden bulacağını da bilmiyordum. Bir dükkâna mı gidecekti? Bir kokteyl karıştırma kabı mı alacaktı? Sonra onu hemşirelerden kaçırıp gizlice odaya mı sokacaktı?

Bee odadan çıktıktan sonra Evelyn biraz öne eğilerek, "Okuman nasıl gidiyor?" diye sordu. Etrafı monitör ve kablolarla çevrili olduğu halde hastalığı dışında farklı bir şeylerden bahsetmek biraz tuhaftı. Ancak Evelyn'in bunu istemediğini hissedebiliyordum.

"Kesinlikle büyülendim," diye cevap verdim ona.

"Ne kadarını okudun?"

"Oldukça ilerledim," dedim. "Esther, Elliot'la buluşmak için onun evine gitti."

Evelyn gözlerini sıkıca kapatıp tekrar açtı. "Evet."

O sırada bir hemşire, "Morfin zamanı," diyerek elinde şırıngasıyla odaya girdi.

Fakat Evelyn onu duymazlıktan gelerek konuşmasına devam etti. "Peki, ne düşünüyorsun?"

"Ne hakkında?"

"Hikâye hakkında, tatlım. Gerçek bir aşk hikâyesi."

"Sen bu hikâyeyi nereden biliyorsun, Evelyn?"

Evelyn sustu ve gözlerini tavana dikip gülümseyerek, "O her zaman bir gizem olarak kaldı," dedi.

"O kim, Evelyn?"

Nefes alış verişleri gittikçe ağırlaşıyordu, ilaç etkisini göstermeye başlamıştı. "Esther," dedi usulca. "Onu ne kadar çok severdik. Hepimiz onu çok severdik."

Evelyn'in gözkapakları iyice ağırlaşmıştı ama daha fazla şey öğrenmek için onu zorlamak geliyordu içimden.

"Sen her şeyi düzelteceksin, tatlım. Biliyorum bunu yapacaksın," dedi güçsüz bir şekilde, konuşurken dili sürçüyordu. "Her şeyi yoluna sokacaksın, Esther için, hepimiz için..."

Elini tuttum ve başımı başına yaslayarak her zorlu nefes alış verişinde göğsünün iniş çıkışlarını izlemeye koyuldum. "Merak etme, Evelyn," dedim. "Artık daha fazla endişelenmene gerek yok. Sen sadece dinlen."

Bee yaklaşık yarım saat sonra elinde kahverengi bir kese kâğıdıyla geri gelmişti, yorgun görünüyordu. "Evelyn, martinini getirdim. Hemen hazırlıyorum."

"Şşşt," diyerek uyardım Bee'yi. "Uyuyor." Bee bu son dakikaları en yakın arkadaşının başucunda geçirebilsin diye kenara çekildim sonra.

Jack neredeyse bir saattir bekleme salonunda oturuyordu. Onu görmeye yanına gittiğimde hızla ayağa kalktı. "O...?"

"Hayır," dedim. "Henüz değil. Bee yanında şimdi. Ama çok fazla zamanı kalmadı."

"Yapabileceğim bir şey var mı?"

Jack yanıma yanaştı ve yüzümü inceledi. Sonra bekleme salonunun ortasında, daha önce kimsenin yapmadığı gibi bana sıkı sıkı sarıldı. Omuzlarının üzerinden pencereden dışarıya baktım. Manzara pek hoş değildi, kaldırımın neredeyse asfalta kadar olan kısmı, karahindiba adını verdikleri bitkiyle örtülüydü. O sırada gözüme pencereleri tahtalarla kapatılmış bir sinema takıldı. Duvarında büyükçe bir E.T. afişi asılıydı ve afişin 1980'lerden kalıp kalmadığını merak ettim.

Sonra Jack'e baktım, bu sefer gerçekten gözlerinin içine bakıyordum. O sırada Jack beni kendine doğru çekti ve öptü. Zihnimdeki sorular cevapsız kalmasına rağmen, her şeyin yolunda gibi göründüğü gerçeğini inkâr edemezdim.

⁂

Ben odadan çıktıktan birkaç saat sonra Evelyn hayatını kaybetmişti ama Bee ona ne şartta olursa olsun martinisini hazırlamıştı. Birkaç dakika içinde, cin ve vermut karışımını bir kokteyl bardağına koyup, bir zeytinle süslemişti. Evelyn kısa süreliğine gözlerini açmış ve hayatının son içkisini en yakın arkadaşıyla birlikte içmişti. Bu veda tam da onlara göre olmuştu. O gece eve döndüğümüzde Bee ile birlikte Evelyn'in anısına birer içki daha içtik.

Ağlarsa yalnız kalmasın diye Bee'ye, "Yanında kalmamı ister misin?" diye sordum ama hiçbir şey istemediğini, yalnızca uykuya ihtiyacı olduğunu söyledi.

Benim de uykuya ihtiyacım vardı ama Evelyn'in sözleri beynimde yankılanırken bu imkânsızdı. *Esther'ı nereden tanıyordu? O günlüğün, Bee'nin misafir odasında ne işi vardı? En önemlisi de Evelyn... benim bu olayı çözeceğimi nereden biliyordu?*

On İkinci Bölüm

10 Mart

Ertesi gün canım hiç yataktan çıkmak istemedi ama bir türlü uykum da gelmiyordu. Bu yüzden günlüğü alıp okumaya devam ettim.

Elliot'tan döndüğümde Bobby hâlâ uyuyordu. Kapıdan içeri girer girmez bunu fark etmiştim, çünkü onu nasıl bıraktıysam aynı şekilde horlamaya devam ediyordu. Üzerimdekileri çıkardım ve uyanmasın diye dua ederek yavaşça yatağa girdim. Bir süre ne yaptığımı, evime nereden geldiğimi düşünerek tavana baktım ama hiçbir cevap gelmiyordu aklıma. O anda Bobby döndü ve kolunu üzerime atıp beni kendine doğru çekti. Boynumdan öpmeye başladığında aklından neler geçtiğini anlamıştım. Bu nedenle diğer tarafa dönüp uyuyor numarası yaptım.

Ertesi sabah Bobby işe gittiğinde, hemen Frances'i aramak ve her şeyi anlatmak istiyordum. Onun sesini duymaya ve onayını almaya can atıyordum. Fakat onun yerine Seattle'da olan Rose'u aradım.

"Dün gece onunla görüştüm," dedim.

"Ah, Esther," dedi Rose, sesi ne yargılar ne de cesaret verir gibiydi. Daha çok aldığım bu kararın vermiş olduğu endişeyi, heyecanı ve korkuyu yansıtıyordu sanki. "Şimdi ne yapacaksın?"

"Bilmiyorum."

Bir süre sessiz kalan Rose, "Kalbin sana ne söylüyor?" diye sordu.

"Elliot'la olmam gerektiğini. Her zaman onunla olmam gerektiğini söylüyor."

"O zaman ne yapman gerektiğini sen biliyorsun," dedi Rose sadece.

Bobby o akşam eve geldiğinde ona en sevdiği yemeği yapmıştım. Dana rosto, kızarmış patates, kekikli ve tereyağlı taze fasulye yaptıklarım arasındaydı. İlk bakışta değişen bir şey yoktu sanki. Harika bir yıldönümü yemeği yiyecek olan mutlu bir çift gibiydik. Fakat ben omuzlarımda gerçekten çok ağır bir yük taşıyordum, işlediğim büyük günahın yüküydü bu.

Bobby'nin bana her bakışında, her soru soruşunda, her dokunuşunda kalbim biraz daha sızlıyordu. "Neyin var senin?" diye sordu yemekte.

"Hiçbir şeyim," diye cevap verdim hemen, bendeki değişikliği fark etti mi diye endişelenmiştim.

Bobby konuşmasına, *"Çok farklı görünüyorsun,"* diye devam etti. *"Her zamankinden daha güzelsin. Mart ayı sana yaradı."*

O anda bu yükü daha fazla taşıyamayacağımı anladım ve bir rahibe gidip günah çıkarmaya karar verdim. Bu yüzden pazar günü bebeğimi hazırlayıp Meryem Ana Kilisesi'ne gittim. Sağ duvardaki günah çıkarma hücresine doğru yürürken topuklu ayakkabılarım, yerler ahşap olduğu için fazla ses çıkartıyordu. İlk hücreye girdim ve bebeğimi de kucağıma alıp oturdum.

"Peder, ben bir günah işledim," diye konuşmaya başladım hemen.

"Ne günah işledin evladım?"

Benden "Dedikodu yaptım," ya da "Komşumu kıskandım," ya da bunlar gibi sıradan bir şeyler söylememi beklediğini düşündüm. Ancak ben imkânsız bir şeyi dile getirecektim.

"Ben kocamı aldattım."

Rahibin durduğu tarafta derin bir sessizlik hâkimdi, bu yüzden konuşmaya devam ettim.

"Peder, ben Elliot Hartley'ye aşığım, kocam Bobby'ye değil. Ben ona layık bir kadın değilim."

Rahibin orada durup beni dinlediğini anlamak için bir süre sustum. Ondan bağışlandığımı söylemesini istiyordum. Ondan bin kere de olsa tesbih duasını okumam gerektiğini söylemesini istiyordum. Ona omuzlarımdaki bu yükü hafifletmesini söylemek istiyordum, çünkü gittikçe daha da ağırlaşıyordu.

Rahip boğazını temizleyerek, "Zina yapmışsın, kilise bu tarz davranışlara göz yummaz," dedi. "Sana tavsiyem evine git ve seni affetmesi için kocana yalvar. Eğer o seni affederse Tanrı da seni affedecektir."

Tanrı'nın gözünde bütün günahlar aynı değil miydi? Çocukluğumdan beri pazar ayinlerinde duyduğum şey, bu değil miydi? Bir anda kendimi cennetten kovulan bir kâfir gibi hissetmiştim.

Başımı salladım ve bebeğimi kucaklayarak ayağa kalktım. Büyük bir utanç ve daha da ağırlaşan bu yükle oradan ayrıldım. Devasa pirinç kapılar arkamdan hızla kapandı.

"Merhaba, Esther," diye seslendi bir bayan otoparkta. Arkamı döndüğümde Janice'in, yüzünde yapmacık gülümsemesiyle bana doğru geldiğini gördüm. Fakat hiç durmadan yoluma devam ettim.

Bir gün daha geçmişti. Bobby işten eve geldiğinde ona her şeyi anlatmayı düşünüyordum ama daha kendime bile söyleyemediğim o korkunç sözleri ona nasıl söyleyecektim ki? Her ne kadar içimdekileri dışa vurmak istesem de başka biriyle olduğum gerçeği gün gibi ortadaydı. Bobby her zaman çok neşeli çok keyifliydi, benim olmadığım zamanlarda bile... Benim için fazlasıyla iyi bir adamdı. Onu kendi ellerimle paramparça edemezdim. Bunu yapamazdım.

Ertesi gün Bobby işe gittiğinde bir telefon aldım. Bu telefon şu ana kadar aldığım kararları ve hissettiğim duyguları sorgulamama neden olmuştu.

"Bayan Littleton?" dedi hattın diğer ucundaki bayan.

"Evet benim," dedim.

"Ben Harrison Memorial Hastanesi'nden Susan. Sizi eşiniz için aramıştım. Şu anda kendisi hastanemizde."

Telefondaki kadın bana Bobby'nin bu sabah feribota yürürken aniden düşüp bayıldığını ve ambulansın onu Bremerton'daki hastaneye getirdiğini söylemişti. *"Kalp krizi"* geçirdiğini belirttiğinde kalbim bir anda pişmanlıktan çatırdamıştı sanki. Seni seven bir insana karşı nasıl bu kadar zalim olabilirsin düşüncesinin vermiş olduğu bir histi bu. Bobby bunu asla hak etmiyordu. Olanların hiçbirini hak etmiyordu. Bu yüzden onunla aramda ne varsa düzeltmeye karar verdim.

Bebekle ne yapacaktım? Onu hastaneye bu şartlar altında götüremezdim. Bu yüzden denize düşen yılana sarılır misali Janice'in kapısını çaldım ve pembe bir battaniyeye sardığım bebeğimi bakması için ona verdim. Janice'in, eğer fırsatı olsaydı benim yerime Bobby'nin yanında yatmak ve kucağında tuttuğu bebeğime, evimize, her şeyimize sahip olmak istediğini belli eden gözlerle kızıma bakması hiç hoşuma gitmemişti.

"Nereye gidiyorsun?" diye sordu Janice, gözlerinde kınama ifadesiyle bana bakarak.

"Çok önemli bir şey oldu," diye cevap verdim. *"Acil bir durum."* Ona Bobby'nin başına gelenleri söylemeye cesaret edemedim. Göz açıp kapayıncaya kadar benden önce onun yanında olacağımı biliyordum.

"Tamam," dedi Janice. *"Peki, Bobby ne zaman evde olur?"*

"Bir süreliğine olmayacak," dedim arabaya doğru koşarak. *"Yardımın için teşekkür ederim."*

Arabayı hızla hastaneye doğru sürdüm. Otoparka geldiğimde başka bir arabaya çarptım ama hasarı kontrol etmek için durmadım bile. Hiçbir şey önemli değildi. Bobby'nin bana ihtiyacı vardı.

Danışma masasına gidip, "Bobby Littleton'ı arıyorum," dedim. Görevli beni Bobby'nin ameliyata hazırlandığı yere, altıncı kata yönlendirdi. Tam vaktinde odaya girmiştim.

"Ah, Bobby!" diyerek ağlamaya başladım. "Beni aradıklarında çılgına döndüm."

"Bunun üstesinden gelebileceğimi söylediler," diyerek göz kırptı Bobby.

Yatağına doğru uzandım ve ona sarıldım. Bir hemşire gelip, "Artık gitme vakti," diyene kadar ona öylece sarılı kaldım. Yanından ayrılmaya gönlüm el vermese de bir sedyeyle onu götürüşlerini izlemek zorundaydım. O anda tüm bunlara benim sebep olduğum düşüncesi sarmıştı her yanımı.

Onun ameliyattan çıkmasını beklemek, ölüm gibiydi adeta. Sürekli katları dolaşıp durdum, yaklaşık üç kilometre yürümüş olduğumdan emindim. Bazen de karşı taraftaki sinemada hangi filmin gösterildiğini görmek için pencereden dışarı baktım. Afişte Bing Crosby'nin başrolünü üstlendiği Blue Skies* filmi yer alıyordu. Dışarıda kol kola yürüyen gencecik çiftleri izlerken, keşke onlardan biri olabilseydim, diye geçirdim içimden. Zamanı geri sarıp, ne pişmanlığın ne acının olduğu günlere dönmek istiyordum.

Biraz daha pencereden sinemaya giden gençleri izledim.

Tam o sırada dışarıda Elliot'ı gördüm. O kalabalıkta uzun boyuyla göze çarpıyordu ve yalnız değildi. Yanında Frances vardı.

"Bayan Littleton," diye seslendi hemşire kapıdan.

---

* *İng.* Mavi Gökyüzü adlı film, 1946 yılında gösterime giren bir müzikaldir. (Ed. N.)

"Evet," dedim kendimi zar zor camdan uzaklaştırarak. İki dünya arasında sıkışmıştım sanki. "O iyi mi? Söyleyin bana, iyi mi?"

Hemşire gülümsedi. "Kocanız bir savaşçı. Ameliyat çok başarılı geçti. Ancak iyileşmesi biraz zaman alacak. Gece-gündüz bakıma ihtiyacı olacak. Yanında olmalısınız."

Başımı salladım.

"Yeri gelmişken," dedi hemşire, "bazı evrakları doldurabilmek için kimliğinize ihtiyacım var."

Çantama uzanmak için elimi aşağıya uzattığımda yerinde olmadığını fark ettim. Geçen gece Elliot'la görüşebilmek için çantamı restoranda bıraktığımı hatırladım. Tüm bunlar nasıl da imkânsız görünüyordu.

"Kusura bakmayın, çantamı evde unutmuşum," diye yalan söyledim.

Hemşire gülümseyerek, "Peki, sorun değil," dedi. "Kimliksiz de halledebiliriz."

"Teşekkür ederim. Onu görebilir miyim?"

"Evet, ama oldukça halsiz, unutmayın."

Hemşireyi yoğun bakıma kadar takip ettim. Bobby gözleri kapalı bir halde öylece orada yatıyordu.

"Merhaba Bobby," dedim elini okşayarak.

Gözlerini açtı ve gülümsedi. "Sana iyi olacağımı söylemiştim," dedi.

Bobby benim gibi değildi, sözünü her zaman tutardı.

※

Bee ile birlikte kahvaltı masasına oturduğumuzda saat en azından onu gösteriyordu. Havada yoğun bir acı hâkimdi.

"Günaydın," dedi Bee kısık bir sesle. Üzerinde hâlâ sabahlığı vardı. Onu şimdiye kadar hiç pijamayla görmemiştim, pijama onu daha yaşlı gösteriyordu.

"Sana gazeteni getirdim," dedim, ön verandaya gidip evin yanındaki gül ağacının altında çamura düşmüş *Seattle Times* gazetesini bulmuştum. Neyse ki naylon poşet çamurlanmasını engellemişti.

"Cenaze yarından sonraki gün," dedi Bee, konuşurken yüzüme bakmıyordu. Belki de Evelyn'in ölümünün kötü bir rüyadan ibaret olmadığını anlamak için bu kelimeyi yüksek sesle dile getirmişti.

"Yardım edebileceğim bir şey var mı?" diye sordum.

Bee başını sallayarak, "Hayır," diye cevap verdi. "Eşinin ailesi cenaze işlemlerini halledecek."

Yengem masaya oturmuş dışarıdaki denize bakarken, ben de yumurtaları çırpmakla uğraşıyordum. O anda aklıma Joel ve bana Stephanie'den bahsettiği sabah geldi. O kadının adını duyduğum anda tabağı yere düşürmüştüm ki bu şimdiye kadar unuttuğum bir detaydı. Gümüş kenarlı beyaz porselen tabak öyle pahalıydı ki Macy's mağazasındaki satıcı kız, on iki kişilik yemek takımı oluşturacağımızı duyduğunda sevinçten hafif bir çığlık atmıştı. Bir zamanlar hazine değerinde olan o tabak, o gün yerde paramparça olmuştu.

"Çok komik," dedim Bee'ye, bir yandan da tavadaki yumurtaları spatulayla çevirmekle uğraşıyordum.

"Komik olan ne tatlım?" dedi Bee.

"Tabak kırdım."

"Tabak mı kırdın?"

"Evet, evde Joel bana benden ayrılmak istediğini söylediğinde."

Bee başını kaldırdı ve anlamsızca yüzüme baktı.

"O zaman bu umurumda değildi. Şimdi o sabahı düşününce, o tabağın kırılmış olması beni Joel'den daha çok üzüyor sanki."

Bee'nin dudakları hafiften yukarı kıvrıldı. "Gelişme var."

Gülümseyerek bir tabağı Bee'ye uzattım. "Yumurta ve tost."

"Teşekkür ederim," dedi Bee. Ancak hiçbir şey yememişti. Tek bir ısırık bile almamıştı. "Üzgünüm," dedi. "Senin yaptıklarınla ilgisi yok, ben sadece..."

"Sorun değil Bee, anlıyorum."

"Odama gidip biraz uzanacağım," dedi Bee.

Başımı salladım ve onun koridorda yürüyüşünü seyrederken boğazımda bir yumru hissettim.

※

Ben de üzerimi giyinip evi toparlamaya koyuldum. Bu gibi durumlarda dağınık bir evden daha rahatsızlık verici başka bir şey yoktu. Saat on bire geldiğinde her yer derli topluydu. Telefon çaldığında mutfağı siliyordum, durup yerlerin nasıl parladığına baktıktan sonra telefona cevap verdim.

"Efendim?"

"Emily, merhaba ben Jack."

"Merhaba," dedim. Sesini duyduğuma çok sevinmiştim.

"Sizi merak ettim ve her şey yolunda mı diye bir aramak istedim. Yengen nasıl?"

"Fena değil, atlatmaya çalışıyor," diye yanıt verdim.

"Sen nasılsın?"
"Ben de iyiyim."
"Seni tekrar görmek istiyorum," dedi Jack. "Ne zaman istersen bana gelebilirsin."
"Aslında Bee şu anda uyuyor. Buraya gelebilirsin."
"Emin misin?"
"Evet."

⚜

Jack yarım saat sonra gelmişti. Oldukça ürkek ve temkinli görünüyordu.
"Eviniz çok güzelmiş," dedi etrafa bakınarak. "Hiç içeriye girmemiştim. Bu yüzden hep merak etmişimdir."
"Muhtemelen içinde hayaletler ve canavarlar olduğunu hayal etmişsindir, haksız mıyım?"
"Ve de cinler," diye ekledi.
Bee'nin Hawaii Bahçesi'ne doğru yürüdükten sonra yengem rahatsız olmasın diye kapıyı kapadım. Aslında odasından çıktığında Jack ile karşılaşıp şaşırmasını istemiyordum.
"Belki de dolabın içine saklanmalıyız," dedi Jack yüzünde muzip bir gülümsemeyle.
Koya bakan küçük kanepeye oturduğumuzda, "Belki de," diye cevap verdim.
Jack elimi tutunca ben de başımı onun göğsüne yasladım. Birkaç dakika öylece oturduk ve bir kızılgerdan kuşunun çimlerden havalanıp yakındaki bir ağaca kanat çırpışını sessizce izledik.
"Bu ada yazmak için mükemmel bir yer, öyle değil mi?" diye sordu Jack.

Başımı olumlu anlamda sallayarak, "Kesinlikle, harika bir yer," dedim.

"Merak ediyorum da," diye devam etti Jack, "bir sonraki kitabın için ilham aradığını söylemiştin. Peki burada kalıp, ada hakkında bir şeyler yazmayı düşünmez misin?"

Doğruldum ve dikkatle Jack'e baktım. Düşünceli ve dalgın görünüyordu. O da en az benim kadar adayı seviyordu; yaptığı eserler bunu kanıtlar nitelikteydi. Ancak sözlerinden daha derin ve dile getirilmemiş bir şeylerin olduğunu sezebiliyordum. Bu yüzden bir ipucu bulabilmek adına gözlerine baktım.

Sonra kuzey rüzgârına karşı büyük bir mücadele veren yaşlı kiraz ağacını inceleyerek, "Aslında kalbimde bir hikâye var," dedim. Küçükken bu ağaca tırmanıp saatlerce orada oturur, tatlı mı tatlı olan kirazları yerdim ve yıllar önce bu dallarda oturan diğer kızlar hakkında hikâyeler uydururdum. Başımı iki yana sallayarak, "Sanırım korkuyorum," diye ekledim.

Dışarı bakan Jack, benden yana dönerek, "Neden korkuyorsun?" diye sordu.

"Hikâyeyi layıkıyla anlatamamaktan korkuyorum," diye devam ettim konuşmaya. "İlk kitabım... farklıydı. Bunun kitabımla gurur duymamakla alakası yok çünkü gurur duyuyorum. Ama..."

Jack sanki ne söylemek istediğimi biliyormuş gibi yüzüme baktı ve "Yazdıkların kalbindekiler değildi, öyle değil mi?" dedi.

"Kesinlikle," diye cevap verdim.

"Burada aradığını bulabildin mi?" diye sordu Jack bu sefer, pencerenin önündeki kuşlara bakıyordu.

Komodinimin çekmecesindeki günlüğü düşündüm. Aslında aradığım şeyi bulamasam da hem günlüğün sayfalarında hem de Jack'in kollarında çok daha fazlasını bulduğumu fark ettim.

"Sanırım buldum," diyerek onun elini tuttum.

"Seni asla bırakmak istemiyorum," dedi Jack. Sesi hiç olmadığı kadar güçlü ve emindi.

"Ben de seni bırakmak istemiyorum," diye karşılık verdim.

Uzunca bir süre oturduk ve pencereden, sahile vuran dalgaları izledik.

※

Jack evden ayrılmadan önce beni çarşıdaki bir kafede akşam yemeğine davet etti. Gitmek istememe rağmen Bee'yi de yalnız bırakamazdım. En azından bu gece. Jack bu durumu anlayışla karşıladı.

Bee odasından çıktığında, "İstersen yemek yapabilirim," dedim, "ama korkarım, usta bir aşçı değilim."

"Önemli değil," dedi Bee. "Altmışıma kadar ben de yemek yapamıyordum. Sonradan öğrendim."

Bazı şeylerin yaş ilerledikçe daha iyi olabileceğini duymak hoşuma gitmişti. "Peki, dışarıdan söylemeye ne dersin?" diye önerdim. "Gidip bir şeyler de alabilirim."

"Peki," dedi. "Marketin karşısında, Evelyn'le birlikte gittiğimiz küçük bir restoran var. Kızarmış tavukları meşhurdur."

"Anlaştık," dedim. İştahının yerine gelmesine sevinmiştim. Ona yardımcı olabilmek için bir şeyler yapmak, beni mutlu ediyordu.

Çarşıya doğru arabayı sürerken adayı daha net görebilmek için camları açtım. Oldukça nemli olan havada keskin bir deniz ve çam ağacı kokusu hâkimdi. Restorana vardığımda, arabayı önüne park edip içeriye girdim.

Zümrüt yeşili duvarları ve maun ağacı kaplamalarıyla küçük, sevimli bir yerdi. Bütün masalar oldukça davetkâr görünüyordu. Sanki bir şişe şarap ısmarlayıp kapanış saatine kadar onun tadına varmanız için sizi cezp ediyordu. O an Esther'ın da burada hiç yemek yiyip yemediğini düşündüm.

Garson kıza seslenerek, "Sipariş vermek istiyorum," dedim. Kız mönüyü getirince hızla seçimimi yaptım.

"Hazırlanması yaklaşık yarım saat sürer," dedi garson kız.

"Peki," dedim.

Siparişimin hazırlanmasını beklerken, dışarı çıkıp caddeyi geçtim ve denizin karşısındaki bir banka oturdum. Hareket halindeki feribotları görebiliyor ve uzaktaki Seattle'ın ufuk çizgisini seçebiliyordum.

Buraya oturduğumda sanki daha önceden gelmişim hissine kapıldım birden. Sonra zihnimdeki parçaları birleştirmek yalnızca saniyelerimi aldı. Buraya Greg'le birlikte gelmiştik. Ben daha on altı yaşındayken beni bir Meksika restoranına götürmüştü, sonra caddeyi geçip tam bu noktaya oturmuştuk. O zamanlar etrafımız karanlık ve sessizdi. Beni öptüğünde, o an sanki sonsuza kadar sürecekmiş gibi hissetmiştim. Sonra da beni Bee'nin evine bırakmıştı. Annem tam on dakika beni sorguya çekmiş, Bee ise sadece gülümsemiş ve eğlenip eğlenmediğimi sormuştu.

Yarım saatin geçtiğini fark edince ayağa kalktım ve siparişlerimi almak için restorana döndüm. Garson kız, "Buyurun," diyerek kocaman paketi elime tutuşturdu. Kız nişanlıydı, sağ parmağındaki tek taşı yeniydi ve parlıyordu. Bu manzara bana evlilik yüzüğümü hatırlatmıştı, Joel'in büyükannesinin yüzüğüydü. Joel başka biriyle birlikte olduğunu açıkladıktan bir hafta sonra eşyalarını toplamaya geldiğinde, yüzüğü suratına fırlatmıştım. O anda yüzüğün hâlâ yatak odasındaki şifonyerin altında bir yerde olabileceği aklıma geldi. Olabilir miydi, emin değildim aslında, ama umurumda da değildi.

Garson kıza teşekkür ettikten sonra sol elimi cebime atıp restorandan çıktım.

"Sen dışarıdayken Jack aradı," diyen Bee, hiç renk vermemişti.

Gülümsedim ve dolaptan ikimiz için de birer tabak çıkarttım. Yemeğimizi, şöminedeki ateşin çıtırtıları eşliğinde sessizce yedik.

"Ben yatıyorum," dedi Bee, saat dokuza beş vardı.

"Tamam," diye cevap verdim.

Bee odasına gidip kapısını kapatır kapatmaz, hemen telefona koştum.

"Merhaba," dedim Jack'e.

"Selam, yoksa bana mı gelmek istiyorsun?"

"Evet," diye cevap verdim.

Hemen bir defterden kâğıt koparıp Bee'ye not yazdım.

Jack'e gidiyorum. Geç dönerim.
Sevgiler,
Em

Sahilden Jack'i gördüğümde, üzerinde beyaz tişörtü ve kotuyla verandanın merdivenlerinde oturuyordu.

Merdivenleri çıkarken, "Gelmene çok sevindim," diyerek gülümsedi.

Utanmıştım ve onun da benim gibi hissettiğini düşünüyordum.

İçeri girdiğimizde Jack montumu çıkartmama yardım etti. Montumun düğmelerini açarken nefesimin hızlandığını hissedebiliyordum. Dokunuşuyla karnımda kelebekler uçuşuyordu.

Daha sonra Jack oturma odasını işaret etti. Kahve masasında iki şarap bardağı duruyordu.

Ben kanepeye oturunca Jack de hemen yanıma oturdu.

"Emily," dedi saçlarımı okşayarak. "Sana söylemek istediğim bir şey var."

"Nedir?"

Jack, kendini toparlamaya ihtiyacı varmışçasına birkaç dakika odaya bakındı. Sonunda, "Dört yıl önce," diye konuşmaya başladı, "ben evliydim. Eşimin ismi Allice'ti."

Yüzüne bakıyordum.

"Yılbaşından üç gün önce hayatını kaybetti. Bir trafik kazasında. Marketin önünden geçerken yolda beni aramıştı. Bir şeye ihtiyacım var mı diye sormak istemişti. Ben de ihtiyacım yok demiştim. Eğer ona biraz elma, ekmek ve bir şişe şarap ya da başka şeyler almasını söyleseydim, bu ona birkaç dakika kazandırmış olacaktı. Sadece o birkaç dakika onun hayatını kurtaracaktı."

"Ah, Jack çok üzüldüm," dedim.

Jack elini dudaklarıma götürerek beni susturdu. "Bir şey söylemene gerek yok. Sadece bilmen gerektiğini düşündüm. Bu olay da benim bir parçam."

Şöminenin üstündeki kadının fotoğrafını göstererek, "O mu?" diye sordum. Kalbim sıkışmıştı. *Jack yeniden âşık olmaya gerçekten hazır mıydı?*

Jack başını olumlu anlamda sallayarak, "Henry'nin evinde tanıştığımız o gün," dedi, "farklı bir şey hissettim... uzun zamandır hissetmediğim bir şeyi."

Elini tuttum ve "Ben de," dedim.

11 Mart

Ertesi sabah uyandığımda, hiç alışık olmadığım bir çift gözün bana baktığını gördüm. Bunlar Jack'in gözleriydi.

"Günaydın," dedi Jack.

Etrafıma bakınca onun evinde olduğumu fark ettim. Onun omzunda uyuyakalmış olmalıydım.

"Sonsuza kadar seni uyurken seyredebilirim," dedi burnunu enseme sürterek.

Gözlerimi ovuşturup dudağına küçük bir öpücük kondurduktan sonra telaşla bir saat aradım. "Saat kaç?"

"Yedi buçuk," dedi.

Bee'yi düşündüm, burada daha fazla kalamazdım. Yengem büyük olasılıkla beni merak ediyor olmalıydı.

Montlarımızı giydiğimizde, "Seni eve ben bırakayım," dedi Jack ve elimden tuttu.

"Gitmek istemiyorum," diyerek onu kendime doğru çektim.

Gülümsedi. "O halde kal."

Uzun zamandan beri ilk defa kalbim böylesine heyecanla çarpıyordu. Bunu hissetmek muhteşemdi.

Bir saat sonra sessizce Bee'nin evine girdim. Odasının kapısı hâlâ kapalıydı ve ona bıraktığım not da masanın üzerindeydi. Bu nedenle notu alıp cebime attım. Daha sonra bilgisayarımı açtım ve pek de şahane olmayan birkaç paragraf yazdım. Sonra bundan da vazgeçip günlüğü okumaya devam ettim.

Bobby bana yük olmak istememesine rağmen oluyordu. Her gün ona yemeğini yediriyor, duşunu aldırıp tuvalete gitmesine yardımcı oluyordum. Bir sabah beni uyandırmamak için tuvalete gidemediğinden olanlar olmuştu.

"Özür dilerim," dedi Bobby, neredeyse ağlayacak gibiydi.

"Sorun değil," dedim. "Haydi banyoya gidelim, sonra da çarşafları değiştiririm."

Bu benim cezam, diye söylendim kendi kendime. Yapmış olduğum seçimin armağanıydı bana. Geçen her yorucu saniyeyi hak ettiğimi biliyordum.

Olanları hâlâ Bobby'ye söylememiştim. Bu sır benimle mezara kadar gidecekti, öyle karar vermiştim. Her ne kadar kalbim Elliot'a ait olsa da aşkımızı başka bir zamanda, başka bir yerde yaşayacaktık.

O sabah radyoda Vera Lynn'in "We'll Meet Again"*

---

* *İng.* 'Yeniden Buluşacağız' anlamındadır ve 1939 yılının en ünlü şarkılarından biridir. (Ed. N.)

şarkısını duyduğumda sözleri beni alıp götürmüştü. Yeniden buluşup yarım kalan aşkımızı yaşayacağımızdan emindim. Ama ne zaman? Aylar sonra? Yıllar sonra?

Bobby hastaneden çıktıktan günler sonra, bir öğlen kapımızın çaldığını duydum. Kapıma gelmesini umduğum en son kişi, Elliot idi. Evet, Bobby ile birlikte yaşadığımız evin kapısının önündeydi ve karşımda duruyordu. Onunla görüşmeyi ne kadar çok istesem de, onu görmek ne kadar hoşuma gitse de, bu şekilde karşıma çıkması oldukça tuhaf ve yanlıştı. Elliot'ı tıraşsız solgun bir yüz ve endişeli gözlerle görünce biraz ürpermiştim.

"Bobby'yi duydum," dedi. "Üzüldüm."

"Nasıl böyle bir şey söyleyebiliyorsun?" dedim, komşuların bizi izleyip izlemediğinden emin olmak için etrafa bakarak. "Hem de yaptıklarından sonra?" Sesimi alçaltarak kurduğum cümleyi düzelttim. "Yaptıklarımızdan sonra?" Aynı anda tüm duyguları yaşıyordum sanki. Sinir... Hüzün... Pişmanlık... Bobby'nin rahatsızlığının acısını Elliot'tan çıkarmak, çok saçmaydı ama yapmıştım.

Elliot başını öne eğdi.

"Neden geldin?" diye fısıldadım. Bir anda ona söylediklerim için pişman olmuştum, keşke onu kollarımın arasına alabilseydim.

"Seni görmem gerekiyordu," diye cevap verdi Elliot. "Çok uzun zaman oldu."

"Elliot, buraya bu şekilde gelemezsin." Onu en son gördüğümden daha zayıf ve bitkindi sanki. Gözlerinin köşelerinde, elmacıkkemiklerine kadar uzanan küçük kırışıklıklar vardı.

"Esther, bunun benim için gerçekten kolay olduğunu mu sanıyorsun?"

Açıkçası bu hiç aklıma gelmemişti. Benim kapana kısıldığımı, onun ise özgür olduğunu düşünüyordum hep. Bobby'nin içeriden bana seslenmesiyle kendime geldim. "Esther, postacı mı geldi? Öyleyse yatağımın yanındaki mektupları verir misin?"

"Hayır, gelen bir komşu. Hemen geliyorum," dedim ve Elliot'a döndüm. "Elliot, artık gitmem gerek."

Elliot oldukça çaresiz görünüyordu. "Seni tekrar ne zaman görebileceğim?" diye sordu.

"Birbirimizi yeniden görür müyüz, bilmiyorum," dedim. Bu, hayatta söyleyebildiğim en zor cümleydi. Ancak yarattığı etkiyi görmeye katlanmak daha da zordu. Elliot'ın kalbini defalarca hançerlemiştim sanki.

"Böyle söyleme, Esther," diye karşı çıktı Elliot. "Benimle gel. Yepyeni bir hayat kuralım. Bebeğini de al. İnan, ona kendi çocuğummuş gibi bakarım. Lütfen benimle geleceğini söyle. Sadece benimle gel."

Yan komşum Janice'in, kapısını açtığını duydum. O tarafa doğru baktığımda Elliot'la benim aramda geçen konuşmaları dinlemek ve bizi gözetlemek için başını kapıdan dışarı uzatmıştı.

Başımı salladım. "Hayır," dedim, gözümden akan yaşı silerek. "Elliot, yapamam."

Elliot bir adım geriledi ve arkasını dönmeden önce yüzümü hafızasına kazımak istercesine dikkatle bana baktı. O anda Janice'in bizi gözetliyor olması umurumda bile değildi. Elliot gözden kaybolana kadar onu izledim. Gözlerimi ondan alacak gücü bulamıyordum kendimde.

Günler, hatta haftalar geçti. Bobby hâlâ yatıyordu ve ben de ona bakmaya devam ediyordum. Ancak bir sabah uyandığımda kendimi çok hasta hissediyordum. Midem bulanıyordu ve titriyordum, hemen banyoya koştum. Birkaç günü böyle yatakta hasta geçirdikten sonra üçüncü gün Bobby beni doktora gitmem için ikna etmişti.

Birkaç test ve muayeneden sonra, Dr. Larimere gülümseyerek bana döndü ve "Bayan Littleton," dedi, "şehirde dolaşan bir grip vakasına yakalanmışsınız."

Başımla onun sözlerini onayladım. "Evet, o halde önemli bir şey değil."

"Hayır, hanımefendi," diye karşı çıktı. "Sizin durumunuz biraz farklı." Sonra sağlık raporlarıma baktı. "Laboratuvardan gelen sonuçlara göre hamilesiniz."

"Ne?" dedim şaşkınlıkla. Hamile olabileceğim hiç aklıma gelmemişti. "Bu olamaz."

"Ama hamilesiniz."

"Kaç aylık peki?"

"Daha çok yeni," dedi doktor gülümseyerek. "Şimdi eve gidip eşinize bu müjdeli haberi verebilirsiniz. Bu haber onu çok mutlu edecektir."

Tek yapabildiğim öylece ona bakmaktı.

"Bayan Littleton," dedi doktor sonunda, "kötü bir şey mi oldu?"

"İyiyim," dedim zorla gülmeye çalışarak. Ancak iyi değildim. Ortada basit bir gerçek vardı; bu bebek Bobby'nin değildi. Olamazdı. Bu, Elliot'ın bebeğiydi.

On Üçüncü Bölüm

12 Mart

Bee ile birlikte Evelyn'in cenazesine gitmeden önce Annabelle'i aramaya karar verdim. Burada yaşadıklarımdan sonra New York'ta unuttuklarımın arasında Annabelle de vardı.

"Annabelle?"
"Selam Emily!"
"Seni özledim," dedim. "Özür dilerim uzun zamandır arayamadım. Anlatacak çok şey var."
"Her şey yolunda mı?"
"Neredeyse," diye cevap verdim. "Sen nasılsın?
"İyiyim," dedi cıvıl cıvıl bir ses tonuyla. Sonra da havadisleri vermeye başladı. "Sonunda özsever kişiliğimle yüzleşerek itiraf ediyorum: Evan'a tekrar âşık oldum."
"Annabelle, ciddi misin?"
"Evet," dedi. "Akşam yemeğine çıktık ve uzun uzadıya konuştuk. Sanırım kaldığımız yerden devam edeceğiz."
"Bunu duyduğuma çok sevindim," dedim. Kendim de dahil, tanıdıklarım arasında aşkı en çok hak eden kişi Annabelle'di.

"Peki, senin şu caz takıntına ne oldu?"

Güldü. "Üzerinde çalışıyorum."

Sonra ben de ona Greg, Jack ve Evelyn'den bahsettim. Doğal olarak Evelyn hakkında duyduklarına çok üzülmüştü, çünkü Annabelle tam anlamıyla sulu gözlünün tekiydi.

Bee saati işaret etti. Artık gitme vakti gelmişti. Merasimde o da yer alacağı için geç kalmak istemiyordu. Bu da herhangi bir trafik durumuna karşılık –Bainbridge Adası'nda trafik olmazdı– yola erken çıkacağımız anlamına geliyordu.

"Üzgünüm Annie, kapatmak zorundayım," dedim. "Şimdi cenazeye gideceğiz."

"Tamam," diye cevap verdi Annabelle. "Ne zaman istersen ara."

Cenaze, Meryem Ana Kilisesi'ndeydi. Burası bana Esther'ın o talihsiz itirafını hatırlatmıştı. Süslü detayları, altın kaplama yüzeyleri ve tavandaki melek figürleriyle daha çok bir katedrale benziyordu. Bu da adanın çok zengin olduğunun bir göstergesiydi.

Bee gidip bir yer bulup oturmamı, daha sonra yanıma geleceğini söyledi. Öncelikle Evelyn'in tabutunun kiliseye taşınmasına yardım edecekti. Yengem etrafa bakınırken gözündeki yaşları görebiliyordum. Fakat birden Jack'in, yanında yaşlı bir adamla içeri girdiğini gördüğünde, gözlerini dikip onlara bakakaldığını fark ettim.

Ben onlara el salladım ama Bee yüzünü çevirip tabutu taşıyacak olanların yanına gitti.

Evelyn, adanın yakınlarındaki bir mezarlıkta sessiz bir şekilde gömülmeyi tercih etmişti. Neden böyle bir tercih yaptığını anlayabiliyordum. Mezarlıkla uzaktan yakından alakası olmayan mekân, daha çok bir park alanına benziyordu. Yanınıza bir örtüyle bir kitap alıp geleceğiniz veya bir şişe şarapla sevgilinizle buluşmak isteyeceğiniz yerleri andırıyordu. Space Needle kulesiyle birlikte, Seattle'ın ufku da bu görüntüyü tamamlamaktaydı.

Cenazeye neredeyse iki yüz kişi katılmıştı ama defnetmeye sadece yakın arkadaşları ve ailesinden birkaç kişi ellerinde güllerle gelmişti. Evelyn'in eşinin ailesinden olan Henry, yeğenleri ve kuzenleri de oradaydı.

Rahip birkaç güzel söz söyledikten sonra, mezarlık görevlileri tabutu toprağa yerleştirdi. Herkes Evelyn'e veda etmek ve ellerindeki gülleri atmak için mezarın etrafına toplanmıştı. O sırada Jack'in, merasimi uzaktan izlediğini fark ettim. Diğerleri gibi mezarın yanında değildi. Kiliseye birlikte geldiği yaşlı adamla birkaç mezar ötede duruyorlardı. Acaba o yaşlı adam büyükbabası mıydı? Yüzünden ona benzeyip benzemediğini çıkartamadım. O sırada yaşlı adamın Jack'e bir şey verdiğini gördüm. Jack'in elinde ne tuttuğunu anlamak için gözlerimi kısarak baktığımda onun küçük, siyah bir kutu olduğunu fark ettim. Bu küçük kutuyu ceketinin cebine yerleştiren Jack, benden yana döndü. Gözlerimi hemen Evelyn'in mezarına çevirdim ve birkaç dakika önce yanımda duran Bee'nin artık yerinde olmadığını fark ettim. Merakla, yas tutanları geçip arabasının olduğu yere gittim. Yengem başı önde yolcu koltuğunda oturuyordu.

"Bee," dedim pencereyi tıklatarak.

Bee pencereyi açtı, yüzü gözyaşlarıyla yıkanmıştı adeta. "Özür dilerim, tatlım. Ben... ben duramadım."

"Biliyorum," dedim. "Güçlü olmak zorunda değilsin. Evelyn de olduğun gibi görünmeni isterdi."

Elimi cebime attım ve Evelyn'in ölmeden önce Bee'ye vermem için bana emanet ettiği mektubu çıkardım. "Al bunu," diyerek uzattım zarfı. "Bunu Evelyn vermişti."

Bir anlığına Bee'nin yaşlı gözleri parladı, sonra mektubu alıp göğsüne bastırdı. Mektubu yalnız okumak istediğini biliyordum.

"Anahtarları bana ver," dedim. "Arabayı ben kullanırım."

Bee arkasına yaslanırken, ben de arabayı dört yola doğru sürüp adanın kuzeyini güneye bağlayan anacadde üzerinden sağa döndüm. Bugün trafikte birkaç araba vardı ve yolun tenhalığı, günün yalnızlığına uyum sağlıyordu. Fakat birkaç dakika sonra bir polis aracının sirenlerini duymaya başladım. Arabayı yavaşlatıp kenara çekerek polis aracının bir ambulansla birlikte bizi geçmesine izin verdim. Araçlar Fay Park'a doğru ilerliyorlardı.

"Neler oluyor? Merak ettim," dedim Bee'ye dönerek. Bu zamana kadar bu adada polis aracıyla ambulansı bir arada görmemiştim.

Bee sessizce pencereden dışarıya bakıyordu.

Daha sonra yola koyulduk ama bir polis memuru durmamızı işaret etti. Neler olduğunu öğrenmek için arabanın camını açtım.

"Kusura bakmayın hanımefendi," dedi polis. "Gün Yolu'nda trafiği denetliyoruz. U dönüşü yapıp ilk sağdan sapın. Bir soruşturma var."

"Neler oluyor?" diye sordum.

"Bir intihar," dedi polis. "Genç bir kadın. Muhtemelen yirmili yaşlarında bile değildi. Parkın oradaki uçurumdan atlamış."

"Ne kadar üzücü," dedim zorla nefes alarak. Sonra da arabayı diğer tarafa çevirdim.

Birkaç dakika sessizce yol aldım. Dakikalar önce hayatına son veren kadının kim olduğunu merak ediyordum. *Neyden kaçıyordu ve arkasında kimleri bırakmıştı?* Nihayet Hidden Cove Caddesi'ne döndüğümüzde, Bee yerinde doğruldu. "Her zaman genç kadınlar," dedi pencereden dışarıya bakarak.

Öğlen sahilde yürürken, müzik dinledik ve Evelyn'in eski fotoğraflarına baktık. Doğal olarak hüzünlendik. Benim için hatırlanmaya değer bir gündü. Her ikimiz de ertesi sabaha kadar dünyayla yüzleşmeye hazır olmak zorundaydık. Esther'ın da öyle olup olmadığını merak ediyordum.

Bobby bir gün "Rahatlamaya ihtiyacın var," dedi. "Haftalardır bana bakmaktan harap oldun. Neden Rose'u ve Frances'i arayıp Seattle'a yemeğe ya da alışverişe gitmiyorsunuz? Bebeğe bakması için annemi çağırabilirim."

Bu çok cömert bir teklifti. Hemen kabul edip Rose'u aradım.

"Merhaba," dedim. "Bugün öğleden sonra bir işin var mı?"

"Bir işim yok," diye cevap verdi Rose. "Bir sonraki feribotla bana gelmek ister misin?"

"Sevinirim," dedim. "Bobby bir kızlar günü düzenlememiz gerektiğini söyledi. Belki bir öğle yemeği yeriz. Merkezdeki panayıra da uğrarız."

"Panayırı kaçıramayız," dedi Rose. "Frances'i de arayıp bize katılmasını söyleyeceğim."

"Bilmiyorum," dedim endişeyle. "Onunla ne zamandır konuşmuyoruz."

"İyi ya," dedi Rose. "Şimdi tam zamanı. Ona da haber vereceğim. Aranızın düzelmesini istiyorum."

Haklı olmasını umuyordum.

※

Restorana ilk gelen Rose olduğu için mutlu olmuştum. Frances'le yalnız kalabileceğimi sanmıyordum.

Rose'a hamile olduğumu henüz söylememiştim. Aslına bakılırsa şu durumda kimsenin haberi yoktu. Fakat çok yakın bir zamanda durumum belli olmaya başlayacaktı.

Frances de gelmiş, masaya oturmuştu. "Merhaba," diyerek boş gözlerle bize baktı. Daha sonra benden yana dönerek, "Bobby için üzüldüm, geçmiş olsun," diye ekledi.

"Teşekkür ederim," diyebilmiştim sadece.

"Bakın," dedi Rose masadaki sessizliği bozarak. Pencereden dışarıyı işaret ederek, bir kese kâğıdındaki kavrulmuş fıstıkları yiyen, yüzleri boyalı birkaç kız öğrenciyi gösterdi. Sanki restoranın önündeki kaldırımdan aşağıya atlayacaklarmış gibi kol kola yürüyorlardı. "Haydi, gidip biraz eğlenelim. Aynı eski günlerdeki gibi."

Panayır her yıl soğuğun kırılmaya başladığı nisan

ayında kurulurdu ama bu sene erken kurulmasıyla hepimizi şaşkına çevirmişti. Gençken, her sene kendi geleneklerimizi tekrarlardık; pamuk şeker yerdik, dönme dolaba binerdik ve fal baktırırdık. Bu sene pamuk şeker yeme ve dönme dolaba binme işini atlamış, direkt falcıya gitmeye karar vermiştik.

Fakat o sırada biri bizi aniden durdurdu.

"Esther," diye bir erkek sesi yükseldi arkamızdan. Sesin geldiği yöne döndüğümde karşımda Billy duruyordu.

"Ah, merhaba."

Billy gülümseyerek gözlerime bakıp, "Merhaba, çantan," dedi. "Çantanı getirdim. Restoranda düşürmüşsün. Sana verebilmek için seninle karşılaşmayı ümit ediyordum."

Billy incinmiş görünüyordu ama nedenini bilmiyordum.

"Teşekkür ederim Billy," dedim özür diler bir ses tonuyla. Çok uzun zaman önce flört etmiştik, fakat onu ne zaman görsem Frances'in onu incittiğimle ilgili sözleri aklıma geliyordu.

"Esther, geliyor musun?" diye bağırdı Rose. O ve Frances falcının çadırının önünde bekliyorlardı. Başımı salladım ve Billy ile vedalaştım.

Egzotik duvar kilimleriyle kaplı çadırda, ellili yaşlarında siyah saçlı, esmer tenli bir kadın bizi karşıladı. Önceki yıllarda onu hiç görmemiştim. "Size nasıl yardımcı olabilirim?" diye sordu, tuhaf aksanıyla.

"Biz fal baktırmak istiyoruz," diye öne atıldım.

Kadın başını olumlu anlamda sallayarak boncuklu kapıdan geçmemize izin verdi. "Her biriniz için elli sent, lütfen," dedi. Ücret her zaman yüksek görünse de tek bir gerçek kırıntısı duyabilmek adına bu parayı her sene veriyorduk.

Üçümüz de yerde duran minderlere oturduk. Sonra kadın kâğıtları önümüze serdi. "İlk kim baktırmak ister?"

Rose elini kaldırdı.

"Tamam," dedi kadın. "Bir kart seç lütfen."

Rose, üzerinde mavi bir fil resmi olan kartı seçtikten sonra falcı, elini uzatması için işaret etti. Nerdeyse birkaç dakika dikkatle avucuna baktı. Sonra başını kaldırdı ve gülümsedi. "Evet."

Rose'un seçtiği kartın yanına ilk önce bir, sonra üç tane daha kart ekledi. "Aha," dedi. "Tam da umduğum gibi. Mutlu bir hayat, bolluk ve sevinç. Geleceğinde herhangi bir yağmur bulutu görmüyorum. Aslında tek bir yağmur damlası bile görmüyorum."

Rose kadının söyledikleri karşısında gülümseyerek, "Teşekkür ederim," dedi.

"Sıradaki?"

Frances başını salladı. "Benim. Bir an önce bu işten sıyrılsam iyi olacak." Oldum olası falcıların söyleyeceklerinden çekinen Frances, yine de her sene bizimle gelirdi.

"Bir kart seç lütfen, tatlım," dedi kadın.

Frances, önünde pembe bir kuş olan kâğıdı seçti. "Bu," dedi emin bir şekilde.

"Evet," dedi kadın, Frances'in elini inceleyerek parmağını avuç içinde gezdirmeye başladı.

"Ne var?" diye sordu Frances sabırsızlıkla. "Ne görüyorsun?"

"Görüntüm pek net değil," dedi kadın. "Emin olabilmek için kartlara danışmam gerek."

Falcı kadın aynı Rose'a yaptığı gibi, Frances'in seçtiği kartın yanına da üç kart daha ekledi.

Daha sonra onları ters çevirdiğinde yüzünde bir gölge belirdi. "Upuzun dopdolu bir hayatın olacak," dedi. "Lakin aşk hayatın, burada problemler var. Hayatımda hiç böyle bir şey görmedim."

"Ne demek istiyorsun?" diye sordu Frances.

"Görünen o ki senin hayatında iki büyük aşk olacak."

Frances'in yanakları kızarırken, ben ve Rose kadının söyledikleri karşısında gülüşmüştük.

"Bir dakika," dedi kadın. "Burada derin bir keder ve bu kederin tam ortasında da birisi var."

"Dur," dedi Frances. "Bu kadar yeter. Ben duymak istediklerimi duydum."

"İyi misin tatlım?" diye sordu Rose.

"İyiyim," diye yanıt verdi Frances sert bir şekilde, bir yandan da geleceğinin okunduğu avucunu ovuşturuyordu.

"Sanırım sıra bende," dedim kadına dönerek.

Bana kart seçmemi söylemeden önce gözlerimin içine baktı ve kaşlarını çattı.

"Bunu seçmek istiyorum," dedim, önünde pembe ejderha olan kartı göstererek.

Falcı bana buraya gelmekle büyük hata yaptığımı ima eden gözlerle endişeyle bakıyordu.

Benim falım hepsinden uzun sürdü. Falcı kadın parçaları birleştirmek istercesine elimin çizgilerini incelerken, sabırla bekliyordum. Birkaç dakika sonra elimi birden bıraktı, sanki onu korkutan bir şey görmüştü.

Falcı uzun bir süre elimin çizgilerine baktıktan sonra ancak ağzını açabildi. "Kusura bakma ama sana paranı geri iade edeceğim."

"Hayır," dedim. "Anlamıyorum. Bana ne gördüğünü neden söylemiyorsun?"

Falcı bir an için tereddüt etti ve "Yapamam," dedi.

Ona doğru eğilip elini tutarak, "Bilmeye ihtiyacım var," dedim. Rose ve Frances'in bu samimi manzarayı şaşkınlıkla izlediğini düşünüyordum. "Bunu öğrenmek zorundayım."

"Pekâlâ," dedi kadın, "ama söyleyeceğim şeylerden pek hoşlanmayabilirsin."

Hiçbir şey söylemedim ve bekledim, geleceğim olan o korkunç gerçekleri söylemesi için sadece bekledim.

"Çok az zamanın var," dedi falcı. "Kalbinin sesini dinlemelisin." Doğru kelimeleri seçmek için duraksadı. "Çok geç olmadan."

"Çok geç olmadan demekle ne demek istiyorsun?"

"Seni burada sıkıntılar bekliyor. Hayat çizgini tehlikeye sokacak olan sıkıntılar."

Aslında hepimiz falcının ne demek istediğini çok iyi biliyorduk. Ancak içimizden sadece Frances kadının söylediklerine tepki göstermişti. "Yeter," diye susturdu kadını. "Hemen buradan gidiyoruz."

"Bekle," dedim. "Söyleyeceklerini duymak istiyorum."

Kadın önce Frances'e, sonra da bana baktı. "Yazmalısın."

"Neyi yazmalıyım?"

"Hikâyeni."

Frances buna daha fazla dayanamayarak çadırdan çıktı ve benle Rose'u falcının tuhaf mesajıyla baş başa bıraktı.

"Ne hikâyesi?"

"Hayatının hikâyesini," dedi kadın.

Başımı salladım. "Neden?"

*Falcı başını iki yana sallayarak, "Yapmak zorundasın,"
dedi. "Yazmalısın. Tatlım senin kelimelerin... geleceğin
için çok büyük önem taşıyor."*

Bu satırları okuduğum an yatağımda doğruldum ve son satırı tekrar okudum. *Bu, Evelyn'in bana vermiş olduğu ipucu olabilir miydi? Ellerimin arasında tuttuğum bu sayfalarda yazanların bir anlamı olabilir miydi? Ancak bu günlüğün, günümüzdeki gerçeklerle nasıl bir ilgisi vardı ki? 1940'larda yazılan bu hikâyenin ve hakkında hiçbir şey bilmediğim bir kadının benim hayatımda nasıl bir etkisi olabilirdi?* Bunların hiçbiri mantıklı gelmese de kalbimde bir yerlerde mantıklı olabileceğini hissediyordum.

On Dördüncü Bölüm

13 Mart

Bee ertesi gün biraz daha iyiydi. Daha az uyuyor, daha fazla yiyor ve az da olsa kahkaha atıyordu. Ona Scrabble* oynamayı teklif ettiğimde evet demek yerine, "*Beni* yenebileceğini mi düşünüyorsun?" diye cevap verdi.

Gözlerindeki o kıvılcımı tekrar görmek beni mutlu etmişti, her ne kadar beni *alüminyum eşya* kelimesiyle yenmiş olsa da... Bunun uydurma bir kelime olduğunu söylediğimde Bee öyle olmadığına yemin etmişti.

"Mutfak eşyası, cam eşya, gümüş eşya... Bunlar gerçek kelimeler. Ama *alüminyum eşya* da neyin nesi?" diye karşı çıktım.

Bunun üzerine Bee bir sözlük çıkarıp kendinden emin bir şekilde kelimeyi bana gösterdi.

"Bir el daha oynamak ister misin?" diye sordum ona.

"Hayır," dedi. "Ben yendim."

"Tekrar güldüğünü görmek beni mutlu etti."

Bee başıyla sözlerimi onaylayarak, "Evelyn o şekilde

---

* İki veya altı oyuncuyla oynanabilen 15'e 15'lik bir oyun tahtası üzerinde tek tek harfler bulunan bir kelime oyunudur. (Ed. N.)

üzülmemi istemezdi," dedi. "Şimdi bile şu sözleri söylediğini duyar gibiyim: 'Tanrı aşkına, yatağından kalk, üzerini giyin ve üzülmeyi bırak.'"

"Evet," dedim. "Aynen böyle derdi."

Bee okuma gözlüklerini taktı ve kahve masasının çekmecesini açtı. "Unutmadan," dedi, "senin için bir şeyim var... Evelyn'den."

"Nasıl yani? Benim için sana bir şey mi verdi?"

Bee başını iki yana sallayarak, "Bu sabah onun evindeydim," dedi. "Ailesi ona ait olan eşyaları toparlıyordu. Bunu bulmuşlar."

Üzerinde ismimin yazılı olduğu bir zarf uzattı Bee. Açılmasın diye de üzerine bant yapıştırılmıştı.

Şaşkın gözlerle Bee'ye baktım. "Bu nedir?"

"Bilmiyorum, tatlım," dedi Bee omzunu silkerek. "Neden açmıyorsun?" Daha sonra koridordan odasına doğru yürüyüp kapısını kapattı.

Zarfta tanıdık bir fotoğraf vardı. Çocukluğumun geçtiği evin koridorunda asılı olan, Bee ve arkadaşlarının bir plaj havlusunda oturduklarını gösteren siyah-beyaz fotoğrafa benziyordu. Ancak bu fotoğrafta küçük bir farklılık vardı. Önceden Bee'nin kulağına bir şeyler fısıldayan kadın, şimdi kameraya bakıyordu. Yüzünü, gülüşünü, o muhteşem bakışını rahatlıkla görebiliyordunuz. Henry ve Evelyn'in evlerinde gördüğüm fotoğraflardaki kadındı bu. Resme iliştirilmiş bir de not vardı. Kâğıdı dikkatle açıp notu okumaya başladım:

Sevgili Emily, Esther'ın bir fotoğrafının sende olması gerektiğini düşündüm. Sevgilerimle, Evelyn.

Derin bir nefes aldım ve neredeyse hiç gözümü kırpmadan odama doğru yürümeye başladım. *O kadının Esther olduğunu biliyordum.* Zarfı masanın üzerine bırakırken içerisinde başka bir şeyin daha olduğunu fark ettim. Elimi zarfın içine soktum ve ucuna altından bir denizyıldızı takılmış altın bir kolye buldum. *Esther'ın kolyesiydi bu.* Kolyeyi ellerimin arasında tutarken içim sızlamıştı.

O günden sonra falcı hakkında hiçbir şey konuşmadık. Ne ben ne Rose ne de Frances tabii ki... Fakat kadının tavsiyesine uyarak hayatımı satırı satırına yazmaya başladım.
 Bir süreliğine her şey yine normale dönmüştü sanki. Bobby her geçen gün iyileşiyor, içimdeki suçluluk duygusu da yatışıyordu. Elliot'a olan aşkımı bitiremesem de onu düşünmemek için kendimi zorlamış ve başarılı olmuştum. Frances de bunu yapmış olmalıydı çünkü Bobby'den ayrılmak ve yeni bir hayata başlamak istersem, bana evinde bir oda ayırabileceğini söylemişti. Ancak ona bunun üstesinden gelebileceğimi belirtmiştim. Buna gerçekten inanmıştım, ta ki her şeyin değiştiği o geceye kadar...
 Bobby bana Peder O'Reilly'nin geleceğini söylememişti. Kapıyı açtığımda, avuçlarımın birden terlediğini hissettim. Rahiple en son karşılaştığımızda ona kocamı aldattığımı anlatmıştım ve o da bana bunu Bobby'ye anlatmam gerektiğini söylemişti. Fakat ben bu öğüdü dinlememiştim.
 "Merhaba Bayan Littleton," dedi kelimeleri yutarak. "Kocanızı görmek için geldim."

Ona evine, kilisesine geri dönmesini söylemek istesem de söyleyebileceklerinden çekinerek onu içeri davet ettim.

"Peder O'Reilly," dedi Bobby yattığı kanepeden. "Gelmenize çok sevindim." Bobby bana iyileştiği için rahibin ona dua etmeye geldiğini söyledi.

"Evet, gelmesi senin için çok iyi oldu," dedim zorla gülümseyerek.

"Esther," dedi rahip, "eğer bir mahsuru yoksa Bobby'yle yalnız kalmak istiyorum."

Başımı salladım ve koridordan yatak odasına doğru yürüdüm.

Birkaç dakika sonra, evin kapısının kapandığını ve arabanın motor sesini duydum. Derin bir nefes aldım ve kendimi kocamla yüzleşmeye, işlediğim günahı itiraf etmeye hazırlayarak oturma odasına geçtim. "Bobby?"

Bobby oturduğu kanepeden bana gülümseyerek, "Gel aşkım," dedi ve yanına oturmam için işaret etti. "Peder O'Reilly şimdi gitti. Buraya kadar gelip bana dua edecek kadar nazik bir adam."

"Evet," dedim rahatlamış bir şekilde.

Sonra kapı çaldı.

"Geliyorum," diye bağırdım içeriden.

Saate baktım. "Saat sekizden sonra kim gelir ki?" dedim Bobby'ye, kapının sürgüsünü açarken. Kapıyı araladığımda karşımda yan komşumuz Janice duruyordu. Gözleri kıpkırmızıydı. Ağlamıştı.

Janice başını iki yana sallayarak, "Peder ona söylemedi, değil mi?" dedi. Sesinde derin bir hüzün vardı.

Kalp atışlarım hızlanmıştı. Janice'i kilisede gördüğümü hatırlamıştım. Bir şekilde itirafımı duymuş olabilir miydi?

Hayır, imkânsızdı bu. *"Ne demek istiyorsun Janice, anlamıyorum."*

"Bal gibi anlıyorsun," dedi Janice. Gözlerinden ateş çıkıyordu sanki ve sesini de yükseltmişti. *"Orada durup aptalı oynama bana. Kocanı aldattın. Biliyorum, çünkü seni o gece Elliot Hartley'nin sahildeki evinde gördüm. Elleri belindeydi. Bu dinimize aykırı."*

Arkamı döndüğümde Bobby'nin, birkaç metre uzağımızdaki kanepenin oradan bizi dinlediğini fark ettim. Ayağa kalkmıştı. *"Esther, Janice neler söylüyor? Bana bunun doğru olmadığını söyle."*

Başımı öne eğdim. *"Bobby, ben..."*

"Bunu nasıl yapabildin?" diye bağırdı Bobby, yıkılmıştı sanki.

Bobby'nin yanına koştum hemen. *"Sana söylemek istedim, ama sonra sen hastalandın ve ben... Bobby, seni asla incitmek istemedim."*

"Sana olan aşkımdan sonra, sana istediğin her şeyi verdikten sonra basit bir fahişe gibi gidip kendini başka bir adama mı verdin?" Sözleri çok kırıcıydı ama ses tonu, kızgınlığı ve umutsuzluğu daha da kırıcıydı.

Ona doğru yaklaşıp elini tutmaya çalıştıysam da beni itti. *"Tek istediğim, benim seni sevdiğim gibi senin de beni sevmendi,"* dedi Bobby. *"Bana nasıl böyle ihanet edersin, Esther? Bunu nasıl yapabildin?"*

Bobby kendini kanepeye bırakıp başını kucağıma yasladı. Elimi boynuna koyduğum an kaskatı kesilmişti. *"Hayır,"* dedi Bobby birden, öfkeyle elimi savuşturdu. *"Senin merhametine ihtiyacım yok. Olmayacak da. Eğer o orospu çocuğuyla olmak istiyorsan, cehenneme kadar yolun var. Artık bir fahişeyle evli kalmak istemiyorum!"

Ellerim titriyordu, o sırada Janice'in kapının önünden bu korkunç sahneyi izlediğini fark ettim.

Bobby ayağa kalktı ve odayı arşınlamaya başladı. Hayatımda ilk defa ondan, yapabileceklerinden korkuyordum. Sonra beni dirseğimden yakaladı ve yatak odasına sürükledi. Beni hızla yatağa iterken yumruklarımı sıktım. Bobby bir bavul alıp yere fırlattıktan sonra dolabımı açtı ve bazı kıyafetlerimi alıp bavula sıkıştırdı. "Bunlara ihtiyacın olacak," dedi, "ona daha güzel görünmek için."

Sonra şifonyere gitti ve içinden geceliklerimi çıkarttı. "Bunlar da romantik geceler için." Bavulun ağzını kapattı ve bana doğru yürüyüp bavulu ayaklarımın dibine attı. "Al," dedi. "Defol."

"Ama Bobby," diyerek ağlamaya başladım. "Seni terk edeceğimi söylemedim. Seni asla terk etmek istemedim."

"Bunu Elliot Hartley denen adamla yattığında demiş oldun zaten."

"Ama bebeğim!" dedim. "Bebeğimiz ne olacak? Onu bırakamam."

"Onu ben büyüteceğim," dedi Bobby. "Durumu anlayacak yaşa geldiğinde annesinin bir fahişe olduğunu söyleyeceğim, çocuğunu ve kocasını başka bir adam için terk eden ucuz bir fahişe."

Bu korkunç bir kelimeydi.

"Hayır, Bobby!" dedim ağlayarak. Ancak Bobby beni kolumdan yakalayıp bavulu da alarak kapıya kadar sürükledi. Bobby beni evden atmadan önce içinde günlüğümün olduğu çantamı alabilmiştim.

"Hoşça kal Esther," dedi Bobby ve kapıyı hızla yüzüme çarpıp kilitledi.

Dışarıda yürürken, Janice'in beni kendi evimden seyrettiğini görebiliyordum. Baştan aşağı titrememe rağmen karşısında ağlamayacak, bu zevki ona yaşatmayacaktım. Ağlama işini sonraya bıraktım. Artık tek düşünmem gereken vereceğim kararlarımdı. Nereye gitmeliydim? Ne yapmalıydım? Bir başıma sokakta kalmıştım. Kapıya gidip beni eve alması için Bobby'ye yalvarmalı mıydım? İkinci bir şans için ona yalvarmalı mıydım? Eve bakıp da Bobby'nin, yüzünü Janice'in omuzlarına gömdüğünü görünce, cevabın hayır olacağını anladım. Bu yüzden arabamın kapısını açtım, bavulumu arka koltuğa koydum ve motoru çalıştırdım. Yola çıkarken kalbimin sızladığını hissediyordum. Kızım için, Bobby için, kaybetmiş olduğum hayatım için acıyordu kalbim... Elimden gelen yalnızca bu arabayı sürmekti. Dikiz aynasından içinde bebeğimin uyuduğu ve beni delicesine seven kocamın olduğu bu küçük mavi eve son kez baktım. Utanıyordum ve benliğimi kaybetmiştim sanki.

Gidebileceğim sadece tek bir yer vardı. Elliot'ın beni beklemesini umuyordum.

Kırmızı ışıkları ve uyarı levhalarını umursamadan Fay Park'la şaraphaneyi hızla geçtim ve Elliot'ın evine giden yola saptım. Birkaç dakika sonra arabayı park ettim ve aşağıya doğru yürümeye başladım. Evin önüne geldiğimde kapıyı tıklattım. Onu reddetmeme rağmen beni hâlâ seviyordur, diyordum kendime. Karnımda onun çocuğunu taşıdığımı söylediğimde beni kollarının arasına alacaktı kesinlikle.

Ancak kapıyı açan yoktu. Belki telefondadır ya da uyuyordur diye bir süre bekledim. Fakat Elliot evde yoktu. O sırada rüzgârın gücüyle aralanan perde kapı hızla çarpıp beni korkutmuştu.

Elliot'ın eve gelmesini beklerken, arabada uyumayı düşündüm. Ancak hava soğuktu ve üzerime alabileceğim battaniyem yoktu. Sonra Frances'in onun yanında kalma önerisini hatırlayarak arabayı yeniden çalıştırdım.

Frances'in evi sahilin hemen aşağısında kalıyordu. Yanımda bavul olmasaydı oraya kadar yürüyebilirdim ama hava da soğuktu. Eve giden uzun yola saptıktan sonra, ışıkların yandığını görünce rahatladım. Arabanın motorunu durdurduğum anda içeriden müzik seslerinin yükseldiğini duydum.

Bavulumu arabada bırakıp kapıya doğru gittim. Pencereden içeri bakarken Frances'in oturma odasında biriyle konuştuğunu gördüm. Her zaman olduğundan daha heyecanlı ve hareketli görünüyordu. Sonra bunun nedenini de gördüm. Yanında Elliot vardı!

Frances kasetçalarla uğraşırken Elliot da ona doğru yaklaşıp elini uzattı. Soğukta durmuş pencereden ikisini izlerken, onlar dans edip kahkaha atıyor ve martinilerini yudumluyorlardı. Gördüklerimin bir hayal olmasını umut ederek gözlerimi ovuşturdum. Elbette, içten içe şüphelendiğim zamanlar olmuştu ama bunun gözlerimin önünde yaşanması korkunçtu. Bu olamazdı.

Bir tarafım eve dalıp bu yaptıklarını ikisine de ödetmemi söylüyordu. Parmaklarımı kapının bakır kulbuna doladım ve kapıyı yavaşça açtım ama sonra sert bir şekilde bıraktım. Hayır, bu benim için çok fazlaydı. Buradan çok ama çok uzaklara gitmeliydim. Arabama atladım ve sertçe gaza bastım, öyle ki lastikler kayıp patinaj yapmıştı. Son bir kez arkama baktığımda, Elliot ve Frances'in dışarı çıkıp durmam için bana işaret ettiklerini gördüm. Ama artık çok geçti. Her şey için çok geçti artık.

❦

Arabayı Fay Park'a sürdükten sonra durdum. Hayatımda hiç böyle hıçkırarak ağlamamıştım. Bir gecede kocamı, çocuğumu, âşık olduğum adamı ve bir de arkadaşımı kaybetmiştim. Sahip olduğum tek şey, bir bavul elbise ve içimde büyüyen bir bebekti.

Aklıma günlüğüm geldi, yazmam için falcının bana söylediği günlük. Ama kim için? Ne için? Sayfaları okudukça ne öğrenecektim? Aşkta ve hayatta başarısız olduğumu mu? Elimdeki günlüğü bir an için yakmak istedim. Fakat kendime hâkim oldum. Belki de falcının dediği gibi içinde değerli bir şeyler vardı.

Bu gece ciddi kararlar aldığımın farkındaydım. Bobby ve bebeğim de bunlara dahildi. Bobby'ye eldeva demiştim, bundan daha açık bir şekli olamazdı. Ancak son bir kere daha tatlı kızımı kucaklamak, onu sevdiğimi söylemek ve başka çaremin olmadığını anlatmak isterdim.

Hikâyemin bitiş noktası burasıydı. Âşık olmuş ve kaybetmiştim. Ama en azından sevmiştim. Her şey altüst olmasına rağmen bu karanlık, ıssız gecede beni rahatlatan tek gerçek buydu.

Bundan sonra ne olacaktı? Kalbim ne yapmam gerektiğini biliyordu.

Sayfayı çevirdim, bomboştu. Tıpkı sonraki sayfalar gibi...

Ne? Neden bu kadar ani bitti? Olması gereken son bu değildi. Aslında, bu bir bitiş değil, sonsuzluktu. Belki defterden bir sayfa kopmuştur diye komodinimin çekmecesini açtım, ama içinde tozdan başka hiçbir şey yoktu.

Günlüğü kapatıp yıpranmış kadife kapağını son bir kez okşadım ve onu bulduğum çekmeyece koydum. Kendimi boşlukta gibi hissediyordum adeta. İçinde Esther'ın olmadığı bir hayat çok boştu.

14 Mart

"Seni özledim," dedi Jack ertesi sabah aradığında.

"Ben de seni özledim," diye cevap verdim, ahizenin kordonunu parmaklarıma dolayarak. Keşke bu onun parmakları olsaydı, diye geçirdim aklımdan. "Evelyn'in cenazesi ve Bee ile ilgilenmek zorunda kaldım."

"Önemli değil," dedi Jack. "Bugün piknik yapmaya ne dersin? Sana göstermek istediğim bir yer var."

Piknik, kulağa çok hoş geliyordu. Hayatıma giren erkeklerden hiçbiri bir piknik önerisiyle karşıma gelmemişti. Dışarıdaki gri bulutlara ve öfkeyle çalkalanan denize baktım. Aslında piknik havası olmamasına rağmen bu umurumda da değildi.

"Ne getireyim?" diye sordum.

"Sen sadece gel."

Kahvaltıdan sonra Bee'nin Hawaii Bahçesi'ne geçip birkaç satır yazabilmek için dizüstü bilgisayarımı açtım. Yıllardan sonra ilk defa yazmaya bu kadar yakın hissediyordum kendimi. İçimde bir kıvılcım oluşmuştu sanki. Uzun bir süre boş boş ekrana baktım, aklım tekrar gitmek istediği yere, Esther'a gitmişti. *Acaba arabasını günbatımında Seattle'a sürüp orada yeni bir hayata başlayarak, bir daha hiç Bainbridge'e dönmedi mi? Yoksa Frances ve Elliot'la yüzleşmek için tekrar Frances'in evine mi gitti? Onları affetti mi? Peki Elliot'ı affetti mi?* Her ne kadar bu hikâyenin mutlu sonla bittiğine inanmak istesem de içimden gelen bir ses öyle olmadığını söylüyordu. O son gecede kara bir boşluk vardı. Bunu o sayfalarda hissedebilmiştim.

Bu sabah tek bir kelime bile yazamamış olmam canımı sıkmıyordu. Kalbimde mayalanmaya hazır bir hikâye vardı ve onu geliştirmek için de zaman gerekiyordu. Sabırlı olacaktım.

Öğleden önce Jack'le buluşmak için hazırlandım. Sahilde mi buluşacaktık, yoksa beni gelip alacak mıydı, bir şey söylememişti. Ancak kapı zilini duyduktan birkaç dakika sonra Bee odamın kapısını tıklattı. "Jack geldi," dedi gözlerime bakmadan.

"Teşekkürler," dedim. "Hemen geliyorum."

Üzerime gömleğimi giydim ve her ihtimale karşı yanıma montumu da aldım. Aşağıya indiğimde, Jack oturma odasında beni bekliyordu. Bee'nin yanındaydı hiç de endişeli görünmüyordu ve bu beni mutlu etmişti.

"Merhaba," diyerek kahve masasının üzerinde duran çantamı kaptım.

Jack elimi tutarak, "Hazır mısın?" diye sordu.

"Evet," diye cevap verdim.

"Aa," dedi Jack ve koltuk altına sıkıştırdığı bir şeyi çıkardı. Siyah-beyaz filmlerdekine benzeyen sicimle bağlanmış, kahverengi bir paketti bu. Bu devirde hiç kimse sicim kullanmıyordu artık. "Neredeyse unutuyordum," diye ekledi Jack, Bee'ye bakarak. "Büyükbabam bunu size vermemi istedi."

Jack paketi uzatırken, Bee oldukça şaşkın ve mahcup görünüyordu. Paketi sanki içerisinde bir patlayıcı varmış gibi tutuyordu.

Açıkçası içinde ne olduğunu çok merak etmiştim ama Bee paketi alıp kahve masasına koydu ve "Ben sizi tutmayayım," dedi.

Arabaya bindiğimizde Jack'e paketi sordum. "Büyükbabanın Bee'ye ne verdiğini biliyor musun?"

"Hayır," dedi Jack. "Aslında cenaze günü paketi kendisi vermek istedi ama onunla konuşma şansı olmadı."

"Bee için gerçekten zor bir gündü," dedim onun arabadaki halini hatırlayarak. "Büyükbabanla tanışma fırsatını kaçırdığım için çok üzgünüm."

"Seninle de tanışmak istiyordu," dedi Jack gülümseyerek. "Eve giderken hep bundan bahsetti. Ne kadar güzel olduğunu söyledi. Birlikte büyükbabamı ziyarete gitmeyi çok isterim."

"Harika olur, ama ne zaman?"

"Yarın bir müşterimle toplantım var. Ondan sonraki gün uygun mu? O gün öğleden sonra onu ziyarete gideceğim. Sen de benimle gelebilirsin."

"Tamam," dedim gülümseyerek. "O zaman anlaştık."

Jack arabayı adanın daha önce hiç görmediğim batı tarafına doğru sürdü. Dört tarafı böğürtlen ağaçlarıyla çevrili, otoparka benzeyen bir alana girdi. Burada yalnızca iki ya da üç arabaya yetecek kadar yer vardı. Jack arabayı park ettikten sonra bagajdan piknik sepetini aldı. Etrafı koyu kırmızı kurdeleyle çevrili, kırmızı beyaz kareli bir kumaşla kaplanmış, hasırdan eski moda bir sepetti bu. Muhteşem, diye geçirdim aklımdan.

Jack muzip bir ifadeyle gülümseyerek, "Tahmin et bakalım, seni nereye götürüyorum?" diye sordu.

"Dürüst olmam gerekirse, hiçbir fikrim yok," diye yanıt verdim, bir yandan da yürürken kıyafetlerime takılan dalları savuşturmakla uğraşıyordum.

"Bıçağımı getirmeliydim," diye takıldı Jack. "Sanırım hiç kimse aşağıya inmemiş.

"Aşağıya, nereye?"

"Birazdan göreceksin."

Ağaçların kalın dalları altında yürürken, karanlık da artıyordu. Fakat sonra ilerideki bir ışık huzmesi dikkatimi çekti.

Jack, sanki ormanda yaptığımız bu yürüyüşün yakında biteceğini garanti edercesine, "Neredeyse geldik," dedi ve bana gülümsedi. Açıkçası bu umurumda değildi. Yosun kaplı toprağa kök salmış yaşlı ağaçların, tabloya benzer görünümü muhteşemdi.

Jack çalıları kenara çekip önden gitmemi işaret etti. "Sen geç önce."

Jack'in benim için açmış olduğu küçük aralıktan geçtim ve karşıma etrafı bir dağ yamacıyla çevrili küçük bir koy çıktı. Su zümrüt rengindeydi, adanın denizinin gri olduğunu düşününce bu manzara beni şaşırtmıştı. Uçurumun bir tarafından pek güçlü olmayan bir şelale, aşağıdaki su birikintisine dökülüyordu. Kuşlar koro halinde şakıyordu.

Midye kaplı kayaların arasında Bee'nin evinin önündeki sahile benzer küçük bir yer vardı. Jack oraya örtüyü sererek, "Ne düşünüyorsun?" diye sordu.

"İnanılmaz," dedim başımı sallayarak. "Dünya üzerinde bir su nasıl bu rengi alabilir?"

"Kayalıkların içindeki minerallerden," diye cevap verdi Jack.

"Burayı nasıl keşfettin?"

"Burası büyükbabamın eskiden kız arkadaşlarını getirdiği bir kıyı gölüymüş," dedi sırıtarak. "Beni buraya on altı yaşımdayken getirmişti. Yani bir aile geleneği olarak düşünebilirsin. Sonra da kimseye buradan bahsetmeyeceğime yemin ettirmişti."

"Neden bu kadar gizli?"

Jack omzunu silkerek, "Büyükbabam ve arkadaşı, burayı daha gençken keşfetmişler ve o zamandan beri kimseye söylememişler," dedi. "Sanırım yalnızca kendilerine ait olsun istemişler."

Başımı salladım ve muhteşem suya yeniden baktım. "Nedenini anlayabiliyorum."

Jack piknik sepetini karıştırırken, ben de yanına oturdum. "Aile hikâyelerinizi sevdim," dedim. "Keşke benimkiler bu kadar gizli olmasaydı."

"Aa, benimkilerin de sırları var," diye atıldı Jack hemen. "Aslında, çözmeye çalıştığım bir şey var."

"Ne?" dedim, aklım karışmıştı.

"Büyükannem hayatını kaybetmeden kısa bir süre önce tavan arasında bir kutu içerisinde kesilmiş gazete küpürleri bulmuştum."

"Nasıl gazete küpürleri?" diye sordum ve Jack'in köpeği Russ'ın ağzında yakaladığım dosya parçalarını hatırladım.

"Hey, bak," dedi Jack gökyüzünü işaret ederek. Konuyu değiştirmek istediği çok açıktı. Ben de karşı çıkmadım. Aile hikâyesi ne olursa olsun, zamanı geldiğinde bana söyleyeceğini hissediyordum.

Karanlık bulutlar etrafımızı sarmıştı ama güneş, sanki bizim piknik yaptığımızı biliyormuşçasına tam tepemizde parlıyordu.

Jack yine sepete dönerek, "Acıktın mı?" diye sordu.

Bu şöleni dört gözle bekliyordum. "Hem de nasıl!"

Jack iki tabakla birlikte çatalları, bıçakları, peçeteleri ve birkaç tane de plastik kap çıkarttı. "Eveet, patates salatamız, kızarmış tavuklarımız, lahana salatamız ve naneli meyve salatamız var. Aa, bir de mısır ekmeğimiz mevcut."

Gerçekten tam bir ziyafet şöleniydi. Dur durak bilmeden tabağımdakileri yemiş, hatta tabağı ağzına kadar yeniden doldurmuştum. Sonunda bacaklarımı uzatarak oturdum ve iç çektim.

Jack kadehlerimize şarapları doldururken ben de koltuğa yayılıyormuş gibi sırtımı onun göbeğine yasladım, ona böyle daha yakın hissediyordum kendimi.

Birkaç dakika bu şekilde oturduktan sonra, "Jack," dedim.

Saçlarımı yan tarafa çekip boynumdan öperek, "Evet," dedi.

Ondan yana dönerek, "Birkaç gün önce," diye konuşmaya başladım, "çarşıya inmiştim, seni bir kadınla gördüm."

Jack'in yüzündeki gülümseme kaybolmuştu.

Boğazımı temizledim. "Bir restoranda. Beni arayacağını söylediğin gece."

Jack hiçbir şey söylemedi, ben de başımı öne eğerek ellerime baktım. "Özür dilerim, bunu sormamam gerekirdi. Kıskanç bir kadın gibi davrandım."

"Dinle," dedi Jack elimi tutarak, "kıskanç falan değilsin. Seni temin ederim ki başka kimse yok hayatımda."

Başımı salladım ama söylediği şeyler, yeteri kadar tatmin etmemişti beni.

"Bak," diye açıklamaya devam etti Jack, "bir müşterimdi. Annesinin bir portresini satın almak istiyormuş. Hepsi bu."

Telesekreterine mesaj bırakan kadını ve sonra Jack'in davranışlarını hatırladım. Jack'in sırları vardı, çok açıktı bu. Yine de ona güvenmeye karar verdim. Jack ağzını tekrar açtığında, elimle ağzını kapattım ve onu geriye doğru ittim. Sonra da üzerine çıktım ve uzun zamandır onu öpmek istediğim şekilde öptüm.

Jack gömleğimin düğmelerini açtı ve omuzlarımdan aşağıya kaydırdı. Kot pantolonumun fermuarını açarken sıcacık ellerini bedenimde hissediyordum.

"Haydi yüzelim," diye fısıldadı kulağıma.

"Şimdi mi?" dedim, düşüncesi bile üşümeme neden olmuştu.

"Haydi ama," diye ısrar etti Jack. "Ben seni ısıtırım."

Ona gülümseyerek kot pantolonumu çıkarırken, onun

da karşımda soyunuşunu izledim. Sonra Jack elimi tuttu ve beni suyun kenarına doğru çekti.

Ayağımı suya sokarak, "Brrr," diye mırıldandım. "Çok soğuk, suya girecek miyiz gerçekten? Ciddi misin?"

Ancak Jack kollarını belime doladı ve beraber yavaşça yürümeye başladık. Sanki su her adımımızda biraz daha ısınıyor ve daha davetkâr görünüyordu. Su seviyesi belimi geçtiğinde, Jack beni kendine doğru çevirip göğsüne yasladı. Birbirimizin bedenlerini keşfediyorduk adeta.

"Üşüyor musun?" diye sordu Jack usulca.

"Hayır, artık değil."

Jack beni eve bıraktığında hava kararmıştı. Kapıdan içeri girdiğimde, saçlarım hâlâ nemliydi ve tuzlu su yüzünden kazık gibi olmuştu.

Bee, başını okuduğu kitaptan kaldırıp bana baktı. "Seni kıyı gölüne götürdü, değil mi?" diye sordu. Sesinde ne öfke ne de hüzün hâkimdi, daha çok "Bugün hava soğuktu, değil mi?" der gibiydi.

"Evet," dedim. "Sen nereden biliyorsun?"

Bee yalnızca gülümsedi ve kitabını kahve masasına bıraktı. "Sıcak bir banyoya ihtiyacın varmış gibi görünüyor. Haydi gel de sana banyoyu hazırlayayım."

On Beşinci Bölüm

15 Mart

Bee elinde yeni topladığı adaçaylarıyla bahçeden içeri girdiğinde, kahvaltı masasında bir yandan gazetemi okuyup bir yandan da içine bolca akçaağaç şurubu kattığım kreplerimi yiyordum. "Günaydın," dedi Bee, soğuktan yanakları pembeleşmişti.

Bu sabah Bee'ye günlükten bahsetmeye karar vermiştim. Ona Esther hakkında neler bildiğini soracaktım.

"Bee," dedim zayıf bir sesle, "seninle konuşmak istediğim bir konu var."

Bee adaçaylarını lavaboya koyup musluğu açtı. "Nedir tatlım?"

"Sana birini sormak istiyorum," dedim, "bir kadın." Bir müddet susup neler söyleyeceğimi kafamda toparladım. "1943 yıllarında bu adada yaşayan bir kadın. Adı Esther."

Lavabonun başında duran Bee'yi izliyordum. Musluğun altında lavanta sabunuyla ellerini yıkarken, hiç yüzüme bakmıyordu. Dakikalar geçmesine rağmen hâlâ ellerini sabunlayıp yıkamaya devam ediyordu.

"Bee?" diye seslendim tekrar. "Onu tanıyor musun?"

Bee artık sabunu elinden bıraktı ve parmaklarını yavaşça sıcak suyun altına sokup defalarca duraladı. En sonunda musluğu kapatıp ellerini ışığa tuttu.

"Tırnaklarımın arasına toprağın girmesini engelleyecek bir eldiven bulamadım kendime," diye söylendi.

Bee arkasını dönüp mutfaktan çıkarken, "Bee, sana ne sorduğumu duydun mu?" diye sordum.

Koridora çıkmadan önce dönüp bana baktı. "Bir daha çarşıya indiğimizde bana eldiven aldırmayı unutma tatlım."

◆◆◆

Sabahın ilerleyen saatlerinde, kapının çalındığını duydum. Pencereden dışarıya baktığımda gelenin Greg olduğunu gördüm.

"Merhaba," dedi yüzünde çocuksu bir ifadeyle. "Habersiz geldiğim için kusura bakma, buradan geçiyordum ve ..." Bir müddet susup elindeki kahverengi torbadan bir şey çıkardı. *Billy.* Birden Esther'ın çocukluk aşkı geldi aklıma. Greg'e olan hislerim, Esther'ın Billy'ye karşı hissettiklerinin bir yansımasıydı sanki.

Greg bana üzerinde etiketi olmayan bir dosya uzatarak, "Sana bunu vermek istiyorum," diye devam etti.

"Bu ne?" dedim kafam karışmış bir şekilde.

"Evimin eski sahibinin kim olduğuyla fazlasıyla ilgilenmiştin. Ben de dün gece bazı dosyaları temizlerken, bu eski evrakları buldum ve senin için birer kopyasını aldım."

"Greg, ne kadar düşüncelisin," diyerek gülümsedim. "Teşekkür ederim."

"Sorun değil," diye cevap verdi Greg, kapıya döndü ve son bir kez daha arkasına baktı. "Umarım aradığın her neyse burada bulabilirsin."

"Umarım."

Klasörü açtım ve dosyaları incelemeye başladım. İçinde Greg'in evinin satış kayıtları vardı. Bana yarayacak olan belgelere göz attım. Ev 1901 yılında inşa edilmiş ve daha sonra 1941 yılında Elsa Hartley adında bir kadına satılmıştı. *Hartley.* Birden bu ismin *Elliot'ın soyadı* olduğu aklıma geldi. *Bu kadın onun eşi olabilir miydi? O zaman Elliot ve Esther hiçbir zaman bir araya gelmemişler miydi?*

Bir sonraki sayfayı çevirdim ve evin en son 1998 yılında Greg'e satıldığını gördüm. Satan kişinin adı William Miller'dı. Kafam karışmıştı. Elsa Hartley'ye ne olmuştu? Elliot'a ne olmuştu?

Kapıya doğru koştuğumda Greg'in arabayı hareket ettirdiğini gördüm. "Bekle!" diye bağırdım arkasından el sallayarak.

Greg arabayı durdurup camı açarken, ona doğru koşarak, "Beni çarşıya kadar bırakır mısın?" diye sordum.

"Tabii ki," dedi.

"Teşekkürler," dedim ve arabaya bindim. "Yapmam gereken bazı araştırmalar var."

Bir süre sonra Greg anacaddedeki belediye binasının önünde beni bıraktı. Danışmada yetmiş, bilemedin seksen yaşlarında bir kadın duruyordu. Siyah çerçeveli gözlüklerinin arkasından bana bakarak, "Evet?" dedi.

"Merhaba," diye karşılık verdim. "Bu adada daha önce yaşamış olan birinin kayıtlarına ihtiyacım var."

Yaşlı kadın, aklımı kaçırmış olabileceğimi düşünerek

bana merakla baktı. Bu bakışlarından aklını kaçırmışlara adadakiler hakkında bilgi verilmediğini anlamıştım. "Tam olarak ne arıyorsunuz?" diye sordu şüpheli bir tavırla.

Emin değildim. "Eskiden burada yaşayan kişinin hâlâ hayatta olup olmadığını öğrenmek istiyorum," diye karşılık verdim yaşlı kadına. Bunu söyledikten sonra bir anda tüylerim diken diken olmuştu.

"Şu formu doldurun," dedi kadın iç çekerek, "istediğiniz belgeleri altıyla sekiz hafta içerisinde size göndereceğiz."

Kalbim neredeyse yerinden çıkacaktı. "Altıyla sekiz hafta içerisinde mi? O kadar uzun süre bekleyemem. Başka bir yolu olmalı."

Kadın omzunu silkerek, "Prosedürümüz böyle," dedi. Sert kayaya çarpmıştım.

İç çekerek beklemenin, hiçbir şey öğrenememekten daha iyi olduğu kararına vardım. Bu nedenle "Elliot Hartley" ve "Esther Littleton" isimlerini yazarak formu doldurdum ve evrakların gönderilmesi için de New York adresimi ekledim.

"Teşekkür ederim," dedim kapıya dönerek.

Birkaç adım atmıştım ki kadının arkamdan seslendiğini duydum.

"Bekleyin!" diye bağırdı yaşlı kadın. "Bayan, bekleyin!"

Arkamı döndüğümde yaşlı kadın danışma masasının arkasından durmam için bana elini sallıyordu.

"Sanırım size yardımcı *olabilirim*," dedi.

Çantamı masasının üzerine koyarken bir anda gözlerim fal taşı gibi açıldı.

"Kusura bakmayın," dedi, bu sefer mahcup bir ifade takınmıştı. "Şimdi doldurmuş olduğunuz formu okudum. Ee, Elliot Hartley'yi *tanıyorum*."

Ona biraz daha yaklaştım. "Tanıyor musunuz?"

"Evet," dedi özlem dolu bir sesle. "Ah, o çok farklı bir adamdı. Adadaki tüm kızlar böyle düşünürdü. Hepimiz Elliot Hartley'nin bizi fark etmesini isterdik."

"Peki o fark etti mi?" diye sordum. "Onunla flört ettiniz mi?"

Yaşlı kadın başını iki yana sallayarak, "Keşke," dedi, "ama onun kalbinde sadece tek bir kadın vardı. Herkes de bunu bilirdi. Fakat aralarında birtakım problemler vardı, bu yüzden..."

"Ne tür problemler?"

"Tam olarak emin değilim ama çok kavga ediyorlardı. Sürekli ayrılıp barışıyorlardı. Fakat bir gün Elliot'ın kalbi fazlasıyla kırıldı. İçmeye ve birçok kadınla beraber olmaya başladı. Ben bile onunla bir kere dans etmiştim. Ah, ne geceydi ama... Fakat sonra savaşa gitti."

"Geri dönmedi mi?"

Kadın sessizce duruyordu, derin düşüncelere dalmış gibiydi. Elliot'ın hikâyedeki gibi geri geldiğinin, bir ihtimal de olsa Esther'la beraber olduklarının ya da hikâyenin en azından yarısının doğru olması için dua ediyordum. "Evet, geri döndü," dedi kadın. "Ama artık eski Elliot değildi. Âşık olduğu kadın bir başkasıyla evlenmişti."

"Peki, o kadın," dedim, "âşık olduğu o kadının adı Esther'dı, değil mi?"

Yaşlı kadın başını salladı. "Üzgünüm tatlım, o kadarını hatırlayamıyorum. Esther olabilir ama çok uzun zaman oldu. Hafızam eskisi kadar kuvvetli değil."

Başımı olumlu anlamda salladım. "Elliot'ın sevdiği kadın hakkında bir şey hatırlıyor musunuz? Herhangi bir şey?"

Yaşlı kadın arkasına yaslandı ve sanki o anları hatırlamaya çalışıyormuşçasına gözlerini tavana dikti. "Çok güzel bir kadındı, hatırlayabildiğim bu," diye cevap verdi bir süre sonra. "Adadaki bütün kadınlar onu kıskanırdı."

"Ona ne olduğunu biliyor musunuz peki?"

"Bilmiyorum, üzgünüm," diyerek başını salladı yaşlı kadın. "Liseden sonra ailemle birlikte Midwest'e taşınmıştık. Buraya on beş yıl sonra döndüm. O zamandan bu yana çok şey değişti. Adaya McDonald's bile açmışlar, biliyor musunuz?"

Çantamın üzerindeki püskülü gergin bir şekilde çekiştirdim, konuyu tekrar Esther ve Elliot'a getirmek istiyordum. Bee'nin ilk gece beni eve götürürken, görmüş olduğum McDonald's amblemini hatırlayarak, "Harika," dedim. Bu benim için de bir sürpriz olmuştu.

Boğazımı temizleyerek, "Merak ediyorum da bu konuyu kimlere danışabilirim?" diye sordum. "Bu insanları daha iyi tanıyan ve burada yaşayan birileri var mı?"

"Kütüphaneden gazete kayıtlarına bakabilirsiniz," diye yanıt verdi yaşlı kadın. "Orada Elliot'la ilgili bir şeyler bulabilirsiniz."

"Teşekkürler," dedim, hayal kırıklığına uğramıştım. Kütüphane kayıtlarını araştırmak, hiç de kolay görünmüyordu.

Birden aklıma Greg'in evinin kayıtları geldi. "Peki, Elsa Hartley adında birini tanıyor musunuz?"

Yaşlı kadın, "Evet, Elliot'ın kız kardeşiydi," diye cevap verdi.

Bu her şeyi açıklıyor, diye düşündüm. *Esther'a verdiği laleyi kız kardeşinin evinin bahçesinden almıştı demek.* Kız kardeşinin yeni adresini bulmam gerektiğine karar verdim, onu ziyaret etmek istiyordum.

"Bir saniye, *onun* Elliot'ın kız kardeşi olduğunu söylediniz, değil mi?"

Kadın başını salladı. "Yıllar önce öldü, kocası William gibi. Torunum eskiden onların çimlerini biçerdi."

"Pekâlâ," diyerek iç çektim. *İşte önüme çıkan başka bir engel daha.* "Tekrar teşekkürler."

"Rica ederim," dedi kadın kibarca. "Elliot Hartley hakkında yeni bir şey duymayalı uzun süre oldu. Sizin için biraz araştırma yapabilirim, eğer bir şeyler bulursam size ulaşabileceğim bir numaranız var mı?"

Cep telefonumu hemen bir kâğıda yazdı. "Bu arada siz Elliot'ı nereden tanıyorsunuz?" diye sordu.

"Çok uzun hikâye," dedim kapıdan çıkmadan önce.

Bainbridge Adası'ndaki tek kütüphane, yirminci yüzyılın başlarında Carnegie Vakfı'nın yaptırmış olduğu büyük ve güzel bir kütüphaneydi. Kapıyı açtığımda üç tane küçük çocuk dışarıya fırladı, neredeyse kolumdaki çantayı düşüreceklerdi.

Benim yaşlarımda bitkin görünen bir kadın, "Finny, sana anneyi bekle dememiş miydim?" diye azarladı dört yaşlarındaki oğlunu.

Gülmeme rağmen eğer bir gün Finny adında bir çocuğum olursa biri beni vursun, diye geçirdim aklımdan. Sonra içeriye girip kütüphane görevlisine doğru ilerleyerek, "Merhaba," dedim. "Mikrofiş gazetelerinizin nerede olduğunu öğrenmek istiyorum."

"Çok şanslısınız," dedi kadın. "Gazeteleri daha yeni düzenledik. Hepsi şu anda çevrimiçi portalda. Hangi yıla bakacaktınız?"

"Aslında tam olarak emin değilim," dedim, "ama 1943'lerden başlasam iyi olur diye düşünüyorum."

Kadın etkilenmişe benziyordu. "Ah, kırklı yılların adasında ilginizi çeken nedir?"

"Parçalarını birleştirmek istediğim bir hikâye var, beni derinden etkileyen," diye cevap verdim kadına.

Gözlerini iri iri açarak, "Bir yazarsınız, öyle değil mi?" dedi.

"Evet, ama..." Ona bunun kitabımla bir ilgisi olmadığını söylemek üzereydim, fakat sürekli lafımı kesiyordu.

"Bir saniye, isminiz nedir? Sizi tanıyor gibiyim. Eminim. Sizi bir kitabın kapağında görmüştüm."

"Ee, Emily Wilson."

"Aaaaa!" diye bağırdı kadın. "*Ali Larson'ı Çağırırken*'in yazarı Emily Wilson mı?"

Başımı salladım. Nadir de olsa bu tarz şeylerle karşılaşmaktan nefret ediyordum.

"Aman Tanrım. İnanamıyorum. Buradasınız. Bainbridge Adası'nda! *Bu* büyük bir fırsat. Sizinle tanışması için kütüphane müdürümüzü çağıracağım. Belki kütüphanemizde bir imza günü düzenleriz."

Kadının sürekli konuşması beni fazlasıyla sıktığı için üzerimdeki kazağı çekiştirmeye başladım, fakat kadın farkına bile varmadı. "Bak! Burada kim var," diye seslendi yan masada oturan adama. "New York'un büyük yazarlarından biri!" Kadın neşeyle şakıyordu ve bu durum oldukça sinirimi bozmuştu. Ne gariptir ki kendimi hiç de *Ali Larson'ı*

Çağırırken adlı kitabın yazarı Emily Wilson olarak hissetmiyordum... artık. Bainbridge Adası her şeyi değiştirmişti. Yazdığım o kitap artık kariyerimin zirvesini oluşturmuyordu. Aklımda daha büyük şeyler vardı; öyle hissediyordum.

"Kusura bakmayın," dedim. "Anlıyorum fakat benim için uygun bir zaman değil. Gerçekten bu araştırmayı yapmam gerekiyor. Belki başka bir zaman?"

Gülümsedi. "Tabii ki, sizi anlıyorum. Size bilgisayarların nerede olduğunu göstereyim."

Eski merdivenlerden aşağıya, en alt kata indik. Duvarlar ahşap panellerle kaplıydı ve havada kitap, küf karışımı bir koku vardı. Kütüphane görevlisi sonunda araştırmamı yapacağım bilgisayarların olduğu yeri gösterdi.

"Teşekkür ederim," dedim.

"Yardıma ihtiyacınız olursa lütfen haber verin."

Bilgisayarın başına oturduğumda ellerim Elliot'ın ismini yazarken titriyordu. En sonunda altı harfi de yazdığımda mutlu olmuştum. İlk olarak *Bainbridge Adası* gazetesi çıktı karşıma. Elliot'ın Bainbridge Adası Lisesi futbol maçındaki başarısından bahsediyordu. Hatta konuyla ilgili bir de fotoğraf vardı. Üzerinde üniforması olan Elliot, takım arkadaşları ve ona hayranlıkla bakan bir amigo kız tarafından çevrelenmişti. Her ne kadar görüntü siyah-beyaz olsa da Esther'ın tarif ettiği kadar yakışıklıydı.

İkinci olarak Washington Üniversitesi'nden mezun oluşunu konu eden habere, sonra da ABD Silahlı Kuvvetleri'nin yayımlamış olduğu savaştan eve dönenlerin listesinde yer aldığı habere tıkladım.

Tıklamam gereken bir haber daha vardı. *İşte bu bana ipucu olabilecek bir haber,* diye geçirdim aklımdan.

Gerçekten de bir ipucuydu. 2 Haziran 1949'da gerçekleşen bir evlilik duyurusuydu. "Elliot Hartley ve Lillian Appleton, Seattle'da ailelerinin ve arkadaşlarının katıldığı bir törenle evlendiler. Susan ve Theodore Appleton'ın kızları olan Bayan Lillian, Sarah Lawrence Koleji'nden mezun. Adam ve Suzan Hartley'nin oğulları olan Bay Elliot, Washington Üniversitesi'nden mezun ve bir yatırım firmasında çalışmakta. Çift Seattle'da yaşayacak."

Ne? Bunların hiçbiri mantıklı değil. Elliot başka biriyle nasıl evlenebildi? Sonları böyle olmamalıydı. Kesinlikle bir yanlışlık var. Elliot, Esther haricinde başka biriyle nasıl evlenebilirdi? Peki Esther'a ne oldu?

Esther'ın kaderi gittikçe belirsizleşiyordu. Elliot'ın evlendiği tarihe yeniden baktım, 1949. İçimi bir korku kaplamıştı. *Esther o günlüğü yazdıktan sonraki altı yılda neler olmuştu? Elliot onu beklemiş miydi? Eğer öyleyse, Esther nereye gitmişti?*

Esther'a dair herhangi bir kayıt bulma umuduyla ekrana "Esther Littleton" yazdım. Fakat hiçbir şey çıkmadı. *Günlükteki adı haricinde başka bir ismi mi vardı? Eğer öyleyse neden Esther ismi takma da Elliot ismi gerçekti?*

Gergin olduğum zamanlarda yaptığım gibi parmaklarımı saçlarımın arasından geçirdim ki yazarlık hayatıma başladığımdan beri bunu birkaç dakikada bir yapıyordum. O anda aklıma bir şey geldi. Elliot'ın futbol maçındaki fotoğrafını hatırladım. Orada ona hayranlıkla bakan bir amigo vardı. *O Esther olabilir miydi? Fotoğrafın yanında herhangi bir yazı var mı acaba?*

Elliot'ın ismini tekrar arattım ve haberi buldum. Fotoğrafın yanındaki yazıda, "Soldan sağa: Futbol takımındakilerin isimleri, Bobby McFarland, Billy Hanson, Elliot Hartley ve amigo Esther Johnson," yazıyordu.

Tüylerim diken diken olmuştu. Esther. *Bu o olmalıydı.* Siyah-beyaz fotoğrafa bakakalmıştım. İçimden bir ses okuduğum kırmızı kadife kaplı günlüğün yazarına bakıyor olduğumu söylüyordu.

Ama Esther kimdi?

Bu sefer bilgisayarda 'Esther Johnson'ı arattığımda karşıma neredeyse iki düzine yazı çıkmıştı hakkında: BAINBRIDGE'Lİ KADIN KAYBOLDU. POLİS, EVİNİ VE ARABASINI ARADI. FAKAT HİÇBİR ŞEY BULAMADI. KAYIP KADIN DAVASINDA EŞ SORUŞTURMA ALTINDA. KAYIP KADIN İÇİN BİR ANMA TÖRENİ DÜZENLENECEK.

Yazan her satırı, her bir kelimeyi okudum. Esther, 30 Mart 1943 gecesi ortadan gizemli bir şekilde kaybolmuştu. Enkaza dönen arabası, içinde bir bavulla adadaki bir parkta bulunmuştu. Ortada ne bir görgü tanığı ne de bir ipucu vardı ve cesedi de hiç bulunamamıştı.

Fakat bu ayrıntılar kadar beni rahatsız eden başka bir şey daha vardı. Belki de en tüyler ürpertici nokta buydu. Bir haberde okuduğum kadarıyla Esther'ın kocasının adı Robert Hanson'dı. Yani... *benim büyükbabam.*

Hem biraz temiz hava almak hem de kütüphanede bir kriz geçirmemek için dışarı çıktım. Biriyle konuşmaya ihtiyacım vardı. Hemen Annabelle'i aradım.

Telefon defalarca çalmasına rağmen cevap veren yoktu. *Lütfen aç, lütfen aç.* Ancak telesekretere geçmişti.

Tekrar aradım. *Annabelle cevap ver, lütfen cevap ver.* İkimizin de bir telefon kuralı vardı: Eğer ikinci kez ararsak bu önemliydi. Tahmin ettiğim gibi Annabelle ikinci arayışımda telefona cevap verdi.

"Selam," dedi Annabelle. "Ne haber?"

"Özür dilerim rahatsız ettim ama konuşmak zorundayız," dedim bir solukta. "Bir şeyi mi böldüm?"

Annabelle sesini alçaltarak, "Evan'la birlikteyim," diye cevap verdi.

"Kusura bakma Annie. Sadece, ailem hakkında sarsıcı bir gerçeği öğrendim."

"Hey, bir saniye tatlım. Yavaş. Neden bahsediyorsun?"

"Büyükbabam," diye anlatmaya başladım. "Büyükannem Jane'le evlenmeden önce bir başkasıyla evliymiş. Ben..." Ah Tanrım, Jane... *Janice* olabilir miydi?

Aklıma Esther'ın komşusu Janice gelince nefesimin kesildiğini sandım. "Sanırım annemin gerçek annesi o olabilir. Ah Tanrım, o kadın öldürülmüş bile olabilir, Annie."

"Emily, emin misin? Neden böyle bir şey düşünüyorsun ki?"

Bütün bunlar bir anlam kazanmıştı artık. Öz büyükannem Jane değil, Esther'dı. Bee'nin uzun zaman önce anneme anlattığı şey de buydu. Büyükanne Jane'in onun gerçek annesi olmadığını söyleyebilmiş miydi gerçekten? Bee, büyükbabamın onun katili olduğunu iddia edecek kadar ileriye gitmiş miydi? Büyükbabam ve büyükannemin yıllar önce adadan ayrılmalarının nedeni, bu muydu?

"İşte," diye devam ettim nefes nefese, "kaldığım misafir odasında bulduğum günlüğü biliyorsun?"

"Evet."

"Sanırım onun kimin yazdığını buldum."

"Kim?"

"Hiç tanımadığım büyükannem."

"Em, bu delilik."

"Biliyorum."

"Ne yapmayı düşünüyorsun?"

Ona anlatabildiğim kadarıyla günlükten, bir araya getirdiğim ipuçlarından, belediye binasındaki kadından ve gazete küpürlerinden bahsettim.

"Peki Elliot, katil o olabilir mi?" diye sordu Annabelle.

"Hayır, hayır. İmkânsız. Elliot, Esther'a deliler gibi âşıktı. Esther da onun bebeğini taşıyordu." Fakat o anda önemli bir detayı hatırladım: Elliot, Esther'ın hamile olduğunu *bilmiyordu*.

"İşin içinden çık çıkabilirsen," diyerek kütüphanenin önündeki çimenliğe oturdum. Çimler ıslak mıydı, farkında bile değildim. Öyle olsaydı bile umursamazdım. "Buraya neden geldim ki?"

Annabelle boğazını temizleyerek, "Oraya ne için gittiysen onu yapacaksın," dedi.

"Ben buraya neden geldiğimi bile hatırlamıyorum," dedim, parmaklarımı saçlarımın arasından geçirerek.

"Kendine gel, Em."

Başımı salladım. "Peki tüm bunlara ne diyorsun? Belki bu kadar meraklı olmamalıyım. Ya da her şeyi oluruna bırakmak en iyisi."

Annabelle telefonda birkaç saniye sessiz kaldıktan sonra, "Kalbin sana böyle mi söylüyor?" diye sordu.

Yazdıklarının gelecekte ona yardım edeceği konusunda Esther'ı uyaran falcı geldi aklıma. "Hayır," diye yanıt verdim, başımı iki yana sallayarak. "Annie, aslında uzun zamandan beri ilk defa kalbimin bana ne söylediğini biliyorum."

Bee'yle konuşmaya hiç bu kadar can atmamıştım. Elimde somut deliller vardı ve bunlarla onun karşısına çıkmak istiyordum. Evelyn'le günlük hakkında konuşurken, Bee ile konuşmam için doğru zamanı beklemem gerektiğini söylemişti. Sanırım doğru zaman gelmişti artık.

Eve taksiyle geldim ve ücreti ödedikten sonra, Bee'nin hiç kilitlemediği kapıyı açtım.

"Bee?" diye seslendim, yüksek ve kararlı bir sesle.

Mutfağa baktım ama orada bulamadım, oturma odasında da yoktu. Odasını gidip kapıyı tıklattım. Fakat ses gelmediği için kapıyı aralayıp içeriye göz attım. Ancak Bee odasında da değildi.

Belki Hawaii Bahçesi'ndedir diye düşünerek, "Bee," diye seslendim yüksek sesle.

Yine cevap yoktu. Daha sonra kahvaltı masasının üstünde bir not fark ettim.

Sevgili Emily,
Seattle'da oturan eski bir arkadaşım onda kalmam için beni davet etti. Evelyn'le ortak arkadaşımız kendisi. Fo-

toğraflara bakıp geçmişi yâd edeceğiz. Cep telefonundan seni aradım fakat ulaşamadım. Senin de benimle gelmeni istiyordum ama zamanım yoktu. Umarım bu gece yalnız kalman senin için sorun olmaz. Buzdolabı dolu. Yarın öğlen evde olurum.

Sevgiler,
Bee

Televizyon seyrettim. Müzik dinledim. E-postalarıma baktım. Fakat hiçbir şey aklımdaki düşünceleri susturmaya yetmedi. Sürekli çalan bir şarkıydılar adeta. Oldukça korkunç bir şarkıydı bu.

Gece evde yalnız olmak, ürkütücüydü. Hani eski evler güneş batıp da rüzgâr çıkınca çatırdamaya başlar ya, bu ev de güneşin batmasıyla birlikte çatırdamaya başlamıştı. Korkumdan hemen Jack'i aradım.

Jack'in evde olabileceğini düşünmüyordum çünkü bugün meşgul olacağını söylemişti. Gerçekten de meşguldü... Telefonu bir kadın açmıştı. Kadının sesini almadan önce arkadan bir adamın kahkahası geliyordu... Bu Jack'in kahkahasıydı. Ayrıca romantik bir müziğin melodisini de duyabiliyordum.

"Merhaba, Jack'in malikânesi," dedi kadın. Sanki o telefona daha önce de cevap vermiş gibi kendinden emin konuşmuştu. Saate baktığımda, 21.47'yi gösteriyordu. Akşamın bu saatinde o kadının Jack'in evinde ne işi vardı?

"Ah, affedersiniz," dedim belli belirsiz. "Jack'i aramıştım."

Kadın kıkırdayarak, "Kendisi şu an meşgul," dedi. "Bir mesajınız varsa ben iletiyim."

"Yok," dedim. "Önemli değil."

O anda Esther'ın Elliot'a ve elbette *Kaybolan Yıllar* kitabındaki Jane'in Andre'ye duyduğu öfkenin aynısını hissettim. Esther'ın yüzüğü neden attığını ve neden gidip de başka biriyle evlendiğini anlamıştım artık. Damarlarımda kol gezen öfke, kıyıya vuran dalgalar gibiydi. Esther gibi davranmak istemiyordum, eğer geride durup başka bir adamın daha beni aldatışını izlersem lanetlenirdim.

On Altıncı Bölüm

16 Mart

Ertesi sabah her zamankinden daha da erken kalkmıştım, çünkü bütün gece acaba evde bir hayalet var mı diye düşününce pek de rahat uyuyamamıştım. Saat sekizi biraz geçe telefon çaldı, neredeyse kalp krizi geçirecektim.

"Alo?" diye açtım telefonu.

"Merhaba, kiminle görüşüyorum?" dedi bir erkek sesi, derinden ve boğuk geliyordu. Kim olduğunu çıkartamadım.

"*Kimsiniz?*" diye sordum. Arayan kişinin daha kendini tanıtmadan kiminle görüştüğünü bilmek istemesini, her zaman sinir bozucu bulmuşumdur. Aslında saygısızlık daha baskındı.

"Bayan Emily Wilson'ı aramıştım," dedi telefondaki ses.

"Buyurun benim," diye yanıt verdim. "Peki siz kimsiniz?"

Adam boğazını temizledi ve "Ben Elliot Hartley," dedi.

O anda neredeyse telefonu elimden düşürecektim. Ancak Elliot'ı sonsuza kadar o günlüğün sayfalarına hapsetme korkusuyla ahizeyi yakaladım. "Evet," dedim. "Ben Emily Wilson."

"Umarım rahatsız etmemişimdir ama-"

"Hayır, hayır," dedim araya girerek. "Elbette rahatsız etmiyorsunuz."

"Güzel," dedi. "Sizinle görüşebilir miyiz diye aramıştım. Özel olarak."

Beni nasıl bulmuştu? Ve neredeydi? Peki Esther hâlâ yaşıyor muydu? Günlüğü okuduğumu biliyor muydu? Evelyn ona söylemiş miydi?

Bu soruları ona telefonda sormak pek doğru gelmiyordu. "Çok iyi olur," diye cevap verdim. "Yani demek istediğim, çok sevinirim. Ben de bir gün yollarımızın kesişmesini umuyordum."

"Bugün beni ziyaret etme fırsatınız olabilir mi?" diye sordu Elliot. "Sizinle konuşmam gereken bir konu var."

"Evet," dedim hemen.

Bana adresini verdi. Seattle'da oturuyordu.

"Bir sonraki feribotla geleceğim," diye cevap verdim.

"Bir saniye," dedi. "Benim kim olduğumu biliyor musunuz?"

"Evet, biliyorum. Siz büyükannemin âşık olduğu adamsınız."

※

Feribot terminaline bir taksiyle gittim. Rıhtıma vardığımda, Jack'e bugün onunla birlikte büyükbabasını ziyarete gidemeyeceğimi söylemediğim aklıma geldi. Bir gece önceki telefon muhabbetini düşününce, bu pek de önemli görünmüyordu.

Feribotta sürekli Esther'ı düşündüm. *Gerçekten kaçmış mıydı? Eğer öyleyse neredeydi? Eğer kaçmadıysa ve bir cinayete kurban gittiyse* –zorla yutkundum– *neden cesedi bulunmadı?*

Esther'ın hayatındaki insanların listesini aklımdan geçirdim. Büyükbabamın kesinlikle bir nedeni vardı; öfke, intikam, kıskançlık. Ancak ipuçları ne olursa olsun büyükbabamın böyle bir şeyi yapamayacağına karar verdim. Peki bebeğe –ki o muhtemelen annemdi– ne olmuştu? Büyükbabam, Esther'ın peşinden gitmek için onu yalnız mı bırakmıştı? Bir ihtimal de olsa olabilirdi.

Frances ve Rose söz konusu değillerdi, belki de olabilirlerdi. Sonuçta günlüğün sonlarına doğru Esther'la Frances'in arkadaşlıklarında bir çatırdama olmuştu ve Esther'ın Fraces'i Elliot'la gördüğü o gecede... ay ışığında korkunç bir olay gerçekleşmişti belki de. Frances olanları Esther'a anlattı mı, diye geçirdim aklımdan.

Feribot Seattle'a gelmişti, inmek için kalabalığın arasına karıştım. Ayağımı karaya basar basmaz karnımda kelebeklerin uçuştuğunu hissedebiliyordum, Elliot'a bir adım daha yaklaşmıştım.

Bir taksi çevirdim ve adresi sürücüye verdim. Elliot, Kraliçe Anne Huzurevi'nin şehir merkezine uzak olmadığını söylemişti, haklıydı. Daha beş dakika geçmeden ücretimi ödemiş ve içeriye girmiştim. Burası, yazları Greg'in beni götürdüğü yere çok da uzak değildi. Bir bina ötedeki kafede bana ilk kahvemi ısmarlamıştı Greg.

"Bay Elliot'ı görmek için gelmiştim," dedim lobideki danışmada oturan adama.

Adam klavyeye birkaç kez bastıktan sonra şaşkın bir tavırla bana baktı. "Kusura bakmayın hanımefendi ama bu isimde birisi yok," dedi.

Avuçlarımın terlediğini ve kalbimin hızla atmaya başladığını hissedebiliyordum. "Nasıl yani? Bir yanlışlık olmalı. Onunla daha yeni konuştum ve bana burada yaşadığını söyledi." Bir an için susup bir kâğıda yazdığım oda numarasına baktım. "Oda numarası da 308."

Adam omzunu silkererek, "Keşke size yardımcı olabilseydim," dedi. "Fakat listede adı yok."

Biri bana kötü bir şaka mı yapıyor, diye merak ettim.

Hemen pes etmeye niyetim yoktu. "Listeyi tekrar kontrol eder misiniz?"

Daha sonra küçük bir bölmenin arkasından bir kadın çıktı. "Bir problem mi var Ed?"

Danışmadaki adam yeniden omuz silkerek, "Burada bulunmayan birini soruyor," diye cevap verdi.

Yanımıza gelen kadın, şüpheyle bana baktı. "Kimi arıyorsun, tatlım?"

"İsmi Elliot Hartley," dedim.

"Peki, bir kontrol edelim," dedi Ed'in önündeki klavyeyi kendine doğru çekerek. Birkaç dakika ekrana baktıktan sonra kaşlarını çattı. "Ah, bir sorun var. Biri dosyalarımı karıştırmış. Sıralamada bir hata var ve son sayfa da eksik. Çıktısını almam gerekecek."

Hâlâ bir umut olduğunu bilmek, içimi rahatlatmıştı. "Kontrol ettiğiniz için teşekkür ederim."

Kadın birkaç dakika sonra yüzünde gülümse ve elinde kâğıtlarla geri döndü. "Evet, burada kalıyor," dedi. "Oda numarası 308. Ed burada yeni, bu yüzden sakinlerimizin isimlerini henüz bilmiyor. Bay Hartley diye söyleyince

bir anda anımsayamadım, çünkü burada ona herkes Bud*
der."

"Bud mı?"

"Bu lakabı ona hemşirelerden biri takmış, oldukça etkileyici," dedi kadın.

"Eğer isterseniz odasını size gösterebilirim," dedi Ed, sanırım hatasından dolayı kendini kötü hissediyordu.

"Çok iyi olur."

Uzun bir koridoru geçip sonunda bir asansörün önüne geldik. Asansöre bindiğimizde, Ed üçüncü katın düğmesine bastı. Asansör kata gelip kapısı açılınca Ed dışarı çıktı, bense asansörün içinde kalakalmıştım.

"Hanımefendi," dedi Ed, "üçüncü kata geldik."

"Biliyorum," dedim. "Sanırım biraz heyecanlıyım."

Ed şaşırmış görünüyordu. "Büyükbabanızı görecek olmanız neden sizi bu kadar heyecanlandırdı ki?" diye sordu.

Başımı iki yana sallayarak üçüncü katın zeminine dikkatle bastım. Karşıma herhangi bir tehlike çıkacaktı sanki. Koridor, kütüphane ve fazla pişmiş rosto kokuyor gibiydi. "O benim büyükbabam değil, keşke öyle olsaydı."

Ed yine omuz silkmişti. Aklımı oynattığımı düşünüyordu muhtemelen. Belki de delirmiştim. "308 burası," diyerek kapıyı gösterdi. "İyi şanslar."

Kapıyı tıklatacak gücüm olmadığı için bir süre 308 numaralı kapının önünde durdum. Düşünebildiğim tek şey, *Elliot Hartley*'nin kapısının önünde duruyor olduğumdu. *Acaba nasıl biriydi?* Bir an gözümü kapatınca Jack'in yüzünü gördüm. O anda günlüğü okuduğum süre boyunca

---

* *İng.* Arkadaş, ahbap ve botanikte tomurcuk anlamına gelir. (Ed. N.)

Jack'i Elliot olarak hayal ettiğimi fark ettim. Ellerim biraz titrese de kapıyı çaldım.

İçeriden birinin kapıya doğru yaklaştığını duyabiliyordum. Kapı yavaşça açıldı ve bir adam göründü. Yakışıklıydı; seksenlerinde bir adam gibi değildi, gri saçları ve buruşuk tenine rağmen gerçekten yakışıklıydı. "Geldiğine çok sevindim," dedi.

Büyükanneme baktığı o sıcacık koyu renkli gözleriyle şimdi de kapıda bana bakıyordu. "Seni cenaze töreninde gördüğüm an onun torunu olduğunu anlamıştım," diye devam etti konuşmasına. "Jack'in bana senin kim olduğunu söylemesine gerek yoktu. Ben zaten biliyordum."

Yanaklarımın yandığını hissedebiliyordum. *Tabii ya, Elliot, Jack'in büyükbabasıydı. Bunu neden daha önce fark edemedim? Bu durum hem ürkütücü hem heyecanlı hem de kafa karıştırıcıydı.*

"Bu dikkat çekici benzerlik," dedi Elliot ve bir süre duraksadı. "Sanki *ona* bakıyormuş gibiyim."

Bir cevap vermeden yalnızca gülümsedim.

"Kapıda kaldın," dedi Elliot, "lütfen içeri gir."

Odası küçük ama temizdi. Ufacık bir mutfağı ve bir kanepeyle iki sandalyenin sığabileceği büyüklükteki salonunun hemen yanında, yuvarlak bir masası vardı. O köşenin sonunda da yatak odası ve banyo bulunuyordu.

"Kendini evindeymiş gibi hisset," dedi Elliot, pencerenin yanındaki sandalyeyi işaret ederek.

Oturmak yerine fotoğrafların bulunduğu duvara doğru yürüdüm. Birçoğu bebek ve aile fotoğraflarıydı. Ancak siyah-beyaz bir düğün fotoğrafı çarptı gözüme. Damat Elliot'tı ama gelin Esther değildi.

"Eşin," dedim, "hâlâ yaşıyor mu?"

Başını iki yana salladı. "On bir yıl önce öldü." Sesinden onu umursadığına ya da özlediğine dair bir işaret almamıştım, fakat sorduğum basit bir soruydu ve o da yalnızca gerçeği söylemişti.

"Muhtemelen onu sevip sevmediğimi merak ediyorsundur," dedi Elliot. "Büyükanneni sevdiğim gibi onu da sevdim."

İşte *bu* tam da merak ettiğim bir soruydu ama sormaya cesaret edememiştim.

Elliot başını olumlu anlamda sallayarak, "Lillian'ı seviyordum," dedi. "Ama onunla farklıydı. O benim hayat arkadaşım, büyükannen ise eşruhumdu."

Ölmüş birinin arkasından bu şekilde konuşmak, adeta küfür etmeye benziyordu. Lillian'ın Esther'ın anısına karşılık ikinci sırada yer almayı kabul edip etmediğini merak etmiştim. Eğer günlüğü okumasaydım, böylesine derin bir aşkı bilmeseydim, gerçekten bunu ben de anlamazdım.

Oturmadan önce kitaplıkta gözüme bir şey takıldı. Bir İncil ve Tom Clancy'nin romanının arasında duran, koyu mavi renkte bir kitabın sırtıydı dikkatimi çeken. Elimi rafa doğru uzatırken kalbim hızla çarpıyordu. "Alabilir miyim?" diye sordum, Elliot'tan yana dönerek.

"Alabilirsin," diye cevap verdi.

O kitabın *Kaybolan Yıllar* olduğunu, altın renkli harflerle yazılmış başlığını görmeden anlamıştım.

"Bu kitabı çok severdi," dedi Elliot, sesinden dalgın olduğu anlaşılıyordu. "Her şey... her şey olup bittikten sonra defalarca okudum bu kitabı. Belki karakterleri anlayabilirsem, Esther'ı da anlarım diye düşündüm." Sustu ve iç çekti.

"Fakat defalarca okumaya kalktığın bir hikâye bir süre sonra bulanıklaşmaya başlar."

"Elliot," dedim bir sandalyeye oturarak. "Ne oldu? Büyükanneme gerçekten ne oldu?"

"Anlıyorum, her şeyi bilmek istiyorsun," dedi Elliot. "İşte bu yüzden seni buraya çağırdım." Ayağa kalktı ve mutfağa doğru yürüdü. "Çay?"

"Lütfen."

Elliot ısıtıcıya su koydu ve daha sonra fişi prize taktı. "Sana büyükannen hakkında kimsenin aksini iddia edemeyeceği bir şey söyleyeceğim. O tutkulu ve iradeli biriydi. Kararlıydı. Eğer aklında bir şey varsa, onu değiştiremezdin."

Oturduğum yerde doğruldum ve bir an için dün gece Jack'i yanlış değerlendirip değerlendirmediğimi düşündüm. *Aynı Esther gibi ben de hemen hüküm mü vermiştim? Ben de kalıtımsal olarak hikâyeyi yeniden mi yaşıyordum?*

"Nişanlıydık," diye devam etti Elliot anlatmaya, "büyükannen ve ben. Ona o nişan yüzüğünü alabilmek için tüm şartları zorlamıştım. Fakat bir yanlış anlaşılma oldu. Benim Seattle'da başka bir kadınla görüştüğümü düşündü."

"Öyle miydi peki?"

Elliot dehşet içinde bana bakarak, "Tabii ki değildi," dedi. "Gördüğü kadın şehirde evi olan eski bir arkadaşımdı. Nişanlıydı, evini bana piyasa değerinin altında satacaktı. Büyükannen her zaman Marion Caddesi'nde, büyük pencereli ve yemek asansörü olan bir evi olsun istemişti. Orası da öyle bir yerdi. İstediği gibi. Ona düğün günümüzde sürpriz yapacaktım ama o, yüzüğü fırlatarak benden önce sürprizi yapmış oldu."

"Neden ona açıklamadın? Neden ona sürprizinden bahsetmedin?"

"Denedim," dedi. "Ama Esther için bunların hiçbir anlamı yoktu."

Esther'ın sesindeki o öfkeyi ve caddenin kenarında öylece dururken gözlerindeki hayal kırıklığını anlatan günlükteki o sahneyi hatırladım... ya da en azından tahmin ettim.

"Yani nişanı bu yüzden bozdu, öyle mi?"

"Evet, bu yüzden," dedi Elliot. Yarası hâlâ tazeymiş gibi üzgün görünüyordu. Aradan geçen altmış beş yıla rağmen işlerin neden ters gittiğini veya bu durumu zaman içerisinde düzeltip düzeltemeyeceğini hâlâ anlamış değildi.

"Ve başka biriyle evlendi?"

"Evet," dedi Elliot, kucağında duran ellerine bakarak. "Uzun bir süre ona çok kızgındım. Bu yüzden ondan bunun acısını çıkarttım. Seattle'daki kadınların neredeyse yarısıyla flört ettim ve onları Esther'ın görmesini umut ederek adaya getirdim. Fakat Esther hiç farkına bile varmamıştı, bu nedenle ben de savaşa gittim. Yine de ondan kaçamadım. Güney Pasifik'te bile kalbimi esir almıştı. O hayalini kurduğum her şeydi. Var olmamdaki tek nedendi."

"Savaştayken ona bir mektup gönderdin, öyle değil mi?"

"Sadece bir kere," diye yanıt verdi Elliot, sesi duygu yoğunluğundan dolayı boğuk geliyordu. "Kocasının mektupları bulmasından endişe ettim. Her şeyi berbat etmek istemedim ama savaştan dönemem diye ona bütün duygularımı anlatan bir mektup göndermek zorundaydım."

"Geri döndüğünde neler olduğunu biliyorum," dedim.

"Biliyor musun?"

"Evet, hikâyenizi okudum."

Elliot şaşkınlıktan bakakalmıştı. "Hangi hikâye?"

"Kırmızı kadife kaplı bir günlüğe yaşadıklarınızı yazdığı hikâyeyi, sizin hikâyenizi. Bilmiyor musun?"

"Hayır," dedi. "Ama şaşırmadım. Esther her zaman çok güzel hikâyeler yazardı. Yazar olmak istiyordu. Profesyonel bir yazar." Birkaç dakika sustuktan sonra, "Bu günlüğü, görebilir miyim?" diye sordu.

"Şu anda yanımda değil," dedim, "ama sana kopyasını gönderebilirim."

"Bunu gerçekten yapar mısın?"

"Tabii ki. Günlüğü okumaman için bir neden göremiyorum. Ne de olsa o sana âşıktı..." Onu hikâyeyle yüzleştirmekle fazla mı ileri giderim, diye düşündüm tereddütle. "Belki hikâyedeki karakterler konusunda bana yardımcı olabilirsin?"

"Denerim, Esther."

Bir anda tüylerim diken diken oldu. "Elliot, bana Esther dedin. Ben Emily'yim."

Elliot kendini azarlarcasına başını iki yana sallayarak, "Özür dilerim," dedi. "Hep şu anılar yüzünden."

"Sorun değil," dedim. "Günlükte en yakın arkadaşlarının Rose ve Frances olduklarını söylüyor. Onlar kim olabilir?"

"Rose, Evelyn'di," dedi Elliot hiç duraksamadan. "Anma töreninde fark etmedin mi? Evelyn'in ikinci ismi de Rose'du."

Başımı olumlu anlamda salladım.

"Ve Frances de..."

"Yengem," diye araya girdim. "Frances, benim yengem, öyle değil mi?"

"Evet," dedi. "O zamanlar Fances ismini kullanırdı. Yıllar sonrasına kadar kimse onu Bee olarak bilmezdi."

"Ya sen-" dedim ama söyleyeceğim şeyleri düşünerek bir an duraksadım. "Yengem ve sen bir zamanlar...?"

Elliot ne sormak istediğimi çok iyi anlamış ve soruyu geçiştirmek için herhangi bir girişimde bulunmamıştı. Birkaç dakikalık sessizlikten sonra, düşüncelerini topladı ve geçmişleri hakkında karmaşık bir şeyler olduğunu söyledi. Biraz anlamaya başlamıştım. Bee bu duygusal yükü yıllar boyunca taşımıştı. Bunu Elliot'ın gözlerinde de görüyordum şimdi.

Konuşmanın gidişatının Bee'ye dönmemesini ister gibi iç çekti ama şimdi bütün hikâyeyi bana anlatmak zorunda kalmıştı.

"Benim için Esther'dan başkası yoktu. Diğer tüm kadınlar sadece bir dekordu. Ama Frances..." dedi ve durdu. "Frances farklıydı. Esther'ın tam tersiydi ve bir kez bunun rahatlığı içine düşmüştüm. Ne yengenin bana âşık olmak gibi bir niyeti ne de benim onu kendime âşık etmek gibi bir niyetim vardı. Bana milyonlarca kez, en yakın arkadaşının sevgilisine karşı duygularının bu şekilde olmasından nefret ettiğini söylemişti. Büyükanneni çok seviyordu," diye devam etti, yüzünü birden keder kaplamıştı. "İkimiz de onu çok seviyorduk."

Elliot susup ellerine baktı ve tekrar bakışlarını benden yana çevirdi. "Bee hissettiği duyguları bastırmaya çalışan biriydi, Esther ve benim mutluluğumuzdan başka bir şey istemiyordu. O bizim için kendi mutluluğunu bir kenara bıraktı. Ama bir keresinde..."

"Bir keresinde ne?"

"Bir keresinde, Esther benden ayrıldığında, artık her şeyin sona erdiğini düşünüyordum. Yengen o an yanımdaydı. İşte o zaman olmaması gereken şeyler oldu."

Oda o kadar sessizdi ki, Elliot çenesini sıvazlarken sakallarının çıkardığı sesi duyabiliyordum. "Esther'ın kaybolduğu geceydi," dedi, gözleri dolmuştu. "Yengenin evine gelmiş ve pencereden ikimizi görmüştü." Gözlerini sıkıca kapattı. "O hali şu an bile aklımda. Gözlerindeki o derin hüznü hâlâ hatırlıyorum. Hepsi benim ihanetimin yansımasıydı."

"Biliyorum," dedim.

"Nereden biliyorsun?"

"Bunların hepsi günlükte yazıyor," diyerek oturduğu sandalyeye doğru yürüdüm ve önünde diz çöktüm. "Kendini suçlama."

"Nasıl suçlamam?" dedi gözyaşlarının arasından. "Ben ona ihanet ettim. Ama inan, bana geleceğine dair tek bir umudum olsaydı, tüm hayatımı ona adamamı isteseydi benden... orada asla olmazdım. O korkunç gecede her şey çok daha farklı olurdu. Lakin zamanlamamız çok kötüydü. Bizim zamanlamamız her zaman çok kötüydü," diye ekledi yüzünü ellerinin arasına gömerek.

"Elliot," diye seslendim usulca. "Ona o gece ne olduğunu bilmeye ihtiyacım var."

Elliot başını sallayarak, "Özür dilerim," dedi. "Tüm bunları konuşabileceğimi sanmıştım. Göğsümdeki bu yükü söküp atabilirim sanmıştım, ama bilmiyorum. Yapabilir miyim bilemiyorum."

Kucağıma baktığımda yumruklarımı sıkmış olduğumu fark ettim. "O gece kötü bir şey oldu, değil mi Elliot?"

Başıyla sözlerimi onayladı.

"Bana anlatmak zorundasın," dedim. "Esther için."

Elliot başını öne eğip ellerine bakıyordu sadece.

"Elliot," dedim, "lütfen cevap ver. O gece ona bir şey oldu mu? Biri büyükannemin canına kıydı mı?"

Elliot yine yüzünü ellerinin arasına gömerek, "Evet!" diye haykırdı. "Evet. Ben. Ben ve Bee."

On Yedinci Bölüm

O anda oradan uzaklaşmalıydım ya da kendimi dışarı attıktan sonra hemen polisi aramalıydım. Polis memuruna durumu nasıl açıklayacağımı merak ediyordum. "Merhaba, sizi... 1943 yılında öldürülen büyükannemin katilini bildirmek için aradım."

Ancak Elliot'ın, Esther'ın ölümüyle ilgili Bee ve kendi hakkında söylediklerinin hiçbir mantıklı yanı yoktu. Bir adam âşık olduğu kadını nasıl öldürebilirdi ki? Ya da belki de Esther'ın gerçekten öldüğünü söylemesine şaşırıp kalmıştım. Esther *ölmüştü*. Bu kelime Esther'ın hayatı için hayal ettiğim bir şey değildi, ben onun uzak bir yerlerde yaşadığını ve hayatta olduğunu umuyordum. Hatta Elliot'ın onunla görüşüyor olduğunu, günlükteki hikâyeleri bir yana gizlice buluşmaya devam ettiklerini bile düşünüyordum.

Keşke öyle olsaydı.

"Bir saniye, Elliot. Yani onu öldürdüğünü mü söylüyorsun?"

Elliot uzun süre sessiz kaldıktan sonra, "Hayır," diye yanıt verdi. "Ama yapmış da olabilirim. Emily, onun ölümünden sorumlu olan kişinin ben olduğunu sana söyleyerek, hayatımın en acı anını yaşıyorum. Yengen ve ben, onun ölümünden ikimiz sorumluyuz."

Kaşlarımı çatarak, "Hiçbir şey anlamıyorum," dedim.

Elliot kafasını salladı. "Hızla arabayı sürerek Bee'nin evinden ayrıldıktan sonra ikimiz de dehşete düşmüştük... nereye gidebilir ya da daha kötüsü kendine ne yapabilir diye."

"Siz de onu takip ettiniz?"

"Evet."

"Ama neden?"

"Bee ondan özür dilemek istedi, ama ben... bense onu kollarıma alıp onu ne kadar çok sevdiğimi, sadece ve sadece onu sevdiğimi söylemeyi istedim, çok geç olmadan."

"Geç olmadan?"

Elliot konuşmaya devam ederken, gözleri yaşardı. "Bee arabayı kullanıyordu, ben de hemen yanındaydım. Esther'ın nereye gittiğini bilmiyorduk. Bu nedenle limana baktık ama arabasını orada göremeyince çarşıyı aradık. Sonra aklıma geldi. Onun nerede olduğunu biliyordum. Birlikte vakit geçirdiğimiz parka gitmiş olmalıydı. Esther, Fay Park'ı çok severdi."

"Orada mıydı?"

"Evet," dedi Elliot başını sallayarak, sanki zihnindeki o acı hatıraları dağıtmak istiyor gibiydi. "Her şey çok ani oldu."

"Nasıl?"

"Bir anlığına dikiz aynasından gözlerini gördüm. Yüzündeki bakışı gördüm. O son bakış aklıma kazılıdır. Hayatımın son altmış yılı boyunca, her lanet gecede gözlerimi kapattığımda o son bakışı görüyorum. Üzgün ve kaybolmuş."

Geçmişin ağırlığından Elliot'ın elleri titremeye başlamıştı.

"Sonra ne oldu, Elliot?" diye sordum yavaşça. "Ne olduğunu bilmem gerek."

Elliot derin bir nefes alarak, "Arabasını otoparkın ortasına park etmişti," dedi. "Biz de arabadan indik. Bee'ye arabada kalması için yalvardım. Esther'la yalnız konuşmaya ihtiyacım vardı, ama dinlemedi. Esther'ın arabasına kadar beni takip etti. Arabanın kapısına geldiğimizde, Esther arabayı çalıştırdı ve..."

"Elliot, ne oldu? Ona ne oldu?"

"Karanlıktı," dedi Elliot, gözyaşları artık yüzünü yıkıyordu. "Çok karanlıktı ve sis vardı."

"Elliot, sakin ol," dedim usulca.

"Arabanın farları yanıyordu ve araba..." diyerek hıçkırmaya başladı Elliot, her kelimesi kederle boğuluyordu sanki. "Farlar yüzünden gözlerimiz kamaşmıştı, o anda Esther arabayı uçuruma doğru sürdü. Gözlerimizin önünde hem de..."

Soluk soluğa kalmıştım. *Peki, hamileliği ne olmuştu? Bebeğe ne olmuştu?*

Elliot elinden geldiğince kendine hâkim olmaya çalışarak, "Ben de arkasından uçuruma doğru koşmaya başladım," diye devam etti. "Eğer bu düşüşten sağ kalabildiyse onu kurtarabileceğimi düşündüm. Tam uçurumdan atlayacağım sırada yengen beni yakaladı. İkimiz de uçurumun kenarında öylece enkaza bakakaldık. Araba yüzlerce parçaya bölünmüş, motor da yanmaya başlamıştı. Bee'nin söyleyebildiği tek şey, 'Gitti. O gitti, Elliot. Bırak gitsin,' oldu."

"Polisi ya da ambulansı çağırmadınız mı?"

Elliot başını iki yana sallayarak, "Bee istemedi," dedi. "Onu uçurumdan atlamaya zorladığımızı sanıp bizi suçlayabileceklerini düşündü."

"Ne yaptınız peki?"

Elliot, "Arabayla oradan uzaklaştık," diyerek mendiline uzandı. "Şoktaydım. Düşünebildiğim tek şey hapiste olmayı hak ettiğimdi. Onun ölümünden kendimi sorumlu tutuyordum."

"Peki ya Esther kazadan kurtulmayı başardıysa? Ya orada sahilde acı içinde yattıysa? Onu kurtarabilirdin. Elliot, ya arabayı uçuruma sürme nedeni buysa? *Ya kurtarılmayı istediyse?*"

Elliot özür diler gibi gözlerime baktı. "Aynı sorular, ben mezara girene kadar sürekli beynimi kemirip duracak. Ancak bir parça da olsa bana huzur veren, paramparça olmuş arabanın görüntüsü. Öyle bir kazadan sonra kimse hayatta kalmaz. Bee haklıydı. O gece oradan ayrılmak, bizim tek şansımızdı. Başka tanık olmadığı için biz suçlanacaktık. O zamanlar işler böyle yürüyordu. Orada olan bizdik, dolayısıyla mahkeme de bizim onu uçurumdan attığımıza karar verecekti."

İç çekerek, "Bee ne yaptı peki?" diye sordum. "Hiç pişmanlık duydu mu sence?"

"Evet," diye cevap verdi Elliot. "Bee'nin bir kısmı o gece öldü. O kazadan sonra asla eskisi gibi olmadı. Onca yıldan sonra bile karşı karşıya gelemememiz bu yüzden. İkimizin arasında çok fazla hikâye var, oldukça ızdıraplı. Birbirimizin yüzüne baktığımızda o geceyi ve Esther'ı hatırlıyoruz."

O anda kütüphanede araştırma yaparken, gazetede Esther'ın ölümüyle ilgili okuduğum haber aklıma geldi.

Arabanın enkazı uçurumun dibinde bulunmuştu fakat içinde kimse yoktu.

"Elliot, bir gazetede Esther'ın cesedinin hiç bulunamadığını okudum. Bu nasıl olabilir?"

"Evet. Ben de okudum."

Elliot'ın bana söylemediği bir şeylerin olup olmadığını merak ettim. Öyle korkunç bir kazadan sonra Esther nasıl gizemli bir şekilde ortadan kaybolabilirdi ki? Gerçekten biri gidip onu kurtarmış olabilir miydi? Yoksa burnu bile kanamadan kaza yerinden uzaklaşmış mıydı? *İmkânsız*, dedim kendi kendime.

"Ne olduğunu düşünüyorsun?"

"Keşke sana onun kurtulduğunu söyleyebilseydim," dedi Elliot. "Ertesi güne kadar enkaz bulunamamıştı. Cesedini denizin alıp götürmüş olduğu söyleniyordu, çok sevdiği o denizin." Bir süre duraksadı ve omzunu silkti. "Başka bir iddia da onun kurtulduğuna yönelikti. Bir yanımın bu umuda tutunmadığını söylesem, yalan söylemiş olurum ama çok uzun zaman oldu. Kurtulmuş olsaydı adaya, evine dönmez miydi? En azından bebeği için dönmez miydi? Dönmez miydi... benim için?"

Elliot, Esther'ın onun bebeğini taşıdığını bilmiyordu. Bunu o anda anlamıştım. Altmış yıl aradan sonra ona, "Bir bebeğin olacaktı!" demek oldukça gaddarca geliyordu, bu yüzden sessiz kaldım. Günlüğü yakın zamanda okuyacaktı ve belki de öğrenmesi gereken tek yol da buydu.

"Ama bir şey var," dedi Elliot, bir an gözlerinde bir umut parıltısı belirdi.

"Ne?"

"Belki bir anlam ifade etmeyebilir. Fakat o gece ben ve Bee arabayla giderken, bir aracın durduğunu gördük."

"Birini mi gördünüz?"

Elliot, "Aslında emin değilim," dedi, "ama her zaman o kişinin Billy olduğundan kuşkulandım. Billy Henry Mattson, ama şimdi Henry ismini kullanıyor."

"Bir saniye, Henry, hani şu Bee'nin evinin yanında oturan Henry mi?"

"Evet, onu tanıyor musun?"

Başımı olumlu anlamda salladım. *Billy, Henry idi demek.* O gün, konuşma büyükannem ve gizemli bir şekilde ortadan kaybolan fotoğraftaki kadına geldiğinde, onun nasıl rol kestiği aklıma geldi. Esther günlükte onu hep arkadaşı olarak gördüğünden bahsetmişti ama ne gariptir ki Billy hep aniden karşısına çıkıyordu. *Acaba Billy onu taciz mi ediyordu?* Bu düşünceyle ürperdim. *Hayır,* dedim kendi kendime. Henry her ne kadar onun için delirse de cesedini alıp götürmezdi. Ama bu durum aklımı kurcalamaya başlamıştı. *İnsanlar göründükleri gibi değillerdir.* Annabelle ile birlikte Manhattan'daki bir restoranda zengin görünümlü iki kadının konuşmalarına şahit olmuştuk. Pırlantalar takıp takıştırmışlardı ve sosyetik bir havaları vardı. Sonra biri ağzını açıp, "Bütün farklı markaları denedim ama Copenhagen tütününden vazgeçemem," demişti. "Çocukları yatırdıktan sonra terasta bir tane tüttürmeye bayılıyorum."

Bunu duyduğumuz anda ağzımız bir karış açık kalmıştı. Havasından geçilmeyen kadın, adeta bir inşaat işçisi gibi tütün çiğniyordu. Bu, en yakın arkadaşınızın normalde teknik direktör olan babasının kadın kıyafetleri giymesi gibi bir şeydi. Çok uygunsuzdu.

Ama Henry olamazdı. Bu düşünceyi aklımdan uzaklaştırmak istesem de inatla içimi kemiriyordu. Çocukluğumdaki bu bulutlu ve yağmurlu ada, şimdi kapkara sırlarla örtülüydü.

"Elliot," dedim, adaya gelişimi hatırlayarak. "Bu hikâyeyi kalbinden söküp atamıyorsun, bunun sana ne hissettirdiğini anlıyorum." Durdum ve kedere boğulan gözlerinin içine baktım. "Onca yıldan sonra kalbin Esther için ne diyor?"

Elliot gözlerini gözlerimden kaçırarak, "Güzel günlerimin hatırına bunu anlamaya çalıştım. Tek bildiğim ve belki de tek bileceğim, Esther'ın o gece beraberinde kalbimi de götürdüğü. Sonsuza kadar..."

Biraz daha konuşması için onu teşvik etsem mi diye düşünerek başımı salladım. "Merak etme," dedim. "Gerekli cevapları bulabilmek için her şeyi yapacağım, sen ve Esther için." Saate baktım ve ayağa kalktım. "Neredeyse bir saat olmuş. Bildiklerini benimle paylaştığın için teşekkür ederim."

"Ben teşekkür ederim," dedi Elliot. "Ah, Jack bu öğlen beni ziyarete gelecekti. Eğer onu görmek istersen burada kalabilirsin."

"Jack mi?"

"Evet, sana söylemedi mi?"

"Hmm, evet," dedim, soru karşısında hazırlıksız yakalanmıştım. "Fakat feribotu yakalamam gerek, Bee beni bekler."

"Böyle hemen gidiyor olman hiç hoşuma gitmedi," dedi Elliot.

Ben de kalmayı düşünüyordum ama dün gece Jack'in evinde telefonu açan kadını hatırlayınca, sinirlerim gerilmişti. "Kusura bakma," dedim. "Gitmem gerekiyor."

Elliot hayal kırıklığına uğramış gibi görünse de başını salladı.

"Bir saniye," dedim aklımdaki soruyu sormak için. "Burnumu sokmak istemem ama Jack'in yanında kalan kadını tanıyor musun? Aile dostu mu ya da?"

Elliot şaşkın şaşkın bakınca açıklamak zorunda kaldım. "Dün gece onu aradığımda, telefonu bir kadın açtı. Yabancı biri, tanımıyorum, o yüzden sordum."

Elliot başını olumlu anlamda sallayarak, "Aa, evet," dedi. "Jack'in yeni bir arkadaştan bahsettiğini hatırlıyorum."

"Aa," dedim boş gözlerle ona bakarak.

"Bu çocuk, bu kadar güzel kadınlarla nasıl oluyor da dikiş tutturamıyor, bilmiyorum," dedi Elliot göz kırparak.

"Haklısın," dedim. Elliot bu sözleri övünerek söylese de benim canımı yakmıştı. Aniden, Jack'le geçirdiğimiz birkaç hafta, gözümün önünde ucuz bir aşk romanı gibi parladı. *Nasıl aldanmıştım? Nasıl bu kadar saf olabildim? Neden bunu göremedim? Nasıl kendimi bu duruma düşürebildim?*

Elliot'a teşekkür ettikten sonra, kalbimde bir sızı ve aklımda binlerce soruyla oradan ayrıldım.

Gerçek aşk için bu çok fazla... en azından benim için, diye geçti aklımdan; bir taksiyle limana giderken.

Akşamüzeri Bee'nin evine geldiğimde hem mutlu hem de endişeliydim. Her ne kadar yavaş yavaş konuya girmeye karar versem de bu durum, adeta evliliklerinin ellinci yıldönümlerini kutlayan çiftin önünde yıllanmış bir şarabı açmak kadar ilginç ve davetkârdı.

"Merhaba tatlım," dedi Bee. "Çarşıya mı gittin?"

"Hayır," dedim ve Bee'nin bulmacasıyla meşgul olduğu sandalyenin karşı tarafına, kanepeye oturdum. "Bu sabah Seattle'a gittim."

"Aa, alışveriş için mi?"

"Hayır, birini ziyarete gittim."

Bee başını bulmacasından kaldırdı, şaşkındı. "Seattle'da arkadaşın olduğunu bilmiyordum, tatlım. Geçen gün beraber gittiğimizde bana söylemeliydin. Bize katılması için davet ederdik."

Başımı iki yana sallayarak, "Muhtemelen gelemezdi," dedim.

"Kim?" diye sordu Bee.

"Elliot Hartley," diye cevap verdim.

Bee elindeki kalemi kucağına düşürdü ve bana sanki affedilemez bir şey söylemişim gibi baktı.

"Bee," dedim, "konuşmamız gereken bazı şeyler var."

Bu anın geleceğini biliyordum dercesine başını salladı. Bununla birlikte her şeyi bir bir sıralamaya başladım.

"Büyükanneme olanları biliyorum," dedim. "Gerçek büyükannem. Bee, onun yazdığı günlüğü buldum ve buraya geldiğimden beri okuyorum. Yaşadığı son bir ayın hikâyesi, hem de son anına kadar. Bu sabah tüm karakterleri yerlerine oturttum, sen, Evelyn ve Henry. Elliot bana yardımcı oldu."

Telaşlı ve paniğe kapılmış bir şekilde konuşmaya devam ettim. Esther'ın tüm hayatını tek bir paragrafta anlatıyordum sanki. Bee kaskatı kesilip her zaman yaptığı gibi konuşmayı reddetmeden önce çok az zamanımın olduğunu biliyordum.

"Ona inandın mı?"

"Neden inanmayayım Bee? Büyükannem onu sevdi."

Bee'nin gözlerindeki yangını görebiliyordum. "Ben de sevmiştim," dedi belli belirsiz. "Şu olanlara bir bak."

"Bee," dedim usulca, "adadaki son gecesinde neler olduğunu biliyorum. Elliot'la sizi birlikte gördüğünü ve onun peşinden gittiğinizi biliyorum." Nasıl devam etmem gerektiğini düşünerek bir an sustum. "Onu orada öylece bıraktığını biliyorum, Bee. Bunu ona nasıl yapabildin? Ya sadece yaralandıysa?"

Bee'nin yüzü o anda bembeyaz oldu, konuşmaya başladığında sesini tanıyamamıştım. "Korkunç bir geceydi," dedi belli belirsiz. "Elliot bana geldiğinde, bunun olmaması gerektiğini biliyordum. İkimiz de bunu biliyorduk. Fakat büyükannenle aralarındaki her şey bitmişti. Onun bana sarılmasının özlemini nasıl çekiyordum, bilemezsin. Lisede tanıştığımız zamanı milyon kez düşünürdüm hep, ama onun dikkatini çeken tek kişi Esther'dı... ta ki o geceye kadar, o gece *beni* isteyene kadar." Bee bunun saçma olduğunu düşünürcesine başını iki yana salladı. "Bu hissin nasıl bir şey olduğunu biliyor musun?"

Sessizliğimi korudum.

"Kendime tamam dedim," diye devam etti Bee. "Esther'ın da kabul edeceğini düşünmüştüm."

"Ama ikinizi beraber gördüğünde..."

"Hata yaptığımızı biliyordum, ikimiz de biliyorduk."

"Onun arkasından gittiniz."

Bee başını olumlu anlamda sallayıp, ellerinin arasına

aldı. "Hayır," diyerek ayağa kalktı. "Yapamayacağım. Konuşmayalım."

"Bee, bir dakika," dedim. "Günlük... günlüğü okudun mu?"

"Hayır," dedi.

"Peki, öyleyse burada ne işi var?"

Bee vahşi gözlerle bana bakıyordu. *"Burada* da ne demek?"

"Burada, bu evde," dedim. "Odamda buldum. Komodinin çekmecesinde."

Bee başını iki yana sallayarak, "Bilmiyorum," dedi. "O odaya otuz yıldır girmiyordum. Onun en sevdiği odaydı orası. O ve bebek için pembeye boyatmıştım. Biliyorsun, büyükbabanı terk edecekti."

"Bee, madem bana büyükannemi anlatmayacaktın, neden o odada kalmamı istedin?"

Bee kederli gözlerle bana baktı, ne cevap vereceğinden emin değildi. "Bilmiyorum, sadece orada olmayı hak ettiğini düşündüm."

Başımı salladım. "Bence Esther'ın günlüğünü okumalısın," dedim. "Seni sevdiğini, affettiğini göreceksin."

"Günlük nerede?" diye sordu Bee, oldukça korkmuş görünüyordu.

"Getireyim," dedim ve odama gidip kırmızı kadife kaplı günlüğü getirdim. "Burada."

Bee günlüğü ellerinin arasına aldı. Gözlerinde öfke haricinde ne sıcaklık ne de kabulleniş vardı. Sonra gözyaşlarına boğuldu.

"Anlamıyorsun," dedi. Bu sözü benim için hiçbir anlam ifade etmemişti.

"Neyi Bee?"

Bee gözlerindeki yaşları silerek, "Onun bize ne yaptığını," dedi. "Bizi nereye sürüklediğini..."

Yanına gittim ve ellerimi omuzlarına koyarak onu rahatlatmaya çalıştım. "Anlat Bee, artık doğruları bilme zamanım geldi."

"Gerçekler gömüldü," dedi derin bir nefes alarak. Gözlerindeki öfke artık bir kasırgaya dönüşmüştü. "Bunu yok etmeliyim." Sonra odasına doğru yürüdü.

"Bee bekle," diye seslendim arkasından, ama kapıyı hızla kapatıp kilitledi.

※

Bee'nin dışarı çıkmasını umut ederek ve içindeki acı her neyse artık anlatsın diye dua ederek, uzun süre kapısının önünde bekledim. İlk defa büyükannem hakkında açıkça ve dürüstçe konuşabilirdik.

Fakat odadan çıkmadı. Tüm öğlen odasında kaldı. Martılar akşam yemeği vaktinde yaptıkları gibi öterken, onun odasından çıkıp mutfakta dolanmasını dört gözle bekledim ama odasından çıkmadı. Güneş battığında, artık vazgeçip odasından çıkacağını ve kendisine bir içki hazırlayacağını düşündüm. Ancak onu da yapmadı.

Kendime bir kâse çorba koyup gazetelere bir göz attım, sonra da televizyon izledim ama saat dokuz olduğunda esnemeye başladım. Aklımda Mart ayı vardı. Neredeyse üç haftadır buradaydım, zaman çok hızlı geçmişti ama *yanlış* gitmişti.

Cevapları bulacağıma dair Elliot'a ve büyükanneme söz

vermiştim. Ancak büyükannemin gerçekten bu dünyadan ayrılmak istediği gerçeğini düşünmemiştim. *Onun geçmişini irdelemek bana mı düşmüştü?*

Daha fazla düşünmeye cesaretim yoktu artık. Jack cep telefonuma iki tane mesaj bırakmıştı ama ona geri dönmedim. Elliot, Bee ve Esther'ın sırları yüzünden çok yorgundum. Bu nedenle eve dönüş tarihimi değiştirmek için havayolu şirketini aradım. Benim için New York'a dönme vakti gelmişti artık. Esther'ın hikâyesini araştırmaya devam edersem, bunun kalıp hak ve aşk için savaşmak demek olduğunu kalbimde hissediyordum. Ama gerçekten çok yorulmuştum.

On Sekizinci Bölüm

17 Mart

Ertesi sabah Annabelle'i arayarak, "Eve geliyorum," dedim. Sözlerim beklediğimden daha kederli ve yenik geliyordu kulağa.

"Emily," dedi Annabelle, "bir ay kalacağına dair söz vermiştin kendine."

"Biliyorum," dedim. "Ama burada olanlar artık çok ağır gelmeye başladı. Bee benimle doğru düzgün konuşmuyor ve Jack hakkında ise söyleyeceğim fazla bir şeyim yok."

"Jack'le nasıl gidiyor?"

Annabelle'e Jack'in büyükbabasına yaptığım ziyaretten ve diğer kadınla ilgili söylediklerinden bahsettim.

"Açıklama yapmasına izin vermek hiç aklına geldi mi?"

Başımı iki yana sallayarak, "Hayır," dedim. "Joel'in bana yaşattıklarından sonra artık gücüm kalmadı. Oraya, evine tekrar gitmem, Annie."

"Ben sadece söylüyorum," diye üsteledi Annabelle. "Belki aşırı tepki gösteriyorsundur. Belki de hiçbir şey yoktur ortada."

"Elliot'ın söylediklerine göre ortada *hiçbir şey* yokmuş gibi durmuyor."

"Haklısın. Kulağa pek de hoş gelmiyor. Peki tüm bu hikâye, büyükannene olanlar ne olacak? Pes mi ediyorsun?"

"Hayır," dedim, aslında öyle olduğunu bilmeme rağmen. "New York'ta araştırmaya devam edeceğim."

"Bence kalmalısın," diye karşılık verdi Annabelle. "Orada yapacak daha çok işin var."

"İş?"

"Evet, büyükannen ve kendin için," dedi ve bir süre sessiz kaldı. "Daha yaralarının kapanmadığını ve ağlamadığını da biliyorum."

"Gerçekten ağlamıyorum," dedim açıkça. "Belki de kendimi ağlamak zorunda hissetmiyorum."

"Ama yapmalısın."

"Annie, tek bildiğim buraya sadece ailemin hikâyesini, gerçekleri araştırmak için gelmiş olmamdı. Fakat bütün her şey gösteriyor ki hepsi birer kalp kırıklığıymış... benim için, herkes için."

Annabelle iç çekerek, "Bence sen yüzleşmen gereken bir şeyden kaçıyorsun," dedi. "Em, maratonun son dönemecinde koşuyu bırakıyorsun."

"Belki de, ama inan daha fazla koşamayacağım."

※

Bir cesaretle odamdan dışarı çıktığımda koridora baktım. Bee'nin kapısı hâlâ kapalıydı, bu yüzden onu mutfaktaki masada oturmuş, vazodaki çiçekleri düzenlerken bulduğumda çok şaşırmıştım.

"Sence de bu nergisler harika değiller mi?" dedi neşeli bir şekilde, sanki dün konuştuklarımızı unutmuş gibiydi.

Başımı salladım ve bir şey demeye çekinerek masaya oturdum.

"Bunlar büyükannenin lalelerden sonra en sevdiği çiçekler biliyorsun. Baharı çok severdi. Özellikle Mart ayını."

"Bee," dedim, sesimde acı ve pişmanlık hâkimdi. "Günlüğü yok ettin mi?"

Bee sessizce bana baktı. "Henry çok haklı," dedi. "Aynı ona benziyorsun, özellikle de sinirlendiğinde."

Oturma odasına gitti ve elinde günlükle geri geldi. "Al," diyerek uzattı günlüğü. "Tabii ki yok etmedim. Tüm gece okudum... her bir kelimesini."

"Okudun mu?" Yüzüme yayılan koca bir gülümseme, Bee'nin de gülümsemesini sağlamıştı.

"Evet, okudum."

"Peki, ne düşünüyorsun?"

"Bu günlük bana, onun ne kadar etkileyici ve harika bir kadın olduğunu, onu ne kadar çok sevip de özlediğimi hatırlattı."

Gönül rahatlığıyla ona sarıldım. Öyle ki Bee, büyükannemle ilgili başka bir şey söylemese bile bu his benimle kalacaktı.

"Sana anlatmak istiyorum tatlım," diye devam etti Bee. "Sana her şeyi anlatmak istiyorum. Tıpkı annene de anlatmaya çalıştığım gibi. Ama ne zaman hikâyeyi sana anlatmayı düşünsem, kalbimdeki acı beni hep engelledi. Onca yıldır, 1943 yılına geri dönemedim. O yıl hakkında hiçbir şey hatırlamak istemedim."

Henry'nin bahçesindeki menekşeleri hatırlayarak başımı salladım. "Henry'nin bahçesindeki o çiçekler," dedim ve yüzündeki ifadeyi okuyabilmek için sustum, "sana Esther'ı hatırlattı, öyle değil mi?"

Bee başıyla sözlerimi onaylayarak, "Evet tatlım," dedi. "İkimize de onu hatırlattı. Şey gibi" –etrafa bakındı ve derin bir nefes aldı– "sanki orada bizimleymiş ve bize iyi olduğunu söylüyormuş gibiydi."

Elini tuttum ve nazikçe okşadım. Tüm kapılar açılmış, anılar bir bir ortaya çıkmaya başlamıştı. Bee'ye sormak istediğim her şeyi sorabileceğimi biliyordum ve sordum da. "Bee, bana verdiğin tablodaki kişiler, sen ve Elliot, değil mi?"

"Evet," dedi sadece. "Sana verme sebebim de oydu. O tabloyu görmeye katlanamıyordum. O, hiçbir zaman sahip olamayacağım hayata açılan bir pencere gibiydi ve uzun yıllar önce yaşanan o hataları yansıtıyordu."

Tüm odayı saran hüznü hissederek iç çektim. "Bu yüzden benim Jack'le olan ilişkimden rahatsızdın, değil mi?"

Bee soruma cevap vermemişti ama yüzünden evet dediği anlaşılıyordu.

"Seni anlıyorum Bee, gerçekten."

Bee yine düşüncelere dalmıştı. "Bahse girerim o gece hakkında benden bir açıklama bekliyorsun."

Sözlerini başımla onayladım.

"Hatalıydım," dedi. "Elliot'ın kalbinde Esther'ın yerini dolduracağıma inanıyordum. Aptallıktı. Esther'a yardım edip onu kurtarabileceğimizi görmeden oradan uzaklaştığımız için kendimi asla affetmeyeceğim. Onun ölümünden her gün kendimi suçluyorum."

"Hayır Bee, hayır," dedim. "Her şey çok hızlı gelişti. Sen Elliot'ı korumak istedin. Bunu anlıyorum."

"Evet, yalnızca kendim için Elliot'ı korumak istedim," dedi Bee, yüzüme bakmaya cesareti yoktu. "Kendi çıkarlarımı korumak istedim. Polisin onu katil olarak yargılamasından, *benden* koparmasından çok korkmuştum. Bu yüzden oradan hızla uzaklaştım. Eğer Esther arabayı uçuruma doğru sürdüyse, bu onun seçimiydi, diye düşündüm hep. Ona kızgındım, çünkü böyle bir şeyi Elliot'a zarar vermek için yapmıştı. Elliot şoktaydı ve ben de onu korumak istedim. Bu ne sen ne de Esther tarafından affedilebilecek bir bahane değil. Ama bilmeni isterim ki eğer o gece için suçlanacak biri varsa o da benim."

Birkaç dakika sessizce oturduktan sonra, "Peki, cesedini bulamamış olmaları tuhaf değil mi sence de?" diye sordum.

"Bunu çok düşündüm," diye yanıt verdi Bee. "Ama artık düşünmüyorum. Kazadan sonra cesedi deniz yutmuş olabilir. Koy onun son dinlenme yeri, tıpkı olması gerektiği gibi. Şimdi bile geceleri dalga seslerini duyduğumda, onun dışarıda olduğunu düşünüyorum. Denizin kızı. O şu anda olmak istediği yerde, Emily. Koyu ve deniz yaratıklarını çok severdi. Hikâyelerini, şiirlerini hep sahilden esinlenerek yazmıştır." Pencereden sahili işaret etti. "Onca yıldan sonra huzur bulduğum tek yer."

Başımı olumlu anlamda sallayarak, "Ama bir şey var Bee," dedim. "Elliot o geçe Henry'nin arabasının da parkta olduğunu söyledi."

"Ne demek istiyorsun?" dedi Bee şaşkınlıkla.

"Sen onu orada görmedin mi?"

"Hayır," dedi Bee kendini savunur bir edayla. "Hayır, orada olmuş olamaz."

"Ama ya *öyleyse*, Bee?" dedim, yüzünü inceliyordum. "Eğer *öyleyse*, o gece hakkında bir şeyler bilmiyor mudur sence?"

"Bilemez," dedi Bee hemen. "Elliot, Henry hakkında sana neler söyledi bilmiyorum. Henry muhtemelen büyükannene aşkla bağlıydı ve ölüm haberini aldığında adadaki herkes gibi şok olmuştur."

"Onunla kendim konuşmak istiyorum. Belki bir şeyler biliyordur."

"Anılarına öyle zorla giremezsin tatlım," diyerek başını salladı Bee.

"Neden?"

"Onun için gerçekten çok acı verici." Bir an Elliot'ı o kara gecede koruduğu gibi Henry'yi de mi koruyor diye merak ettim.

"Esther'ın olayı onu çok etkiledi, Emily," diye devam etti Bee. "Onu geçmişe döndürmek çok zor olur. Fark ettin mi bilmiyorum ama sen ne zaman onun çevresinde olsan ürkek bir at gibi davranıyor. Çünkü ona büyükanneni hatırlatıyorsun."

"Anladım," dedim. "Bu... belki biraz çılgınca gelebilir ama bunu yapmamı büyükannem istiyor gibi hissediyorum. Göründüğünden daha fazla şey bildiğini düşünüyorum."

"Hayır," dedi Bee. "Bunu daha fazla kurcalama."

Başımı iki yana salladım. "Üzgünüm, yapmak zorundayım."

Bee omzunu silkerek, "Emily, olan oldu," dedi. "Geçmişi değiştiremezsin, bunu unutma. Kendi hikâyenin dışına çıktığın için bu durum hiç hoşuma gitmiyor. Bunun için gelmemiş miydin buraya?"

Başımı evet anlamında salladım.

Birlikte sessizce oturduk, sadece evin tepesinden deli gibi uçuşan martı sesleri duyuluyordu. Bir süre sonra ona artık gideceğimi söyleme cesaretini buldum. "New York'a geri dönüyorum."

Bunu söylediğimde Bee üzülmüş görünüyordu. "Neden? Ay sonuna kadar kalacağını düşünmüştüm."

"Kalacaktım," dedim, bir yandan koya bakarken verdiğim kararı sorguluyordum. *Bu olanlara yeteri kadar zaman ayırdım mı?* "Ama her şey gittikçe karmaşık bir hal aldı."

Bee sözlerimi başıyla onayladı. "Hiçbir şey istediğin doğrultuda gitmedi değil mi?"

"Sayende çok güzel birkaç hafta geçirdim Bee," dedim. "Ama artık eve dönme vakti geldi diye düşünüyorum. Yaşadıklarımı biraz olsun sindirmem gerekiyor."

Bee ihanete uğramış gibi görünüyordu. "Burada yapamıyor musun?"

Tüm yaşadıklarımı ve Jack'i düşünerek başımı salladım. "Üzgünüm Bee."

"Peki," dedi. "Ama sakın unutma burası senin evin. Sana söylediklerimi asla unutma. Burası senin evin ve tamamen senin olacak... ben öldüğümde."

"Böyle bir şey hiç olmayacak," dedim zorla gülümseyerek.

"İkimiz de biliyoruz ki eninde sonunda olacak," dedi sakin bir şekilde. Kalbimdeki sızı onun gerçeği söylediğini biliyordu aslında.

19 Mart

Elliot, Esther, Bee ve Jack'i düşünmekten başka hiçbir şey yapmadığım bir gün daha geçmişti. Annemi de düşündüm. Ertesi gün kanepede uzanmış yatıyorken onu aradım. "Anne?"

"Sesini duymak çok güzel tatlım."

Annemi hiç anlayamadığımı düşünürdüm ama Esther'ın hikâyesi bana farklı bir bakış açısı kazandırmıştı. Yazılan o satırlar annem için kafamda yeni bir kapı açmıştı sanki. Sonuçta daha bebekken annesini kaybetmişti.

"Anne bir konu hakkında konuşmamız gerek," dedim.

"Joel'le mi ilgili?"

"Hayır," dedim, ne söyleyeceğimi düşünerek bir an sustum. "Annen hakkında..."

Hiçbir şey söylememişti.

"Esther'ı biliyorum anne."

"Emily nereden çıkartıyorsun bunları? Yengen bir şeyler mi söyledi? Çünkü-"

"Hayır. Bir şey buldum, annene ait olan bir şey... hayatını yazdığı bir günlük. Ona ne olduğunu biliyorum, en azından son ana kadar ne olduğunu biliyorum."

"O halde bizi terk ettiğini, beni terk ettiğini de biliyorsun," dedi öfkeyle.

"Hayır anne, o seni terk etmemiş, en azından seni. Buna kalkıştığını da sanmıyorum. Büyükbabam onu evden kovmuş."

"Ne?"

"Evet, yaptıklarının cezasını ödetmek için onu evden atmış. Anne, kaybolduğu o gece korkunç bir olay yaşanmış. Senin için, kendim için, Elliot için, onun için bütün cevapları bulmaya çalışıyorum."

"Neden Emily? Bunu neden yapıyorsun? Neden olması gerektiği gibi bırakmıyorsun?" Kurduğu cümleler aynen Bee'ninkiler gibiydi. Kim bilir, belki de aynı sebepten dolayı ikisi de korkmuştu.

"Yapamam," dedim. "İçimden bir ses her şeyin cevabını bulmam gerektiğini söylüyor."

Telefonun diğer ucunda uzun bir sessizlik yaşandı.

"Anne?"

"Emily," dedi sonunda. "Çok uzun zaman önceydi. Ben de tüm cevapları bulmak için uğraştım. İnan, annemin nerede olduğunu bilmeyi her şeyden çok istedim, bizi neden terk ettiğini, *beni* neden terk ettiğini sormak için. İnan bana çok istedim, denedim. Fakat bir süre sonra çabalarım bana üzüntüden başka bir şey vermedi. Artık araştırmayı bırakmak zorunda olduğumu düşündüm ve her şeyi olduğu gibi bırakıp adadan ayrıldım."

Keşke o anda annemin gözlerinin içine bakabilseydim, çünkü uzun zamandır eksik olan bir parçasını görebileceğimi biliyordum artık. "Anne," dedim. "Sen bırakmış olabilirsin ama ben senin bıraktığın yerden devam edeceğim."

Derin derin nefes aldı. "Emily, bu konu hakkında herhangi bir şey öğrenmeni istemezdim hiç," dedi. "Seni korumak istedim. Ama her halinin –yaratıcılığın, tavırların ve görünüşünün– ona benzemesi beni endişelendiriyor. Eminim büyükannen Jane şu tutumunu görseydi, benim gibi o da senin nasıl Esther'a benzediğini söylerdi."

Annemin sarfettiği sözler, hayatımın kopuk parçalarını birleştiren iğne, iplik gibiydi. Büyükanne Jane'in saçlarımı ilk kez boyadığı o lanet gün geldi aklıma. Bunu Esther'a benzediğim için yapmıştı. Görüntüm onu öylesine ürkütmüş ve rahatsız etmişti ki tipimi değiştirmeye kalkmıştı. *Esther nasıl bir kadındı ki hepsini bu denli etkilemişti?*

O an annemin düğün günümde aile yadigârı olan duvağı

takmama izin vermediği aklıma geldi. "Neden o duvağı takmamı istemedin?"

"Çünkü doğru olmazdı," dedi. "Danielle'de farklı duruyordu. Bu denli Esther'ın izini taşırken, senin, büyükannen Jane'in duvağını takmana göz yumamazdım. Çok üzgünüm, tatlım."

"Sorun değil."

"Sadece senin çok mutlu olmanı istedim."

Doğru kelimeleri seçebilmek için birkaç saniye sustum. "Anne, başka bir şey daha var."

"Nedir?"

Söyleyeceklerimin ağırlığından kalbim hızla çarpıyordu. "Esther evden ayrıldığı gece, kazanın olduğu gece hamileydi."

Annemin gözyaşları arasında güçlükle nefes aldığını duyabiliyordum. "Buna inanamıyorum," dedi.

"Bir bebek bekliyordu... Elliot'ın, âşık olduğu adamın bebeğini bekliyordu. Hepsi günlüğünde yazılı. Biliyorum, bunları duymak çok acı anne. Özür dilerim."

Burnunu çekti. "Onca yıldır beni daha bebekken terk ettiği için anneme karşı çok öfkeliydim. *Bebeğini* kim terk eder ki, diye düşündüm hep. Ama şimdi, bilmek istediğim tek şey, beni seviyor muydu? Annem beni seviyor muydu?"

"Seviyordu," diye cevap verdim hiç duraksamadan. Bu söz, Esther'ın benden anneme söylememi istediği bir sözdü ve annemin de bunu duymaya ihtiyacı vardı.

"Gerçekten öyle mi düşünüyorsun, Emily?"

İçten, çok derinlerden gelen sesi, annem hakkındaki düşüncelerimi değiştirmişti. Özünde, annesine özlem duyan küçük bir kızdı. Onca yıl kalbindekileri nasıl saklayabilmişti, bunu hiçbir zaman bilemem ama bu davranışı beni kendine hayran bırakmıştı.

"Evet," dedim elimi boynuma götürerek. "Ayrıca senin sahip olmanı istediği bir şey elime tesadüfen geçti." Ucunda denizyıldızı olan kolyenin kilidini açıp kolyeyi elime aldım. Esther, bu kolyenin kızına ait olmasını istiyordu.

⁂

Bee, Seattle'dan kalkacak olan uçağıma bir saat içinde yetişebilmem için beni limana bırakmaya karar verdi. Bavulumu toplarken adadan edindiğim hazineleri de içine tıkıştırıyordum. Ancak annemin çocukken yaptığı albümü makyaj çantamın üzerine koyduğumda, bunu yapmamam gerektiğini anladım. O New York'a değil, bu adaya aitti. Annem buraya geri dönecek ve bu albümü bulacaktı, bundan emindim.

Evelyn'in bana bırakmış olduğu fotoğrafı hatırladım. Bu fotoğraf için annemin albümünün sayfalarının arasından daha iyi bir yer yoktu. Yatağa yaslandım ve albümü elime alıp son sayfasını açtım. Siyah-beyaz fotoğrafların yanında etrafı çiçeklerle süslü elyazısıyla yazılmış bir yazı vardı: *Annem*. Elimdeki fotoğrafı dikkatlice buraya koydum ve albümü kapatıp komodinimin çekmecesine yerleştirdim. Albümü ona kendim vermek istiyordum ama içimden bir ses bunu kendisinin bulması gerektiğini söylüyordu.

"Yirmi dakika içinde geliyorum," dedim Bee'ye birkaç dakika sonra. Yengem daha itiraz etmeden hemen evden çıkıp dış kapıyı kapattım.

Düşüncelerim, sahilin üzerinde salınan gri yağmur bulutlarını yansıtıyordu. *Acaba Henry soracağım sorulara nasıl cevap verecekti? O korkunç gecede büyükannemi hayattayken görmüş müydü? Uçurumdan atlamadan önce ona ne söylemişti?*

Evinin verandasına çıkan eski merdivenleri çıktım. Pencerelerdeki örümcek ağları veya kapı sövesindeki yarıkları daha önce fark etmemiştim. Derin bir nefes aldım ve kapıyı çaldım. Bekledim. Biraz daha bekledim.

İkinci kez kapıyı çaldıktan sonra içeriden bir şeyin ya da birinin sesini duydum, bu nedenle pencerelerden birine yaslanıp kulak verdim. İçeriden ayak sesleri geliyordu. Bunlar kesinlikle aceleyle hareket eden birinin ayak sesleriydi.

Pencereden, boş olan oturma odasını ve arka kapıya uzanan koridoru görebiliyordum. Biraz daha dikkatli baktığımda evin arkasına doğru bir şeyin hareket ettiğini gördüm ve hemen peşinden bir kapının kapandığını duydum. Heyecanla avlunun diğer tarafına koştum. Bu durumu izleyen ve bekleyen menekşeler vardı yine. O sırada Henry'nin arabası garajdan hızla çıktı. Durması için el sallayıp bağırdım ama arkasında bir toz bulutu bırakarak arabayı hızla sürmeye devam etti. Arabanın dikiz aynasından göz göze gelmemize rağmen Henry durmamıştı.

※

Limana vardığımızda, Bee gözyaşlarının arasından, "Hoşça kal tatlım," dedi. "Keşke gitmek zorunda olmasan."

"Keşke," dedim. Adada yarım kalan iki hikâye (biri benim, diğer Esther'ın) bırakmama rağmen, gitmek zorundaydım. Hava sırlar ve hatıralarla o kadar doluydu ki nefes almakta zorlanıyordum.

"Yine geleceksin değil mi?" diye sordu Bee üzgün gözlerle.

"Tabii ki geleceğim," diye cevap verdim. Her ne kadar bundan o kadar emin olmasam da Bee'nin rahatlamaya ihtiyacı vardı. Diğer yolcuların arasına karışıp feribota binecekken ona sıkı sıkı sarıldım. Adadan ayrılmadan önce en son yaptığım şey, çarşıda fotokopisini çektirdiğim günlüğü Elliot'a postalamak olmuştu.

Yıllar önce büyükannemin yaptığı gibi, ben de çok sevdiğim adadan bir daha geri dönüp dönemeyeceğimi bilmeden ayrılıyordum.

On Dokuzuncu Bölüm

20 Mart

Ertesi sabah eski problemlerimle New York'taki yatağımda uyandım. Bainbridge Adası'ndaki şaşırtıcı olayları –çözülmemiş bir aile sırrı ve yarım kalan bir aşk hikâyesini– düşününce bunların hepsi anlamsız geliyordu. Not; Jack'ten hâlâ bir mesaj almadım, yani *bitmiş bir aşk hikâyesi* de denebilir.

Eve geldiğimde Annabelle'den neşeli bir hoş geldin karşılaması bekliyordum ama yanılmıştım. "Dönmemeliydin Em," dedi, böyle bir tavrı hiçbir arkadaş sergilemezdi. "Geri dönmelisin."

"Burada da bir şeyler yapabileceğimi düşündüm," diye cevap verdim. "Belki olanları yazabilirim."

"Açık sözlü olmaktan nefret ediyorum şekerim," dedi. 'Şekerim' lafını oldukça iğneleyici bir şekilde söylemişti. "Sen bunu beş yıl önce de söylememiş miydin?"

Başımı öne eğdim ve sinirlendiğimde yaptığım gibi serçe parmağımı çekiştirmeye başladım.

"Özür dilerim," dedi. "Ben sadece senin mutlu olduğunu görmek istiyorum, biliyorsun."

"Elbette biliyorum."

"Güzel." Sonra sustu ve haylazca gülümseyerek, "Çünkü düğünümde nedimem olacak kişinin mutlu olması gerek," diye ekledi.

"Annabelle! İnanmıyorum! Sen ve Evan mı?"

Annabelle elini kaldırıp parmağındaki yüzüğü gururla göstererek, "Ben ve Evan," dedi. "Ne oldu bilmiyorum, Em. Her şey birkaç hafta içerisinde gerçekleşti. Beni şu ünlü caz piyanisti Henry Hancock'u izlemeye götürdü ve herkesin içinde evlenme teklif etti. Ben de evet dedim!"

Annabelle için çok mutlu olmama rağmen içim ürperdi. En yakın arkadaşımın mutluluğu benim yalnızlığımın karşısında adeta parlıyordu.

Gülümsedim. "Peki, Evan adlı birinin evlenilecek kişi olmadığı teorisi ne oldu?"

"İsim analizlerinin canı cehenneme," diye cevap verdi Annabelle. "Şansımı deneyeceğim. Hem yasal yollara başvurup adını Bruce olarak değiştirebilir." Sonra da ceketini aldı. "Üzgünüm, eve gitmem gerek. Akşam yemeği için Evan'la Vive'de buluşacağız."

Ben de bu akşam biriyle Vive'de buluşmak istiyordum ama elimden gelen tek şey, "İyi eğlenceler," demekti.

"Aa, unutmadan gelen mektuplar mutfaktaki masanın üzerinde bir kutuda."

"Teşekkür ederim," dedim ve arkasından kapıyı kapattım.

Annabelle gittikten sonra dizüstü bilgisayarımı açtım ve e-postalarımı okumaya başladım. Bir saat, iki saat derken zaman akıp geçmişti. Ayakkabılarımı ve ceketimi çıkartmadan kanepeye uzandım. Bu, yorgunluktan bittiğimin resmiydi. Üzerime Joel'in teyzesinin düğünüm için ördüğü yün battaniyeyi örttüm. Bundan her zaman nefret etmeme rağmen kimseye vermeye de kıyamıyordum. Küçüktü ve teni kaşındıran bir iplikten yapılmıştı ama çok üşümüştüm. Battaniyeyi çenemin altına kadar çektim ve başımı buz gibi olan kanepenin deri yastığına koydum. Keşke yanımda olsaydı ne güzel olurdu, dedim içimden. Aklımda Jack vardı.

21 Mart

Ertesi sabah telefon çok erken saatlerde çaldı. Uyku arasında bu ses yangın alarmı gibi gelmişti. Saate baktığımda 08:02'yi gösteriyordu.

"Efendim?"

"Em, merhaba benim."

Ses tanıdık geliyordu ama kimdi? Uyku sersemliğiyle bu sesi nerede duyduğumu hatırlamaya çalıştım. Kafede mi? Tiyatroda mı? Sonra bir anda bu sesin kime ait olduğunu çıkardım, o anda dünya durdu sanki.

"Joel?"

"Geri döndüğünü duydum," dedi yumuşak ve dikkatli bir sesle.

"Geri döndüğümü mü duydun? Gittiğimi nereden öğrendin ki?"

"Dinle," dedi Joel, sorularımı duymazlıktan gelmişti. "Biliyorum söyleyeceklerim sana çok aptalca gelecek. Şu anda beni öldürmek istediğini de biliyorum. Ama Emily, gerçek şu ki ben çok büyük bir hata yaptım. Seni görmem gerek. Seni görmeye *ihtiyacım* var."

Sesi çok samimi ve aynı zamanda üzgün geliyordu. Duyduklarımın doğru olup olmadığına inanmak için kolumu çimdikledim. *Joel hâlâ beni istiyordu, peki ben neden aynı duyguları hissetmiyordum?*

Ayağa kalktım ve başımı iki yana salladım. "Hayır, bunu yapamam," dedim birlikte olduğu kadını hatırlayarak. "Bir kere kısa bir zaman sonra *evleneceksin.*" Bu kelime beni baştan aşağı sarsmıştı. "Ayrıca o güzel düğün davetiyen için de çok teşekkürler. Ne kadar nazik bir davranış."

Bu iğneleyici sözüm kafasını karıştırmıştı. "Düğün davetiyesi mi?"

"Aptalı oynama. Senin gönderdiğini biliyorum."

"Hayır. Bir yanlışlık olmalı. Ben göndermedim." Birkaç saniye sessiz kaldıktan sonra, "Stephanie," dedi. "Stephanie göndermiş olmalı. Bu seviyeye düştüğüne inanamıyorum, ama anlamam gerekiyordu. O düşündüğüm gibi biri değilmiş, Em. Beraber yaşamaya başladığımızda paranoyak olmuştu, özellikle de sana karşı. Hâlâ seni sevdiğime inanıyordu, aslında ben—"

"Joel, dur."

"Bana sadece yarım saat ayır," diye yalvardı Joel. "Bir şeyler içelim. Bu gece akşam yedide, bizim yerimizde."

Sinirden telefonumu sıkmaya başlamıştım. "Neden seninle görüşeyim?"

"Çünkü ben... çünkü ben hâlâ seni seviyorum," dedi Joel kırılgan bir ses tonuyla, aslında ona inanmıştım.

Battaniyenin üzerindeki yün iplikleri çekiştirmeye başladım. Bir yanım ona hayır dememin gerektiğini söylerken, diğer yanım da evet diyordu. "Peki."

Duşumu aldım, ipli, topuklu ayakkabılarımı giydim ve bu gece onunla *bir kadeh kokteyl* içmek için artık hazırdım. Sadece bir tane.

Buluşacağımız bara doğru yürüdüğümde, uzun zamandır ilk defa bu kadar güzel hissediyordum kendimi. Belki de adaya gitmek bana iyi gelmişti ya da Joel'in beni tekrar istiyor olması buna etkendi. Her neyse, onu en son gördüğümden beri çok şey değişmişti. Joel'in bunu fark edip etmeyeceğini merak ediyordum.

Joel yıllar önce onunla tanıştığım gündeki gibi barda bekliyordu beni. Bir dirseğini tezgâha dayamış, bana doğru gülümsüyordu. Bu adam yakışıklı olduğu kadar tehlikeliydi de. Göz göze geldiğimizde, omuzlarımı dikleştirdim ve ona doğru yürüdüm. Joel bir şekilde hâlâ bana aitti ve bu, beni biraz korkutmuştu.

"Merhaba," dedi Joel, belime sarılıp yanağımı öptü. Geri çekilmedim. Beni yanağımdan öpüşü, benim onun yanında duruşum, otomatik pilota bağlanmışız hissi vermişti bana.

"Müthiş görünüyorsun," diye devam etti Joel, barın köşesindeki masayı işaret ederek. Aslında burası, tam olarak bir bar değildi; ben geceyi birlikte televizyon izleyerek yatakta geçirmeyi tercih ederken, Joel'in her zaman benimle gitmek istediği lüks bir gece kulübüydü.

"Aç mısın?" diye sordu Joel nazik bir şekilde. Sanki yanlış bir şeyler söylemekten korkuyor gibiydi.

"Hayır," dedim, sesimdeki netlik beni bile şaşırtmıştı. "Ama sana söz verdiğim gibi bir kadeh bir şey içebilirim."

Joel gülümsedi ve içkiyi nasıl içtiğimi unutmamış olacak ki garsona iki zeytinli bir martini söyledi. Masaya oturduğumuzda etrafıma bakındım. Her yerde kadınlar vardı;

muhteşem saçları, harika vücutları olan kadınlardı. İlk defa Joel gözlerini benden alamıyordu. Bunun ne kadar sürdüğünü bilmiyordum.

Kadehlerimiz geldiğinde, yavaşça içkimi yudumladım. Eğer bu beraber içtiğimiz son içkimizse en azından tadını çıkartmalıyım, diye geçirdim aklımdan.

"Ee, *Stephanie* nasıl?" diye sordum.

Joel ilk önce kucağında tuttuğu ellerine, sonra yüzüme baktı. "Aramızdaki her şey bitti, Em." Ağzından çıkan hiçbir sözcüğün beni kırmasını istemiyormuş gibi çok dikkatli konuşuyordu. "Âşık olduğumu düşünmekle çok büyük aptallık etmişim. Çünkü o bir aşk değildi. Ona âşık olmamışım ve asla olamazdım da. Şimdi ne kadar korkunç bir hata yaptığımı görüyorum."

Ne diyeceğimi bilmiyordum, bu yüzden ilk başta hiçbir şey söylemedim ama dakikalar sonra öfkeme hâkim olamadım. "Ne söylememi bekliyorsun, Joel? Onu bana tercih ettin. Şimdi de karşıma geçmiş 'Hata yaptım, biraz eğlendim ve sana geri döndüm,' diyorsun. İşler böyle yürümüyor, Joel."

Joel söylediklerimden tedirgin olmuş gibiydi. "Sana yaptıklarım için kendimi asla affetmeyeceğim." Sustu ve boğazını temizledi. "Stephanie geçmişte kaldı. Ben *seni* istiyorum. *Sana* ihtiyacım var. Hayatımda hiçbir şeyden bu kadar emin olmamıştım."

Bu sadece bir heves uğruna fikrini değiştirmiş bir adamın yalvarışı değildi. Biliyordum. Bu, her şeyini kaybetmiş olduğunu bilen bir adamın yalvarışıydı. Bu yüzden onu dinledim.

Joel, "Görmüyor musun?" diye devam etti. "Bu bizim ikinci şansımız, ikinci perdemiz. Hiç olmadığımız kadar güçlü ve birbirimize âşık olabiliriz, tabii eğer beni affedersen."

"Tamam," dedim, gözlerindeki yaşları fark ederek. Başımı hafifçe yana eğip ona gülümsedim. "Buraya gelmeden önce seni affetmeyi düşünüyordum."

Joel'in gözleri parlıyordu. "Affetin mi peki?"

"Evet," diye karşılık verdim. Joel elime uzanınca tutmasına engel olmadım.

"Ne diyorsun Em?" diye sordu, gözleri hiç olmadığı kadar savunmasız bakıyordu. "Eve dönmeme izin veriyor musun?"

Yıllar önce Landon Park Otel'in önündeki kaldırımda Esther'ın bir anda Elliot'tan nasıl vazgeçtiğini düşündüm. O hikâyeden ders almam gereken kısım burası mıydı? Joel'e bir şans daha mı vermem gerekiyordu? Bana bakışından bunu anlamıştım. Biz bu fırtınayı *atlatabilirdik*. Yolumuza kaldığımız yerden devam edebilirdik. Tekrar deneyebilirdik. Birçok kişi aldatıldığını unutup eskisi gibi yoluna devam edebiliyordu. Biz de ilk olmayacaktık. Ancak ortada bir gerçek vardı: *Ben istemiyordum.* Bainbridge Adası'nda geçirdiğim birkaç hafta bana iyi gelmişti, o zamanlar bunun farkında değildim. Ama artık bunu biliyordum.

"Evet, seni affediyorum," dedim usulca, "ama evliliğimiz bitti, Joel."

Joel şaşkın şaşkın bana bakıyordu. "Ama..."

"Ben kendi yolumu çizdim," dedim. "Yapmak zorundaydım." Martini bardağıma baktım, boştu. Ona da zaten sadece bir kadeh içki içeceğime söz vermiştim. "Gitmek zorundayım, özür dilerim."

"Henüz değil," diye karşı çıktı Joel. "Bir kadeh daha bir şeyler iç." Sonra da garsonu çağırmak için elini kaldırdı.

"Hayır," diyerek ayağa kalktım. "Artık elveda deme vakti."

Joel masaya elli dolar bıraktı ve dışarıya kadar peşimden geldi. "O kitabı okudum," dedi restoranın önündeki kaldırımda.

Ona doğru döndüm ve "Hangi kitabı?" diye sordum.

"*Kaybolan Yıllar*," diye yanıt verdi Joel. "Sonunda okudum. Keşke yıllar önce okusaydım. Eğer okumuş olsaydım, o kitabı neden bu kadar çok sevdiğini biliyor olurdum. Bizi tekrar nasıl... bir araya getireceğimi bilirdim."

Sokak lambasının ışığıyla aydınlanan yüzüne baktığımda kalbimin sızladığını fark ettim. Kirli sakalla gölgelenmiş keskin çenesi, iri kahverengi gözleri ve yanaklarındaki kızarıklık, Joel'i her zaman çekici kılmıştı. New York'ta harika, sakin bir Mart akşamıydı. Durduğumuz kaldırımda bizden ve yanımızdaki karaağaçtan başka hiç kimse, hiçbir şey yoktu.

"Kitaptaki Jane ve Stephen gibi olmuştuk," dedi Joel sessizliğimden yararlanarak. "Beni sevmediğini düşündüm. Değiştiğini düşündüm. Ben de bu yüzden—"

Konu yine *Stephanie*'ye gelmişti. *Stephanie*. Aşamadığım engelin adı. Fakat bizim hikâyemizin sonunu getiren Stephanie değildi. Bunu şimdi görebiliyordum.

"Fark etmeliydim," diyerek devam etti konuşmasına Joel. "Ben..."

Ona doğru uzanıp şevkatle omzunu sıvazladım. "Joel, yapma. Kendini suçlama."

Joel bir an için ciddileşti. "Her şeye sahip olabilirdik. Çocuklarımız ve kasabada bir evimiz olurdu, evliliğimizin ellinci yıldönümünü kutlardık. Jane ve Stephen gibi bunları yapabilirdik, Em. Hâlâ şansımız var."

Başımı salladım. Joel ve ben, Jane ile Stephen değildik. Evet, onların da evlilikleri çatırdamıştı ama sonra birbirlerine olan bağlılıkları, saygıları ve arkadaşlıkları sayesinde toparlanmışlardı. Ancak ben ve Joel, Jane ve Stephen değildik. Biz, aşkları zamana yenik düşen Jane ve *Andre*'ydik.

"Evet, Jane ve Stephen bunu başardılar," dedim belli belirsiz, "ama biz... bunu yapamayız, Joel. Görmüyor musun? Bizim hikâyemizin sonu böyle değil."

Joel kederli gözlerle yüzüme bakarak, "Düşüncelerini değiştirebilmek için ne yapmam, ne söylemem gerek?" diye sordu.

Başımı iki yana sallayarak, "Üzgünüm, ama hiçbir şey şu saatten sonra fikrimi değiştiremez," dedim.

Joel belimden tutup beni kendine doğru çekti. Beni tutkuyla öperken bedeninin sıcaklığını hissedebiliyordum. Bu anın hakkını vermeye çalışarak gözlerimi kapadım. Bunu yaptığımda Jane ve Stephen'ı, Esther ve Elliot'ı gördüm. Hepsi orada benimleydiler sanki. Ama sonra gözlerimin önünde Jack'in yüzü belirince, kalbimin derinliklerinde bir şey hissettim.

"Özür dilerim," diyerek geri çekildim. Joel dünyadaki tek kadın benmişim gibi bana bakarak anlayışla başını salladı. İşte, onu bu şekilde hatırlamak istiyordum.

"Senden asla vazgeçmeyeceğim," dedi Joel. Bu sözlerle tüm bedenim ürpermişti. *Kaybolan Yıllar* kitabında Andre'nin Jane'e kalbindeki aşkla verdiği bir sözdü bu. Ancak Joel'in istediği gibi kalbimi sızlatmasındansa kararımı kesinleştirmeye yardımcı olmuştu.

"Hoşça kal Joel," dedim. Sesim, karaağaçları esir alan rüzgâra karşı boğuk çıkmıştı. Onlar da dallarıyla hoşça kal diyorlardı sanki. İkimiz de bu vedanın sonsuza kadar olduğunu biliyorduk.

Eve, sanki yılların ağırlığını üzerimden atmışım gibi hafiflemiş bir şekilde yürüdüm. Uzun süredir kalbime ağırlık yapan bu yükten nihayet kurtulmuştum. Merdivenleri çıkmadan önce posta kutumu kontrol ettim, hiçbir şey yoktu. Sonra Annabelle'in mutfaktaki bir kutudan bahsettiğini hatırladım.

Eve girdiğimde montumu koltuğun üzerine çıkarıp masanın yanına bir sandalye çektim. Joel'e ait olan bir yığın fatura ve önemsiz mektup vardı. İki tane kredi kartı hesap özetinin arasında sarı renkte bir mektup fark ettim. Günümüzün modern pulları yerine, geçmişten kalma bir damga vardı. Üzerinde adres yoktu.

Zarfı açmak için acele ederken, yumuşacık olan kâğıt neredeyse elimde parçalanıyordu. Zarfın içinde, şimdiye kadar gördüğüm en güzel yazıyla yazılmış sadece tek bir sayfa vardı:

31 Mart 1943

Kıymetlim,
Sana bunları senin kim olduğunu, nerede yaşadığını ve aramızdaki bağın ne derece olduğunu bilmeden yazıyorum. Tek bildiğim, kalplerimizin açıklanamayacak nedenlerle kesiştiği ve yıllar engel olsa da zamanın bir dönemini paylaştığımız. Şu ana kadar yalnızca kalp kırıklıklarımı anlatan günlüğü okumuş olman gerek. Sana ne anlam ifade edecek bilmiyorum ama bir bilge bana birinin, günün birinde bu günlüğü okuyacağını söylemişti. Ben de bu kişinin sen olduğuna inanıyorum. Senden ricam ne gere-

kiyorsa yapman, çünkü günlüğü okuduğunda ben burada olamayabilirim.

Beni birçok hataya sevk eden bir aşkın düşüncesiyle baş başa bırakıyorum seni. Büyük aşklar zamana, kalp ağrısına ve mesafelere meydan okur. Her şey kaybedilmiş gibi görünse de gerçek aşklar yaşamaya devam eder. Bunu artık biliyorum ve umarım sen de anlarsın.

Yıllar öncesinden sevgiler,
Esther Johnson

Elim güm güm atan kalbimdeydi. *Gerçek aşklar yaşamaya devam eder.* Bu, *Kaybolan Yıllar* kitabındaki Jane ve büyükannem Esther için doğruydu. O anda pencereden içeriye dolan esinti, bedenimin ürpermesine neden oldu. Zaman tuhaf bir kavram, diye geçirdim içimden. Bu mektubu... bana yazmasının üzerinden neredeyse bir ömür geçmişti. Yıllar sonra benim orada olacağımı tahmin etmiş, benim bulmam için yazdığı o günlüğün her bir satırını okuyacağıma inanmıştı. Kalbim sevinçle ve hiç tanımadığım büyükanneme duyduğum aşkla çarpıyordu bu sefer. *Acaba bu mektubu bana kim gönderdi? Peki ya kızı, annem? Sadece basit bir kaza mıydı? Bir aşk kazası?*

Esther'ın gerçek aşk hakkında söylediklerini düşündüm. Sanki her bir kelimesi Elliot'ın yansımasıydı. *Ayrı geçen onca yıla rağmen nasıl olmuştu da birbirlerine âşık kalabilmişlerdi? Onca yanlış anlaşılmalardan sonra? Her şeyden sonra?*

Gelen mektuplara bakmaya devam ederken, alt taraflarda benim adıma gelen kalınca bir zarf dikkatimi çekti. Posta damgasında "Bainbridge Adası" yazıyordu. Zarfın içindekileri çıkardım ve ilk sayfayı açıp okumaya başladım.

Sevgili Emily,

Şimdiye kadar New York'a varmışsındır, bu mektupları evine döndüğün zaman almanı istedim. Bunlar, Büyükannen Esther'dan. Aslında mektupları adaya ziyaretin sırasında vermek istiyordum ama günlüğü okumayı bitirip bitirmediğinden emin olamadım. Evelyn bana günlüğü okuduğundan bahsetmişti. Onu bulduğuna çok sevindim. Bulacağını da biliyordum. Adaya geldiğinde seni limanda gördüğüm o geceden beri, Esther'ın hikâyesini okuyacak kişinin sen olduğunu anlamıştım. Bir işaret beklediğim onca yıldan sonra sen çıkageldin. Ertesi günün sabahında yengenin evine geldiğimde, koltukta uyuyordun. Yengen bahçeye çıktığında, kalmakta olduğun odaya sessizce girip günlüğü bıraktım. Eğer Bee niyetimin ne olduğunu bilseydi, onu saklardı. Bu yüzden ona söylemedim.

Aslında bunları seninle özel olarak konuşmalıydım, umarım bu zayıflığımı mazur görürsün. Ona öyle çok benziyordun ki Emily, senin yanında olmak bana onu ne kadar çok sevdiğimi ve onun bir daha asla aramıza dönemeyeceğini hatırlatıyordu.

Muhtemelen kaybolduğu o gece neler olduğunu merak ediyorsundur. Eğer benim o gece onunla birlikte olduğumu öğrendiysen, benim onun katili olup olmadığımı da merak ediyorsundur. Artık tüm soruları cevaplama vakti geldi. Kimseye bir şey söylemedim, ne Evelyn'e ne yengene ne de Elliot'a... ama senin bilmen gerek. Hepimiz gibi ben de gittikçe yaşlanıyorum ve artık bu sırrın, her ne kadar büyükannen öyle istese de, benimle birlikte gömülmesini istemiyorum.

1943 yılındaki o gece, Esther ve Bobby'nin evlerinin yakınında oturan bir arkadaşımı ziyarete gitmiştim. Arabaya *doğru yürürken bağırışmaları duydum. O tarafa baktığımda Bobby'nin onu kovup kapıyı yüzüne çarpışını izledim. Esther'ı öyle görmek canımı yakmıştı. O kadar perişan görünüyordu ki yüreğim burkulmuştu. Arabaya bindiğinde yüzünde korkunç bir ifade vardı ve aracı delirmiş gibi kullanıyordu. Yapabileceklerinden korktuğum için onu takip ettim. Önce Elliot'ın, sonra Bee'nin evine gitti ve daha sonra da parka geçmişti. Bana adadan ayrılmak istediğini ama kimsenin onu bulmasını istemediğini söyledi.*

Ölüm planı sahnesini gerçekleştirmek için bir fikri vardı, böylece hiç kimse, özellikle de mutlu çift Elliot ve Bee, onu hiçbir zaman bulamayacaktı. Esther her şeyi tamamen geçmişte bırakmak istiyordu. Onun ilham kaynağı, adadaki bazı gözüpek lise öğrencilerinin oynadığı 'tavuk' oyunu olmuştu. Bu oyunda eski arabaları tam kafa kafaya çarpıştıracakken direksiyonu farklı yöne kırıyorlardı. Esther ise arabayı uçuruma doğru hızla sürüp, kenara geldiğinde araçtan atlayacaktı. Bunu yapmaması için ona yalvardım. Eğer o gece benimle gelmeyi isteseydi, ömrümün sonuna kadar onunla kaçardım, çünkü onu çok seviyordum.

Ancak onun başka planları vardı. Trajik bir şekilde adayı terk edip sevdiklerinin canını yakacak ve tek başına yeni bir hayata başlayacaktı.

Esther arabayı çalıştırdığında, parkın girişinde karanlık bir bölgede heyecanla bekliyordum. O sırada Elliot ve Bee de gelmişlerdi. Esther'ın o ikisiyle yüz yüze geldiğinde ne yapacağını merak ediyordum.

Gece olduğu için olanları net bir şekilde göremedim. Bee arabayı durdurdu. Elliot arabadan indi ve şaşkınlıktan ağzı açık bir şekilde öylece donakaldı. Esther'ın, sonrasında yap-

tıkları aklıma gelince hâlâ içim ürperiyor. Uçuruma doğru arabasını sürdü ve gitti.

Elliot yalnızca çığlık atıyordu. Bunu hiç unutmayacağım. Fakat Bee, Esther için ne kadar üzülmüş olursa olsun, Elliot uğruna dimdik duruyordu. Yengen, iyi bir kadın Emily. Bunu bilmen gerekir. O gece Elliot'ı suçlamalardan kurtarmak, Bee'nin en önemli amacıydı sanki. Onu arabaya bindirdiği gibi oradan uzaklaştılar. Elliot'ın kederle hançerlenmiş yüzünü aklımdan hiç çıkartamıyorum. Olanları sindirebilmek için çok çabaladım ve sonunda ona acımaya karar verdim. Sevgilin, gözlerinin önünde hayatına kıyıyor ve sen onu kurtaramıyorsun. O sahnenin her gece onu avladığını biliyorum. İşte bu onun en büyük cezası.

Fakat Esther hayattaydı.

Arabamdan inip enkazı görebilmek için uçurumun kenarına geldiğimde, sol tarafımdaki çalıların arasından bir ses duydum. Büyükannen birkaç ezik ve sıyrıkla kurtulmuştu. Planladığı gibi araba uçurumdan aşağıya yuvarlanmadan atlamayı başarmıştı. Onu orada gördüğüm an nasıl rahatladığımı tahmin ediyorsundur.

Benden onu feribota götürmemi istedi. Yeni bir hayata başlayacaktı, "Sıfırdan," demişti. Bana kırmızı kadife kaplı günlüğü verdi ve onun çok önemli olduğunu söyledi. Benden vakti gelene kadar onu saklamamı istedi, dolayısıyla evime götürüp onca sene o günlüğü sakladım.

Kalması için ona yalvardım, ama o kararını çoktan vermişti. Esther'ı tanısaydın fikrini değiştiremeyeceğini de bilirdin.

Uzun süre ondan haber alamadığım için aklıma korkunç şeyler geliyordu. Ancak bir zaman sonra mektuplar gelmeye başladı. Önce Florida, sonra İspanya, Brezilya, Tayland olarak değişmişti adresleri. İsmini değiştirmiş, saçını boyatmıştı ve belki de beni en çok şaşırtan kısmı, bebeğini doğurmuş olduğuydu. Adını Lana koymuştu.

Başımı mektuptan kaldırdığımda kalbim hızla çarpıyordu. *Lana.* İsmi hemen hatırlamıştım. O Jack'in bahsetmiş olduğu kadındı. Müşterisi. *Bu*, Jack'e ve tablolarına olan ilgisini açıklıyordu. *Elliot'a ulaşmak için Jack'le bağlantı kurmuş olmalıydı.* Taşlar artık birer birer yerine oturuyordu. Mektubu okumaya devam ettim:

Bebeğini sormuştu, anneni yani. Çünkü büyükbabanla görüşüyordum, en azından yeni eşi Jane'le adadan ayrılana kadar... Esther'a olan biten her şeyi anlatıyordum ve bu da onu rahatlatıyordu, biliyorum.

Yaşadığını kimsenin bilmesini istemiyordu, ama son zamanlarda bana Elliot'a, Bee'ye ve Evelyn'e selamını iletmemi, onları çok sevdiğini ve sürekli düşündüğünü söylememi istedi. Bu mesajları iletmediğimi söylediğim için kendimden utanıyorum. Ancak buna cesaret edemedim. Onca yıldan sonra bu gerçeğin üstesinden gelebileceklerini düşünmüyordum. Bu sırrı onlardan sakladığım için de benim hakkımda ne düşüneceklerini merak ediyordum. Onlar çoktan büyükanneni kalplerine gömmüşlerdi. Lakin dürüst olmak gerekirse, Esther'la aramdaki tek bağ, bu mektuplardı ve bunu kimseyle paylaşmak istemiyordum. Ne Bee ne Evelyn ne de Elliot'la elbette. Onu kimseyle paylaşmak istemedim.

Mektuplar birkaç yıl önce kesildi ve onları çok özledim. Esther'ın nerede olduğunu merak ediyorum. İyi mi, hâlâ yaşıyor mu diye içim içimi yiyor. Son zamanlarda mektuplara adresini yazmadığı için ona ulaşma çabalarım da boşa çıktı. Bunu söylemek istemezdim canım, ama sanırım o öldü.

Artık bu mektupları sana bırakıyorum. Umarım yıllardır beni mutlu ettikleri gibi sen de onları okurken mutlu olursun. Umarım Esther'ı tanımana ve onu sevmene yardımcı olurlar. Ben onu her zaman seveceğim. Mektuplar yaşam, umut ve beklentiyle dolu olmalarına rağmen satır aralarına kazınmış pişmanlığı ve kederi sen de göreceksin. Fark edeceğin gibi o sessiz, sakin biridir, tıpkı senin gibi...

Sevgiler,
Henry

Sırtımı sandalyeye yasladım ve mektubu göğsüme bastırdım. *Öyleyse o gece ölmemiş. Her şey bir oyunmuş ve Henry de ona yardım etmiş.* Bunları Elliot'a söylemek için can atıyordum, fakat sonra Esther'ın onca sene Henry ile yazıştığını gerçekten öğrenmek ister mi, diye geçirdim aklımdan. *Elliot durumu anlar mıydı? Onu affedebilir miydi?*

Zarfın içine son kez baktım ve ince kartona sarılı bir şey olduğunu fark ettim. Açtığımda içinde Henry'nin şöminesinin rafında gördüğüm fotoğraf ve yanına iliştirilmiş bir not vardı:

Büyükannenin bir resminin sende olması gerektiğini düşündüm. Kalbimde onu bu şekilde hatırlıyorum.

Fotoğrafı masanın üstüne koydum ve mektup yığınına uzandım. Her birini tek tek okumak istiyordum.

25 Mart

"Bir süredir ortalarda yoktun," dedi terapistim Bonnie, birkaç gün sonra seansa gittiğimde. Ona, Dr. Archer yerine Bonnie diye hitap etmem konusunda ısrar etmişti, ben de seve seve kabul etmiştim.

"Evet, öyle oldu," dedim, tırnaklarımı mavi koltuğun döşemesine batırarak. Ne zaman Bonnie ile görüşsem hep böyle davranıyordum, bunun nedeni *suçluluk* psikolojisiydi. "Seanslara gelemediğim için özür dilerim. Buradan acilen ayrılmam gerekiyordu." Ona başımdan geçen her şeyi anlatmaya başladım: Brainbridge Adası'nı, Bee'yi, Evelyn'i, günlüğü, Greg'i, Jack'i, Henry'yi, Elliot'la buluştuğumu ve tabii ki Joel'i ve geçirdiğim son birkaç haftayı.

Konuşmamı bitirdikten sonra, "Artık bana ihtiyacın olmadığını fark etmişsindir," dedi Bonnie.

"Ne demek istiyorsun?"

"Cevaplarını almışsın," diye yanıt verdi.

"Öyle mi?"

"Evet."

"İyi de hâlâ yazamıyorum," dedim. "İyileşmiş sayılmam."

"Evet, iyileştin," diye cevap verdi Bonnie. "Eve git. Göreceksin."

Bonnie haklıydı. Öğlen saatinde eve gittiğimde dizüstü bilgisayarımı açtım ve yazmaya başladım. Tüm öğlen, trafik saati, akşam yemeği ve tüm gece boyunca yazdım. Esther'ın bütün hikâyesini uyarlayana kadar durmadan yazdım.

O gece bilgisayarımı kapatmadan önce yazdığım son cümleye baktım. Günlüğün son cümlesi olmasına rağmen hikâyenin sonu değildi. Kalbimin derinliklerinde bunu hissedebiliyordum. Derin bir nefes aldım ve yeni bir sayfaya geçtim. Hikâyenin nasıl biteceğini bilemiyordum ama öğrendiğimde sonunu ben yazacaktım. Esther için, Elliot için, Bee için, Evelyn için, Henry için, büyükannem ve büyük babam için, annem ve kendim için...

30 Mart

New York'a döndüğümden beri Jack'i düşünmemeye çalışıyordum ama nereye baksam onu görüyordum. Ne yaparsam yapayım onu aklımdan çıkaramıyordum. Bu duygunun, Elliot ve büyükannemin bahsettikleri sonsuz aşkı yansıtıp yansıtmadığını merak ediyordum.

Ancak Esther'ın hikâyesi planladığı gibi sonlanmamıştı. Belki de bu bana ders olmalıydı: Bu aşkı kusurlarıyla kabul edip önüme bakmalı ve sonsuza kadar onu kalbimde saklamalıydım.

Birlikte öğlen yemeği yemek için Annabelle'i arayıp onu kandırmaya çalıştım. "Nişanını doğru düzgün kutlayamadık bile."

Evimin yanındaki restoranda saat birde buluşmak için sözleştik. Garson bana bir masa gösterdi ve orada oturup Annabelle'i beklemeye başladım. On dakika sonra o da geldi. "Özür dilerim," dedi. "Evan'ın annesi aradı. Biraz çenesi düşük de."

Gülümsedim. "Seni görmek güzel Annie."

"Görüşmen iyi geçti herhalde?" diyerek gülümsedi Annabelle. "Keyfin yerinde bakıyorum."

"Evet."

"Ee, neler yapacaksın bakalım?"

Yine gülümsedim. "Tam olarak neye ihtiyacım olduğunu biliyorum," dedim.

"Neymiş o?"

"Günlük," diye yanıt verdim. "Onu bitireceğim."

"Ne demek istiyorsun?"

"Esther'ın yarım kalan hikâyesini onun için bitireceğim. Son bölümü yazıyorum."

Annabelle yalnızca sırıtıyordu.

"Bu hikâye uzun yıllar saklı tutulmuş. Nedense onu tamamlamak benim görevimmiş gibi hissediyorum."

Annabelle masanın karşı tarafından elime uzanarak, "Bununla birlikte kendini de bulacaksın," dedi.

"Sana borçluyum," diyerek başımı salladım.

"Hiç de değil," dedi. "Ben sana sadece fikir verdim. Gerisini sen hallettin."

"Annie, kedili kadın olmanın eşiğindeyim. Evimin on dokuz kediyle çevrelendiğini düşünebiliyor musun?"

"Tabii ki," diye cevap verdi Annabelle kıkırdayarak. "Biri gelip seni bu kedigillerden kurtarmalı."

İkimiz de kahkahayla güldük. Sonra Annabelle bana bakarak, "Ne zaman gidiyorsun?" diye sordu.

"Gidiyorum?"

"Bainbridge Adası'na."

İçimden bir ses de aynı Annabelle gibi oraya gideceğimi söylüyordu. Ama ne zaman ve hangi şartlar altında olduğunu henüz kestiremiyordum. "Bilmiyorum," diye cevap verdim.

Fakat zamanı çoktan yazılmıştı ama benim haberim yoktu.

Eve geldiğimde saat öğlen üçü geçiyordu. Telesekreter cihazının ışığı yanıp söndüğü için düğmeye basarak mesajları dinlemeye başladım.

"*Emily, ben Jack.*"

Tüylerim bir anda diken diken oldu.

"*Ev numaranı bulabilmem biraz zaman aldı, duydum ki adadan ayrılmışsın. Neden bana bir hoşça kal demeden gittiğini bilmiyorum. Büyükbabamla konuştuğumda bana onu ziyaretinden bahsetti. O zaman neler olduğunu anladım. Sen de fark ettiysen hafızası pek net değil, bu yüzden benim hakkımda sana saçma sapan bir şeyler söylediyse dikkate alma.*"

İlk mesaj bittikten sonra ikincisi başladı. "*Özür dilerim, yine ben. Sana o geceden bahsetmek istiyorum. Beni arayan sendin, değil mi? Umarım sende yanlış bir izlenim bırakmamışımdır. Bir müşterim için bir tablo üzerinde çalışıyordum. Aradığın zaman ellerimde sarı akrilik vardı, bu yüzden telefonu açamadım. Lütfen bana inan. Ortada romantik bir şey yoktu. Emily, kadın altmışlarında biri. Bu senin içini rahatlatır mı?*" Bir an durakladı. "*Fakat senden sakladığım bir şey var. Konuşmamız gereken bir şey.*" Tekrar durakladı. "*Emily, seni özledim. Sana ihtiyacım var. Seni... seni seviyorum. İşte sonunda söyledim. Lütfen beni ara.*"

Cihazda çıkan numaraya baktım ve hızlı bir şekilde numaraları çevirdim. *Beni seviyordu.* Telefon çaldı, çaldı ama kimse cevap vermedi. O anda aklıma daha iyi bir fikir geldi. Havayolu şirketini aradım ve Seattle'a ertesi gün için bir yer ayırttım.

"Dönüş bileti de ister misiniz?" diye sordu telefondaki görevli.

Hiç düşünmeden, "Sadece gidiş," dedim.

Bavulumu hazırlayıp fermuarını kapattıktan sonra bir şeyi unuttuğum hissine kapıldım. Yanıma alacaklarımı aklımda kontrol ederek evi arşınlarken, neyi unuttuğumu buldum: *Kaybolan Yıllar*. New York'a döndüğümden beri bu kitabı düşünüyordum. Romanı, Esther'ın hikâyesinin ışığında yeniden okumaya kararlıydım.

Kitap okunmak için oturma odasındaki rafta sabırla bekliyordu. Onu raftan aldım ve kanepeye oturup birkaç sayfa okudum. Kitabın giriş sayfasını incelerken o ana kadar hiç fark etmediğim bir ayrıntı dikkatimi çekti. Siyah mürekkeple yazılmış bir cümle vardı. Zamanla belirsizleşmesine rağmen hâlâ okunabiliyordu. Yazıyı okuyabilmek için kitabı yaklaştırdım ve sayfaya şu cümlelerin yazıldığını gördüm: "Bu kitap Esther Johnson'a aittir."

Yirminci Bölüm

31 Mart

Arkadaşlarıyla birlikte Seattle'a gidip, akşam saat onda evde olmasını sağlayacak feribotu kaçıran liseli bir kızın hikâyesi geldi aklıma. Kız, bir sonraki feribotun tam bir saat sonra kalkacağını ve eve geç kalırsa babasının ona ne kadar kızacağını biliyordu. Bu nedenle panikleyen genç kız, feribotun limandan çıktığını görünce çantasını yere fırlattığı gibi borda iskelesine atlamıştı. Ancak feribotun balkonu yerine denize düşmüştü. Hemen hastaneye kaldırılan genç kız, evine kırık bir bilek ve morarmış bir çeneyle gönderilmişti. Kızın adı Krystalina'ydı. Limana vardığımda feribotun düdüğünün çaldığını duyunca ve yavaş yavaş hareket ettiğini görünce, o kızı hatırladım.

Ya diğer feribotu beklemek için limana kamp kuracaktım ya da havaalanına dönüp on üç saatlik bir uçuşu (ki fiyatı son dakika alınan bilete göre olacaktı) göze alacaktım. Akşam yedi feribotunu kıl payıyla kaçırdığımı düşününce Krystalina gibi koşup feribota atlamayı düşündüm. Aşağıda çalkalanan denize baktım ve adanın beni biraz daha bekleyebileceğine karar verdim. Jack de bekleyebilirdi? Ya da bekler miydi?

Feribot 20:25'te Bainbridge Adası'na varmıştı. Bir taksi haricinde benden başka bekleyen yoktu.

"Beni Hidden Cove Caddesi'ne götürebilir misiniz?" diye sordum sürücüye.

Adam başını sallayıp elimdeki bavulu alarak, "Çok az eşyayla gelmişsiniz. Kısa bir ziyaret mi?" diye sordu.

"Henüz emin değilim," diye cevap verdim.

Adam sanki ne demek istediğimi anlamışçasına yeniden başını salladı.

Ona Jack'in evinin adresini verdim. Oraya ulaştığımızda evi kapkaranlıktı.

"Evde kimse yok gibi gözüküyor," dedi taksi sürücüsü. Gitmemizi önerdiğinde sinirlenmiştim.

"Bir dakika bekleyin," diye karşılık verdim.

Şu anki durumum, filmlerdeki kadın ve erkeğin birbirlerine koşup sarıldığı ve dudaklarının kenetlendiği ana çok benziyordu.

Kapıyı bir kere çaldım ve birkaç dakika bekledim. Sonra tekrar çaldım.

"Evde kimse var mı?" diye seslendi taksi sürücüsü arabadan.

Onu duymazlıktan geldim ve güm güm atan kalbimin sesini dinleyerek kapıyı tekrar çaldım. *Haydi Jack, aç şu kapıyı.*

Bir dakika sonra onun kapıyı açmayacağından emin olmuştum. Ya da evde değildi. Bu kadarı bir anda fazla gelmişti. Verandaya oturdum ve başımı dizlerime gömdüm.

Burada ne yapıyorum? Bu adamı nasıl sevdim? Aklıma *Kaybolan Yıllar* kitabından çok sevdiğim bir paragraf geldi: "Aşk, zorla tomurcuk vermesini istediğin bir sera çiçeği değildi. Aşk, yol kenarında beklenmedik şekilde açan bir çiçekti."

Evet, aşk buydu, benim zorumla elde edebileceğim bir şey değildi. Doğaldı. Durdurulamazdı. Bu farkındalık bana Jack'in buz gibi merdivenlerinde otururken büyük bir rahatlık vermişti.

"Bayan," diye seslendi taksi sürücüsü. "İyi misiniz? Eğer gidecek bir yeriniz yoksa eşimi arayıp haber verebilirim. Sizin için bir yer hazırlayabilir. Ahım şahım bir yer olmaz ama en azından bu geceyi geçirebilirsiniz." Bainbridge Adası'nda herkesin iyi bir tarafı var, diye geçirdim aklımdan.

Kendimi toparlayarak, "Teşekkür ederim, çok naziksiniz," diye cevap verdim. "Yengem biraz ileride oturuyor. Bu gece ona gideceğim."

Taksi sürücüsü beni Bee'nin evinin önüne bıraktı. Ücreti ödedikten sonra, arabadan indim ve birkaç dakika öylece elimde bavulum, eve baktım. Geri gelmekle doğru mu yaptım düşüncesi vardı aklımda. Sonra eve doğru yürüdüm, ön kapıya geldiğimde ışıkların açık olduğunu fark ettim ve içeri girdim.

"Bee?" Yengem bıraktığım gibi sandalyesinde oturuyordu. Bütün olanlardan sonra, bu iç rahatlatıcı bir manzaraydı.

"Emily?" dedi ve ayağa kalkıp bana sarıldı. "Bu ne sürpriz!"

"Geri dönmek zorundaydım," dedim.

"Geri döneceğini biliyordum," diye karşılık verdi Bee. "Jack de geri dönme sebeplerinden bir tanesi, öyle değil mi?"

Başımla onu onayladım. "Evine gittim ama orada değildi."

O anda Bee'nin ifadesi ciddileşti. "Elliot," dedi. Yengemin o adı söyleme şekli, tüylerimi diken diken etmişti. "O hasta. Jack bugün arayıp haber verdi. Bilmemi istemiş..." Sustu, sesi sanki bastırılmış duygularını açığa vurur gibiydi. "Elliot... o hiç iyi değilmiş, tatlım. Ölüyor."

Yutkundum.

"Jack de şimdi hastaneye gidiyor. Aslında feribota binmek için limana gidiyor. Eğer şimdi çıkarsan ona yetişebilirsin."

Başımı öne eğerek, "Bilmiyorum," dedim. "Sence beni görmek ister mi?"

Bee başını salladı. "Seni görmek istiyor, biliyorum," diye cevap verdi. "Ona git Emily. O da öyle yapmanı isterdi."

Bee elbette Esther'dan bahsediyordu. O gece feribot terminaline gitmemi sağlayan bu sözlerdi. Benim yolumu sonsuza kadar değiştiren bu sözlerdi. Onun bağışlanmak istediğini biliyordum. Eminim Esther da burada olsaydı, o da Bee'nin dediklerini onaylar ve gitmemi söylerdi.

"Anahtarlarını alabilir miyim?" diye sordum Bee'ye.

Bee onları bana doğru atarak, "Hızlı gitmelisin," diye uyardı beni.

Kalbim yerinden fırlayacaktı sanki. "Sen nasılsın?" diye sordum, Elliot'la olan hikâyesini hatırlayarak. "Onu görmek istemez misin?"

Bee evet der gibi baksa da başını iki yana salladı. "Benim yerim orası değil," dedi.

Gözlerinin yaşardığını görebiliyordum. "Onu hâlâ seviyorsun Bee, değil mi?"

"Önemi yok," diyerek gözünden damlayan bir yaşı sildi Bee.

"Paket... Elliot'ın sana verdiği paket. Neydi o?"

Bee gülümseyerek, "Savaştan geldikten sonra bana vermiş olduğu fotoğraf albümüydü," dedi. "Büyükannenle aramızda geçenlerden sonra albümü Elliot'a geri vermiştim. Ama onca yıl saklamış."

Elini sıvazladım ve bavulumu aldım.

"Haydi artık git," dedi. "Jack'in peşinden git."

Bee'nin arabasını sanki hayatım bu buluşmaya bağlıymış gibi hızla sürdüm. Ne polisi ne de kaza yapabileceğimi, hiçbir şeyi düşünmedim. Her dakika, her saniye benim için çok önemliydi.

Limana geldiğimde arabayı park ettim. Arabadan indiğimde feribotun kalkış düdüğünü duyduğum an kalbim yerinden çıkacak gibi olmuştu. Limana doğru koştum ve iskeleden bakıp yine feribotun içine atlayıp atlamamayı düşündüm. Ama feribot uzaklaşmıştı. Onu kaçırmıştım. Jack'i kaçırmıştım.

Daha hızlı olamadığım için kendime kızdım ve önümde duran korkulukları sıkıca tuttum. Zaten aksi olsa şaşırırdım. Son zamanlarda hayatım hep bir şeyleri kaçırmakla geçmişti. Adalıların çoğunlukla Seattle'dan gelen arkadaşlarını veya akrabalarını karşıladıkları yere kadar yürüdüm. Feribot tamamen doluydu. Acaba Jack'i görebilir miyim diye bakınıyordum ama ferbiot kıyıdan oldukça uzaklaşmıştı artık.

Sonra bir anda arkamda ayak sesleri duydum. Biri limana doğru koşuyordu. Arkamı döndüğümde, Jack'in elinde bavuluyla endişeli bir ifadeyle borda iskelesine doğru koşmakta olduğunu gördüm. İşte o zaman o da beni fark etti.

"Emily?"

"Jack," dedim, bu ismi telaffuz etmek hoşuma gidiyordu.

Jack ellindeki bavulu bıraktı ve bana doğru koştu. "Burada olduğunu bilmiyordum," dedi yüzüne düşen bir tutam saçı geriye iterek. Sonra yüzümü okşadı.

İçimden ne geliyorsa söylemeye karar vermiştim. "Mesajını aldım ve sana sürpriz yapmak istedim."

Jack, "Ee, bunu başardın da," diyerek sırıttı. Sanki bir şey demek istiyor gibiydi ama uzaktan gelen bir feribotun düdüğüyle her ne söyleyecekse dile getiremedi. Başka bir feribot limana yaklaşıyordu.

"Evine gittim," dedim, herhangi bir şey görebilmek adına gözlerini inceliyordum.

Jack elimi tuttu. Onun dokunuşuyla bütün vücudum uyuşmuştu sanki.

"Bee, büyükbabanın rahatsız olduğunu söyledi," diye devam ettim konuşmaya. "Bunu duyduğuma çok üzüldüm. Onu görmeye gidiyorsun, değil mi?"

Jack başını olumlu anlamda sallayarak, "Bu gece onun yanına gidip orada kalmayı düşündüm. Böylece yalnız kalmayacak. Yarın bir ameliyata girecek."

"İyi olacak, değil mi?"

"Emin değiliz," diye yanıt verdi. "Son beş yılda iki tane kalp ameliyatı geçirdi. Doktorlar bu operasyon başarılı geçmezse, ellerinden başka bir şeyin gelmeyeceğini söylüyor."

Esther, sevdiği adamın aşk dolu kalbinin sönmekte olduğunu biliyor mu, diye geçirdim aklımdan.

"Yanında olmalısın. Elliot yarın ameliyattan çıktıktan sonra görüşebiliriz," dedim Jack'e ve yolcularını alıp kalkış için hazırlanan feribotu işaret ettim. "Haydi, git de şu feribotu yakala. Seni burada bekliyor olacağım."

Jack başını sallayarak, "Burada böyle bir güzelliği yalnız başına mı bırakacağım?" dedi. "Büyükbabam bunu duysa asla onaylamazdı. Neden sen de benimle gelmiyorsun?"

Başımı göğsüne yasladım, tıpkı Bee'nin evinde baş başayken yaptığım gibi. "Tamam."

"O sabahı düşünüyorum," dedi Jack yüzünü bana doğru çevirerek, "seni Henry'nin evinde gördüğüm o sabahı."

Dile getirmesini istediğim şeyi söylemesini umarak, "Nasıl yani?" diye sordum.

"Bu şekilde olmayı ümit etmiştim."

O ana kadar hiç hissetmediğim bir duyguyla dolmuştu içim. Âşık olmuştum, aslında daha fazlası vardı. Ona tapıyordum sanki.

Jack elini cebine atarak, "Emily," dedi. "Sana vermek istediğim bir şey var." Elinde küçük siyah bir kutu duruyordu, bu kutuyu Evelyn'in cenazesinde Elliot'ın ona verdiğini hatırladım. *İçinde ne vardı?* Titreyen ellerimle kutunun kapağını kaldırdım ve sokak lambalarının altında parıldayan bir şey gördüm.

Jack boğazını temizleyerek konuşmasına devam etti. "Büyükbabam yıllar önce âşık olduğu kadına verdiği bu yüzüğü bana bıraktı. Ben de sana vermek istiyorum."

Nefesim kesilmişti sanki. İki yakut arasına yerleştirilmiş armut şeklinde bir pırlantaydı. Bu yüzüğü hatırlamıştım.

Esther'ın nişan yüzüğüydü. İçgüdüsel olarak hemen parmağıma taktım.

Jack gözlerimdeki bu tanıdık ifadeyi görüp, "Hikâyeyi biliyorsun, değil mi?" diye sordu.

"Evet," diyerek başımı salladım.

"Peki nasıl öğrendin?"

"Bu ay biraz araştırma yaptım," dedim gizemli bir şekilde.

Jack, "Ben de," diye karşılık verdi. "Büyükbabamın hatırına Esther'ın yerini bulabilmek için araştırma yaptım. Onları tekrar bir arada görmek istiyordum." Sonra sustu ve yerden bir taş alıp denize fırlattı. "Artık çok geç."

"Neden geç olduğunu düşünüyorsun?"

Jack endişeyle bana bakarak, "Korkarım o öldü," dedi.

Kalbim hızla çarpmaya başladı. "Nereden biliyorsun?"

Ya yorgunluktan ya da üzüntüden gözlerini ovuşturdu. "Esther'a son on beş yıldır bakan hemşiresi söyledi. O gece beni birlikte çarşıda gördüğün ve telefonu açan kişi de aynı kadındı."

"Kafam karıştı," dedim. "Onu nasıl buldun?"

"Benimle o irtibata geçti. Esther'ın son dileğini yerine getirmek için büyükbabamın nerede olduğunu öğrenmek istiyordu."

"Demek öldü," diyerek iç çektim.

"Evet."

Başımı salladım. "Hayır, bu gerçek olamaz." Kalbim buna inanmak istemiyordu. "Kadının adı ne demiştin?"

"Lana," diye yanıt verdi Jack.

Bir an için rahatladım. "Bu her şeyi açıklıyor."

"Neyi?" diye sordu Jack, ifadesinden aklının karıştığı belli oluyordu.

"Jack, Lana onun hemşiresi değil. Lana onun *kızı. Elliot'*ın kızı."

Jack kaşlarını çatarak, "Çok saçma," dedi.

"Biliyorum, kulağa öyle geliyor ama doğru olan bu. Eğer Lana sana ulaştıysa ve Esther'la olan bağını sana anlatmadıysa, nerede yaşadığı hakkındaki gerçekleri de anlatmamıştır. Belki Esther *hâlâ* yaşıyor. Bence annesini korumak istemiş olabilir."

Jack cevap vermek için ağzını açacakken, "Bir saniye," diyerek konuşmaya devam ettim. "Bahsettiğin Lana, senin bir tablonu almak isteyen kadın, değil mi? Hani kumsaldaki bir kadını tasvir eden tabloyu?"

"Evet," diye onayladı Jack. "Annesi için olduğunu söylemişti. Eski fotoğraflardan yola çıkarak yapmıştım."

"Jack, fotoğraftaki kadının hiç Esther olabileceği aklına gelmedi mi? Elliot'ın *kanından canından* biri tarafından yapılan bir tabloyu annesine vermek istediği?"

Jack söylediklerimi bir müddet düşündükten sonra başını iki yana salladı. "Bana anne ve *babasının* emekli olduğunu, Arizona'da yaşadıklarını söylemişti. Eğer söylediğin doğruysa, gerçeği gizlemek için neden bu kadar ayrıntılı bir hikâye anlatsın ki?"

"Öyle olması gerekiyordu, çünkü annesinin tekrar incinmesini istemiyordu."

"Keşke durum böyle olsaydı Emily," dedi Jack omuz silkerek. "Ama bana hiç inandırıcı gelmiyor. Esther'ın hayatından ve ölümünden bahsederken, o kadının nasıl bir halde olduğunu ben kendi gözlerimle gördüm. Yansıttıklarının hepsi gerçekti."

Hava rüzgârlıydı, Jack ne yaptığını bilmeden adeta bir battaniye gibi beni sardı. "Keşke onlar için daha farklı bir son olsaydı," dedi, bana sıkıca sarılarak. "Ama biz kendi hikâyemizi yazabiliriz. Bizimki trajik olmak zorunda değil."

Alnımdan usulca öptü, o anda feribotun düdüğü tekrar çaldı.

"Ben de senden, bütün bu olanlardan kaçmayı düşünüyordum," dedim.

Jack elimi tuttu ve "Bunu yapmadığın için çok mutluyum," dedi.

El ele feribota bindik ve Seattle'a bakan bir banka oturduk. Şehre yaklaştıkça, Jack'in, büyükbabası için gittikçe endişelendiğini hissedebiliyordum. Hastaneye vardığımızda Elliot'ın durumu ne olacaktı? Ona postayla gönderdiğim Esther'ın günlüğünü okuduktan sonra, beni görünce daha çok üzülür müydü?

<hr />

Hastaneye vardığımızda dördüncü kata çıkıp danışmaya Elliot'ın durumunu sorduk. "Korkarım, pek iyi değil," diye fısıldadı hemşire. "Öğlenden beri çok hırçın ve zihni bulanık. Onu rahatlatmak için her şeyi yaptık ama doktorlar çok fazla zamanının kalmadığını söylüyor. Şansınız varken ona hoşça kal diyebilirsiniz."

Büyükbabasının odasına yaklaştığımızda Jack'in yüzü kireç gibi beyazdı. "Bunu yalnız başıma yapamam," dedi.

Elini tutarak, "Tek başına yapmak zorunda değilsin," dedim.

Birlikte odaya girince Elliot'ın makinelere bağlı bir şekilde yattığını gördük. Rengi solgundu ve zor nefes alıyordu.

"Benim büyükbaba," dedi Jack usulca, yatağın kenarına diz çökerek. "Benim Jack."

Elliot hafifçe gözlerini araladı. "O geldi," dedi usulca, neredeyse fısıldayarak konuşmuştu. "O buradaydı. Onu gördüm."

"Kimi büyükbaba?"

Elliot gözlerini tekrar kapattı, sanki rüya görüyormuşçasına gözkapakları seğiriyordu. "O mavi gözler," dedi. "Eskisi gibi maviydi."

"Büyükbaba," dedi Jack usulca, gözleri umutla kıvılcım saçıyordu. "Burada olan kimdi?"

"Bana evleneceğini söyledi," dedi Elliot gözlerini tekrar açarak. Hafızasının gidip geldiği belliydi, Jack'in yüzündeki hayal kırıklığını görebiliyordum. "Bana, o serseri Bobby'yle evleneceğini söyledi. Neden onunla evleniyor ki? Onu sevmiyor bile. Hiç sevmedi de. Beni seviyor. Biz birbirimize aidiz." Birden kalktı ve kolundaki serumu çekiştirmeye başladı. "Onunla konuşmalıyım. Ona her şeyi anlatmalıyım. Birlikte buralardan kaçmalıyız."

Jack endişeli gözlerle bakıyordu. "Halüsinasyon görüyor," dedi. "Hemşire bunun için beni uyarmıştı. İlaçlardan oluyormuş."

Elliot hırçın ve çaresiz görünüyordu. Jack onu sakinleştirmeden önce koluyla yanındaki monitörü yere fırlatmıştı. "Sakin ol büyükbaba, hiçbir yere gitmiyorsun," dedi Jack ve bana döndü. "Emily, hemşireyi çağır."

Elliot'ın yatağının yanındaki kırmızı düğmeye basmamla iki hemşirenin odaya girmesi de bir oldu. Biri Elliot'ı tekrar yerine yatırmaya çalışırken, diğeri de sol kolundan bir iğne yaptı. "Bu sizi rahatlatacaktır, Bay Hartley."

Elliot birkaç dakika içinde uykuya daldıktan sonra, "İçecek almaya gideceğim," dedim Jack'e. "İstediğin bir şey var mı?"

"Kahve," diye fısıldadı, gözlerini Elliot'ın üzerinden çekmeden.

Başımı salladım ve odadan çıktım.

Kafeteryaya doğru yürüdüm —neyse ki açıktı— ve iki tane Fransız kahvesi alıp cebime de birkaç tane küçük şeker ve krema paketlerini tıkıştırdım. *Acaba Jack kahvesini nasıl içiyor?* O anda aklıma Annabelle'in araştırmaları geldiyse de bu düşünceleri boş verdim. Sonra hesabı ödemek için çantamdan iki dolar yirmi yedi sent çıkarıp verdim.

Asansörde aklıma Elliot geldi, Esther'ı görmek için ne kadar da istekliydi. Hayatının son anlarında bile onu deli gibi seviyor olması yüreğimi burkmuştu. Tam Elliot'ın odasına girmek üzereydim ki arkamdan biri seslendi.

"Affedersiniz hanımefendi." Seslenen, elinde kâğıt olan bir hemşireydi. "Bay Hartley'nin odasında mavi renkte bir şal gördünüz mü?"

"Hayır, ben bir şey görmedim," dedim başımı sallayarak.

Hemşire omuz silkerek, "Peki," dedi ve elindeki kâğıda baktı. "Bir kadın aradı ve Bay Hartley'yi ziyarete geldiklerinde annesinin..." Yeniden elindeki kâğıda baktı. "...mavi şalını düşürdüğünü söyledi."

Şaşkın gözlerle hemşireye bakıyordum. "İsmini ya da numarasını verdi mi?"

Hemşire bana baktı ve "Onu tanıyor musunuz?" dedi.

"Olabilir," diye cevap verdim, güçlükle yutkunarak.

Hemşire yeniden kâğıda baktı. "Bu biraz tuhaf. Mesajı

gündüz vardiyasındaki hemşire almış," dedi ve başını iki yana salladı. "Ama kadının adını not düşmemiş."

Sadece iç çekmekle yetindim.

"Eğer odada şalı bulursanız, lütfen hemşireler odasına getirin," dedi hemşire. "Belki sonra tekrar arar, rahatsız ettim kusura bakmayın."

Bir dakika sonra Elliot'ın odasındaydım. "Durumu nasıl?" diye sordum Jack'e. Kahveyle birlikte elimdeki şeker ve krema paketini de uzattım.

"Uyuyor," dedi Jack, kahvesine şeker ve krema ekledi. Ben de aynısını yapmıştım.

Bunu görünce eğilip onu yanağından öptüm.

"Bu ne içindi?" diye sordu Jack.

"Öylesine," diye fısıldadım.

Parmak uçlarımda Elliot'ın yatağının yanına gittim ve üzerindeki battaniyeyi omuzlarına kadar çektim. O sırada gözüme bir şey takıldı. Elliot'ın elinde kalbine bastırdığı bir şal vardı. Mavi bir şal...

O anda gözyaşlarıma hâkim olamadım. *Bunu biliyordum.*

"Ağlıyorsun," diye fısıldadı Jack.

"Evet ağlıyorum," dedim, gözyaşlarımın arasından gülümsüyordum. *Sonunda ağlıyorum.* Ona söylemek istediğim öyle çok şey vardı ki, ama şimdilik bekleyebilirlerdi. Şu an için tek bildiğim, gözlerimden iri damlalar halinde akan yaşlardı. Ağlayabileceğimi hiç düşünmezdim. Gözlerimden akan her damlada içim rahatlıyor, mutlulukla doluyordu sanki.

Jack beni kendine doğru çekerek, "Burada, yanımda olduğun için teşekkür ederim," dedi.

Tam onu kucakladığım anda hemşire yavaşça odanın kapısını açtı ve "Buraya gelen bayanın ismini öğrendim, danışma masasında imzası var," diye fısıldadı. Elliot yatağında kıpırdayınca Jack onun yanına gitti. Ben de hemşireyle birlikte koridora çıktım.

"Lana," dedi hemşire, ismin yazıldığı kâğıdı göstererek.

"Adı Lana."

"Lana'mı?" dedim, gözlerimden akan yaşlara artık hiç engel olamıyordum. "Elbette, başka kim olabilir ki?" Tüylerim diken diken olmuştu.

Bir ömür ayrı kaldıktan sonra, birbirlerini gördüklerinde neler konuştular? Kucaklaştılar mı? Yitirilen onca yıl için gözyaşı döktüler mi? Önemli olan bu değildi sanırım. *Nihayet Elliot kızını görmüştü. Nihayet Esther'ını görmüştü.*

"İyi misiniz?" diye sordu hemşire, elini omzuma koyarak.

"Evet," diyerek gülümsedim. *"Evet, çok iyiyim."*

Elliot'ın odasının önündeki bir demir sandalyeye oturdum. Tepemde yanan floresan lamba cızırdıyor, hava kahve ve bir temizlik maddesi kokuyordu. Çantamı açtım ve yıllardır hissetmediğim bir kararlılıkla dizüstü bilgisayarımı çıkardım. Karşımdaki boş ekranda beliren imlece öylece baktım ama bu sefer farklıydı. Esther'ın hikâyesini nasıl bitireceğimi biliyordum artık. Bu hikâyenin nasıl başladığını ve nasıl sonlandığını biliyordum. Kelimesi kelimesine...

Saatin 23.59'u gösterdiği sırada, yazılması gereken başka bir hikâyenin olduğunu fark ettim. Nisan ayının ilk gününe girecektik. Yeni bir gün, yeni bir ay ve yeni bir hikâyenin başlangıcıydı. Benim hikâyemin başlangıcı... Ve ben onu kaleme almak için sabırsızlanıyordum.